王丽丽 ★ 著

上海人民出版社

图书在版编目(CIP)数据

阳光正照在身上/王丽丽著 .
—上海:上海人民出版社,2006
ISBN 7 - 208 - 05910 - 1

Ⅰ.阳… Ⅱ.王… Ⅲ.长篇小说 - 中国 - 当代
Ⅳ.Ⅰ247.5

中国版本图书馆 CIP 数据核字(2005)第 122274 号

责任编辑 龚维才
美术编辑 傅惟本
封面设计 花药栏
封面图片 张恩利
版式设计 贺 强

**阳光正照在身上**

王丽丽 著

世纪出版集团
上海人民出版社 出版

(200001 上海福建中路 193 号 www.ewen.cc)

世纪出版集团发行中心发行 上海华成印刷装帧有限公司印刷
开本 890×1240 1/32 印张 8 插页 3 字数 206,000
2006 年 1 月第 1 版 2006 年 1 月第 1 次印刷
ISBN 7 - 208 - 05910 - 1/Ⅰ·250
定价 18.00 元

# 目录

# 心里满是爱

　　这部小说看似 12 个女人的故事或者一个女人的 12 生的故事,这部小说看似一个青年男子在梦中肉身次第消逝的故事,实际上,这部小说讲述的是一个长大的故事,一个爱情的故事,一个拯救自己、点亮自己的故事。我铺垫了二十几万字,只是为了说出小说结尾处的一句话——阳光正照在身上,心里满是爱。

　　在我成长的路上,不期然遇到了贾植芳、胡守钧、沈丁立等名师。我和贾先生之间说话不用解释,贾门的创始人——贾老爷子居然在 90 岁高龄,依然可以用他的熊熊燃烧的生命之火在某种程度上温暖我。我跟着胡守钧两年多,胡老师在我,是一座太难攀登的高山,我对他有着深厚的师生情谊,私下里,我总是骄傲地自称是胡守钧的弟子。沈丁立作为一个国际问题研究专家,在他的谋略里,我看不到“刀”也看不到“暗箭”,我看到的是他的胸怀,他的胸怀是我修身养性的一面镜子,我常常照出我的丑来。在我攀登的路上,不计其数的人帮过我,其中杰出的名家就有一百多位。

　　特别感谢我的恩师白烨,我对他有着深厚的父女般情感——他把我从“沙漠”里“扒”了出来。没有他的帮助,也许我现在还在“沙漠”里。当然还要感谢把恩师带到我面前的阎纲,当别人嘲笑我急着成名时,阎纲没怎么跟我交流,却知道了我为什么写作。

这部小说是我四部小说中写作时间最长的,前三部小说,我都是两个月一部长篇小说,唯独这部小说,我花了一年时间。当时我住在上海画家村,每天接待一拨又一拨的从全国各地甚至海外来的画家,他们过来串门东扯葫芦西扯瓢。同时,我在复旦大学旁听李祥年的古代文学史,常常被他的灼人的思想火花所迷住,朱东润的关门弟子果然名不虚传。介绍我认识李教授的是王宏图,自从我来到上海,王宏图总是在我最需要他的时候伸出援助之手。

因了这部小说,我又多了一个知音。那就是自称已和文学离婚的朱大可。

这部小说,我用了两年时间修改,改了差不多十遍吧。这部小说一出来就引起争议,争议的焦点集中在它的写法上。我写了四部长篇小说,被人说成写法各不相同。作为一个"厨师",我不能端出相同的菜给我的客人。很多人惊叹我的"原材料"好,我的原材料是自己深入虎穴挖掘来的。至于我怎么烹饪的,我只知道,我的手控制不了我的写作,是我的潜意识在控制我的写作。

这部小说,有人嘲笑它漏洞百出,又有别人批评嘲笑者不懂什么是文学。

我从小是吃着上等的精神食粮长大的,我有义务奉献上等的精神食粮给大家吃。

第一章　缘起

# 第一章  缘  起

　　2003年3月的一个早晨,我还在梦里面,小阿姨把我唤醒了:"先生,您的早点,厨房已为您准备好了。"我迷迷糊糊地拨开眼,好像看到了梦中的女子,就又迷迷糊糊地睡去了。

　　"先生,您的秘书在外面候着呢,您要不要见她?"我又迷迷糊糊地拨开眼,梦中的人儿还在,就又迷迷糊糊地睡去了。

　　"先生,您的医生也来了,等着您的吩咐呢。"我再次模模糊糊地听到了小阿姨的声音,可是我睁不了眼,梦中的人儿好像不见了。梦中的人儿越走越远,她好像不是走而是飞,她穿着白色的纱衣,她的嘴唇好像透明的红柿子,她的眼睛好像透明的黑葡萄,那"黑葡萄"好像在泉水里游动,她的一双脚好像妈妈年轻时的一对乳头,她的双乳似隐似现,朝下面望着,好像等着谁吮吸,她隆起的臀像一弯月亮……

　　她彻底不见了。我睁眼,仍然看不到她,我看到我躺在一个豪华的卧室里,卧室里挂着一幅世界名画,画上的女子用一条白丝巾搭住她一条大腿和一只乳房,她的另一条大腿和另一只乳房从丝巾里冲出来,她的大腿很肥,好像鲜美的鹅肉,她的乳房也很肥,薄薄的皮里面包的全是上乘的乳汁,她的头低着,我看不清她的表情,我看着看着,她好像活了,就在这时,我听到了压抑的低低的哭声,一个女子跪在我的床前,双手掩面,泪水从指缝里淌出来。你是谁? 我使出好大劲才说出这句话。

　　"啊,先生,您把我担心死了。"这个女子满脸泪水地说。

　　"我怎么了?"

　　"您好像病了。"

　　"病了? 我病了? 是的,我好像病了。医生呢?"

　　"在外候着呢,没您的同意,他不敢进来。"

"什么东西！没我的同意，他不敢进来！好得很。我都要死了，他还在外面候着，安的什么心！"

"先生，您的规定是，不经您的同意，任何人都不得进入您的卧室。"

"那你为什么能够进来！"我的眼睛瞪得圆圆的，好像恨不得把小阿姨一口吞下去。

小阿姨哽咽起来。

"出去！"我愤怒地喊。

小阿姨如惊弓之鸟般的退出卧室。

我瞪着屋子里豪华的装饰，突然感到厌倦，我是那么孤独，我是那么恐惧，我找不到女人，找不到爱情，我觉得我老了。

我起床了。我头痛欲裂，我浑身疼痛。

早餐，我没有胃口。小阿姨说："一定要吃的，不吃早餐要伤胃的。"

我暴跳起来："你逼我吃早餐，你是什么意图，里面放了毒药，是不是?!"

小阿姨眼里涌出了两串泪水……其他的人都战战兢兢，噤若寒蝉，我厌恶透了，吼了一声"滚！"一边掀翻了桌子。

粉身碎骨的声音刮破了我的耳朵，我摸了摸，并没有摸到血。我怀疑我病了。


上班的时候，爸爸把我叫到董事长办公室。爸爸一向很威严，这次，爸爸难得地龙颜大悦。

"你刘伯的女儿从美国留学回来了，他今天晚上设了个家宴，请我们一家人赴宴。你刘伯对你印象很好，你要好好地把握机会呀。"

我低着头，没有吱声。

"怎么，玉儿，你不高兴吗?"

我惊慌地说："没有。"

父亲笑了，说："你这孩子，还是这么怕我，我有什么好怕的，我是你的亲生父亲呀。再说，你现在也大了。"

"噢。"我心惊肉跳地答应道。

"这些年,我忙于事业,对你关心不够,你妈妈对你那么好,你一直不认她,她虽然不是你的亲生母亲,最起码你是她丈夫的亲生儿子,这件事情,既然你知道了,我也不再瞒你。"爸爸说这些话时,显得很沮丧。

"那么,我的亲生母亲在哪里?"多少年来,我一直想问这个问题,一直不敢问。

······

"妈妈是冷冰冰的,她的爱是冷冰冰的,你是冷冰冰的,你的爱是冷冰冰的,家是冷冰冰的,有时看到你们两个吵架,我内心里对婚姻是多么恐惧,我身边佣人成群,你和妈妈也没有虐待过我,可是我一直没有安全感。"

"玉儿,你胡说些什么!"爸爸说这些话时,显得有些苍老。"我所做的这一切都是为了你。我和你妈妈只有你这么一个孩子,这万贯家产还不都是你一个人的。"

"爸爸,是的,这万贯家产都是我一个人的,可是它仍然不能让我产生安全感,我一直在诚惶诚恐,我甚至害怕会被人谋杀。"

"玉儿,这真的是你的真实想法吗?"

"是的,爸爸,我缺少爱。"

"我昨天夜里梦见你母亲,你母亲她披头散发,她向我要玉儿。"爸爸的目光有些呆滞。

"你母亲她是命不好,我和你妈妈到你母亲的家乡旅游,看到你母亲淳朴又美丽,就把她带了回来,你母亲娘家不同意你母亲做我的二太太,可是你母亲爱上了我,我出了很多钱,终于搞定你姥姥一家,你妈妈不能生育,她也想找一个女人替她生孩子。你出来之后,你妈妈执意给你母亲一笔钱打发你母亲走,你姥爷家财大势大,我能有今天全是因为你妈妈的支持,所以我没有办法拒绝你妈妈的要求,你母亲死活不肯,两人发生争执,我迫于压力,失手打了你母亲,没想到你母亲撞死在我面前,你母亲死后,你妈妈把你当成亲儿子一样看待,她以为你就是她自己的孩子,可是你这孩子像鬼附了身,在她的怀里又是抓又是咬,你妈妈慢慢地心冷了。"

我无声地哭起来。

"大人的恩怨,你就不要记它了,它已经过去了,你应该有你的美好生活。"

"不,这是刻骨铭心的记忆!"我哽咽道。

"孩子,你妈妈就是你的亲生妈妈,你要永远记住这一点。"

"不,她是杀死我亲生妈妈的凶手。"

"不,你错了,她也是你的恩人,你所有的这一切荣华富贵都是她给的。"

"我宁愿不要。"

"孩子,你说傻话了,你以为你不要这一切,你成了穷光蛋,就可以拥有安全感了吗? 不,你一样地没有安全感。"

······

"你妈妈她确实是你的恩人,她拥有美貌和财富,可是她不能生育,这是她一直耿耿于怀的,现在大家都知道她有个帅儿子,她也满足了,你呢,就不要记仇了,有空去看看她,陪她说说话,她会很开心的。"

"可是我的亲生母亲她在披头散发······"

"玉儿,不要再提了,为了你的前途,忘掉它吧。"

"这叫我怎么能够忘掉?!"

"我最近感到力不从心了,我老了,这么大的担子,你得把它挑起来,可是你现在这样,我怎么能够放心! 玉儿,创业容易守业难,我很担心哪!"

"爸爸,给我放一段假吧,我需要一个人静静。"

"也好,叫几个人陪你到什么地方旅游。"

"不用了。我想一个人静静。"

"不行。你一个人,也太不安全了。"

"爸爸,他们陪着我,我才觉得不安全。"

"你原来这样想?"

"是的，爸爸。"

"那你以为你妈妈和我会害你吗?"

……

"我们要是害你，你还能长这么大吗? 我们是你的亲生父母呀，你这样说，难道不怕我们寒心吗!"

"爸爸，我不是说你……"

"那么，你是说你妈妈?"

……

"你妈妈要是害你，我也保不了你，她是做了对不起你母亲的事，可是你母亲的死，跟你妈妈并没有直接的关系，全是你母亲自己找的。"

……

"我和你妈妈都是你的亲人。而你的母亲不是，她把你丢下不管，你还认她做什么。"

我在心里说:"是吗?"

"你母亲自寻短见，她把你丢下不管，你应该恨她才对。"

"爸爸，你不要说了，我头疼得厉害。"

"你回去吧。晚上去刘伯家，要把它当成重要的事去做，你妈妈很喜欢刘伯家的宝贝女儿。七点钟，我叫司机接你。"

"谢谢爸爸。"

好长时间没有看到妈妈了，妈妈还是那个样，总不见老，我想叫她声"妈妈"，可是她给我的感觉是那么地高不可攀，难以接近，只好勉强地挤个笑容。爸爸打圆场说:"这孩子，还是那么腼腆。"妈妈浅浅地笑了笑，她这一笑更加让我感到她的深不可测。我很不自在地坐着，周围的空气压迫着我，我甚至有一种喘不过来气的感觉。

刘伯家终于到了。我跟在爸爸妈妈后面。妈妈对爸爸说:"我们一前一后走，不知道的还以为我们是两家人呢。"

爸爸扭回头，把手伸向我，爸爸握住了我的手，爸爸叫我握住妈妈的手，我不自觉地向妈妈伸出了手，妈妈的手凉凉的，我很想松开，可是我不敢,这时,刘伯一家出来了。

伯母说:"你看这一家三口,多叫人神往呀。"妈妈脸上浮出幸福的笑容。

一个女孩子站在我面前,说:"你就是阿姨的宝贝儿子——王玉儿吧? 我是我们家的公主——香儿,欢迎!"

我只得礼节性地握了握香儿的手,香儿接着拥了我爸我妈。

刘伯开玩笑地说:"香儿,刚才我替你捏了一把汗。"

"爸爸,你老是拿我开心。"

伯母说:"你们爷儿俩,没大没小的,也不怕客人笑话。"

妈妈说:"天伦之乐,好叫人眼热。"

妈妈又说:"香儿,你是留过洋的,见过大世面的,给我们家的忧郁公子讲讲你取的经。"

香儿说:"阿姨放心,这个光荣而伟大的任务,我一定会赴汤蹈火,在所不辞。"

妈妈笑了,妈妈的笑容很远很美丽,"这孩子,真可爱,要是我自个儿的就好了。"

伯母说:"我整天被她闹死了,你要是喜欢,咱们换换。"

爸爸说:"你们俩别相互吹捧了。"

刘伯说:"咱们去客厅说。"

香儿拽着我的胳膊,一路小跑。

妈妈故意叫道:"香儿,你要把我的玉儿怎么样? 你可别伤了他。"

我有些厌恶。

爸爸说:"不理他们年轻人。"

伯母说:"香儿这孩子,真拿她没办法。"

妈妈说:"我越来越喜欢她了。"

香儿把我拽到后花园,我们俩都有些上气不接下气。

"你这美国妞,把我拖到后花园,你想做什么?"

"你竟然敢对我如此冷淡。"

"我为什么不可以对你如此冷淡?"

"你!"

"因为你是富翁的女儿,因为你留过洋,因为你美貌,我就应该在你家门前排队,对不对?"

"你?!"

"我也想排队,可是队伍那么长,轮到我的时候,我已经老了,而且自家门前姑娘排了那么长的队伍不去挑,跑到你家门口去等老,我有那么傻吗?"

香儿笑起来:"你身上有一股迷人的味道。"她说着啄了一下我的唇。

"你?!"

"这有什么呢。我好长时间没有和男人上床了。"香儿说得很自然。

"你在邀请我吗?"

"在秘密的后花园里,在花丛中,在阳光下,我们还等什么?"

"妈妈要是知道了……"

香儿大笑起来:"是你做爱,又不是你妈做爱。"

"要是他们进来了……"

"这是我的私人领土,不经我的允许,谁也不可以进来的。"

我们做爱了。感觉像是做游戏。

"亲爱的,我感到舒服死了,什么时候我们再来一次。你感觉好吗?"

"舒服。但不至于想死。因为我也想再做一次。"

香儿的手机响了。

"我们现在就回去。"香儿对着手机说。

我不敢看妈的眼睛。妈好像知道了。我讨厌她的这双眼睛。

"香儿,你用了什么牌子的香水。味道好极了。"妈妈故意漫不经心地说。

"我拥有世上所有的名牌,我轮流着用,我混合着用。"香儿满不在乎地说。

"年轻就是好。"妈妈叹了一口气说。

"现在的年轻人被大人们宠坏了。我们那个时候哪里敢!"伯母有些不满地说。

"妈,算了吧,你年轻的时候,只有爸爸这个唯一,说起来我还挺嫉妒你呢,不像我现在无所适从。"

"你们别在这里讨论哲学课题了。我们还是解决肚子问题吧。"刘伯建议道。

"肚子问题不解决什么问题也解决不了。我同意老刘的观点。"爸爸附和着说。

"你们俩这么快就结成统一战线了,玉儿,你是加入爸爸的团队还是妈妈的团队?"妈妈的话一结束,所有的人都望着我,这些目光烧得我低下了头。

"玉儿当然加入你的团队。"爸爸第一个反应道。

"玉儿这孩子,心里只有妈妈,没有爸爸。"爸爸补充道。

"世上只有妈妈好……"香儿高声唱道。

"这孩子,跟着我算了。"妈妈说,"我的生活里就缺少这种歌声。"

"歌的事以后再说,现在还是吃饭吧。"香儿模仿一首流行歌曲的调子唱道。

大家都笑了。

终于开饭了。难得地静了一会儿。

吃完饭,妈妈夸"好吃,"爸爸夸"好吃,"我也只好夸"好吃。"

"玉儿哥虚伪。"香儿不满地叫道。

"你这孩子,怎么这么没礼貌?"伯母不满地制止香儿说下去。

"这是事实嘛,心里以为不好吃,口里偏说好吃。"香儿不服气的道。

伯母挺尴尬的,不知如何管制这个捣蛋女儿。

"香儿,你怎么对玉儿观察得那么仔细呢?"妈妈漫不经心地说。

大家都笑了,玉儿的脸难得的红了。

"我们该进行下一个节目了吧?"爸爸提高嗓门说。

"家庭舞会正式开始。"刘伯扯着嗓门说。

音乐响了起来。

刘伯邀请了妈妈,爸爸邀请了伯母,我和香儿坐着。香儿一个劲儿为他们鼓掌,我也鼓掌。

"你一定有心事?"香儿问我。

"男人有什么心事?!"我一口否认。

"你不快乐吗?"

"我很快乐。"

"不,你不快乐。你很不快乐。你没有你妈妈会表演。"

我心里惊了一下:"妈妈哪里表演了? 她不是演员。"

"不,你妈妈了不得。"香儿慢慢地说,"我不是她的对手。"

我莫名其妙。

"你真的不知道?"这次轮到香儿莫名其妙了。

什么呀! 我一头雾水。

"哎,说来话长,"香儿叹口气道,"我爱上了一个黑人,爸爸妈妈怕财产转到黑人手里,就把我拖回中国,我们俩的结合是'政治'的需要。"

"谁?"我真的怀疑我在听天方夜谭。

"你是真的不知道还是不满我们的结合?"香儿不高兴起来。

……

"你看你瞠目结舌的样子,我知道你心里不高兴,不高兴又怎么样?他们都谈好了,你就当为你家的家族企业献身了吧。"香儿不满地说。

……

"你还真觉得你有委屈了,你又不是处男了,你的功夫和我的黑人比起来,差远了!"香儿白了我一眼。

"天哪,她就是我的未婚妻! 我宁愿去死。"我在心里叫道。

回家的时候,妈妈说:"玉儿,香儿什么都告诉你了吧?"

"没有。"我慌张地说。

妈妈说:"我知道你心里不乐意,我知道你心里恨我。骨子里你像你母亲一样的倔强,你母亲不知道牺牲,所以她享受不了荣华富贵,她被福烧死了,我和你爸爸,表面上看起来八面威风,实际上我们都不自由,我们都做出了很大的牺牲,不信,你可以问你爸爸。"妈妈的口气少有地柔和。

"是的。"爸爸有些艰难地吐出了这两个字。

空气有些叫人窒息。

过了好一会,爸爸说:"金融风暴来了,这你很清楚,我们家和你刘伯家这两大家家族企业,必须携起手来抵挡这狂风骤雨。你是我们家的唯一继承人,香儿是刘伯家的唯一继承人,这也是我们两家相互选择对方而不选择别的家族企业的一个很重要的原因,你们必须结婚,而且必须尽早给我生出继承人来,结婚的事你们不用操心,我们都谈妥了。"父亲说这一长长的话时,越来越像一个老板。

我低着头。我不敢抬头。我想我的眼睛里有泪。我不愿意他们看到我的眼泪。他们不是我的亲人。

空气越加叫人窒息。

"玉儿!"妈妈叫我。

我吓了一跳。

"玉儿,你这孩子,妈妈又不是老虎,你现在都要娶媳妇了,还那么怕我干什么? 好了好了,我知道你累了。好好睡一觉,什么事都会想开的。"妈妈说着说着叹了一口气,接着说:"人都说玉儿好命,我看哪,咱玉儿命苦,你说是不是?"

"玉儿还命苦?! 那天底下还有命好的吗?"

"有呀,我就命好。"妈妈轻轻地说:"我有一个好父亲,一个好母亲,一个好丈夫,一个好儿子。"

爸爸笑起来,"也许我的命比你的还好。"

"不对吧,老王,你天天挺清醒的,这会儿怎么糊涂起来!"

"我还没有到糊涂的时候,我这样说,是因为我的爱人好过你的爱人。"

妈妈笑起来,笑得挺开心,在我记忆里,好像这是她第一次这么开心。

"玉儿赶快结婚吧,结婚之后,你会成熟起来。"妈妈非常温和的说。

"是,妈妈。"

妈妈把手伸过来,摸了摸我的脸蛋,一边说:"趁着儿子还没有结婚,赶紧摸摸儿子。"

"结婚之后,儿子还是你的呀!"爸爸说。

"不啦,结婚之后,儿子就属于另一个女人的喽。"妈妈的声音里还有些无奈。

"香儿是你的儿媳妇,你的。"爸爸近乎讨好地说。

"玉儿,你要学学你爸爸的智慧。"妈妈说。

"除此之外,你妈妈的智慧更应该研究,因为你爸爸是你妈妈调教出来的。"爸爸有些幽默地说。

"香儿和你是有些差别,你要耐着心,慢慢地与她磨合,夫妻和了,企业才有希望,不要争谁大谁小,企业才是唯一的最大利益。"妈妈严肃地说。

"这是我和你妈妈的原则。"爸爸也严肃地说。

"你们不仅是夫妻,也是事业的合伙人。有时候,事业的合伙人比夫妻更重要。"妈妈依然严肃地说。

"玉儿,你别无选择,爸爸对不起你。"

"玉儿,我知道在某些事上,你不能原谅我,我理解,但我相信,总有一天,你会明白的! 妈妈越来越老了,也越来越想有天伦之乐了。"

刹那间,我对妈妈动了恻隐之心。

"玉儿,你是我们唯一的亲人。我们也是你唯一的亲人。爸爸请你明白这一点,爸爸请你明白这一点。"爸爸说这话时显得很苍老。

妈妈握住爸爸的手,爸爸握住妈妈的手,他们的手握在一起,不自觉地相互抚摩着。这幅图景,我有些感动,但随之而来的,是那个披头散发的女人,那个女人呼天抢地唤着儿子,没有人理睬她,她病了,她的衣服碎了,她的嗓子哑了,她的面孔凝固了……我的心也流血了……

下车了,妈妈试图抱住我,我僵僵地站在那里。我看到妈妈的眼里有些阴影,爸爸也捕捉到了,爸爸瞪了我一眼。

我回到自己家里,仆人们拥上前,我在众人的前呼后拥中麻木地走向客厅,我刚坐下来,热毛巾就递了上来,我暴跳起来:"滚,我活够了,你们统统给我滚!"

众人像听到猎枪响的鸟儿一样散去。

我吼起来,那吼声像沙漠里绝望的野狼发出的。吼完之后,我哭了:"妈妈,你在哪里?为什么把我留在这荒无人烟的沙漠里?我好恨你呀。"

泪眼蒙眬中,我看到一个女子,她穿着红色的丝绸衬衫,我看到衬衫里甜美的乳房。我想了好半天,终于想起那是母亲的乳房。我毫不犹豫地扑过去,我揭开她的衬衫,一手抓住一个乳房,我吮吸着,像饥饿的孩子。奇怪的是,我吸不出奶水,我的脸上却滴了几滴水珠。我抬起头,意外地,我发现,站在我面前的不是妈妈,而是小阿姨。她一脸的委屈,我的手像被烫了一样地缩了回来。我沮丧地坐在地上,我听到脚步声响起来,我的心里"咚咚"跳,小阿姨从她十岁起就开始跟着我,如今七年过去了,我说给她介绍男朋友,这丫头死活不肯,我送她去读书,她也死活不肯,我一气之下,要炒了她,她二话不说,递给我一条绳子,我气坏了,真想勒死她,她眼里大滴大滴的泪水落下来,我手里的绳子"啪嗒"一声落在地上……哎,这个小阿姨,我有时真拿她没有办法。

正在胡思乱想,一个女声吓了我一跳:"先生,水好了,你可以沐浴了。"是小阿姨。我不敢看她,小阿姨的声音与以前有些不同,到底怎么个不同法,我说不出来,我也来不及细想,忽然地,我竟然涌出怕她的情绪,我居然怕她。我像老鼠见了猫一样逃离了现场。

男佣已经候在了浴室门口。我的心情忽然地好了起来。我冲他点点头,男佣有些手足无措。我叫他出去,他涨红了脸,我说:"你候在外面,我叫你的时候你再进来。"

男佣委屈地望着我，我说："我没有怪你，出去吧，你先在外面休息休息，呆会儿，我需要你给我搓背呢。"

男佣诧异地望着我，我使了个眼色，男佣出去了。

我把衣服甩在地上，迫不及待地钻入水里面，这水是从老远的深山里运来的，说是矿泉水，能够给皮肤提供营养，又可以消毒，我自小就用它，不知是不是因为这水的原因，我的皮肤跟别人的就是不一样，所有跟我做过爱的女人都特别喜欢摸我的皮肤，常常是摸着摸着她们就情不自禁起来。我让自己浮在水中，我感觉我的毛孔都在张开，我的脑海里浮现出小阿姨，灵感告诉我，小阿姨就像这矿泉水，她刚才的声音……对，有些像花开的声音。我情不自禁地笑了，很想拥抱她，她还是个处女，她身上有着处女的芬芳。

我想把她摘下来。

我按了一下铃，男佣进来了，我已经躺在了榻上。他伺候我好多年了，不用我交待，他的手能够听到我身体里的声音，他的手知道我身体的需要。

我的肉体有些亢奋，这亢奋让我进入了一种幻觉：小阿姨向我走来，她一袭白衣，她的头发飘落在地上，她的面孔像羞涩的桃花浅浅地开着，她的眉毛垂着……她向我走来，可是我们之间总是保持着距离。我急了，起身去抓她，却抓住了男佣的脸，我有些沮丧，我甚至怀疑自己是不是病了。是的，我一定病了，我老是出现幻觉，我一定是病了。

男佣立在一边，连说"对不起！"我有些麻木地看着他，他的肩膀抖着。我不知道我呆在什么地方。

"我还活着吗？老天爷，我不要活着，叫我死了吧。"

我起了身，自个儿穿上衣服，正准备离去，忽然看到一个年轻男人浑身发抖地低着头站着，才想起刚才的事，这让我有些沮丧，我叹了口气，说："不怪你，我没有怨你，你今天的工作做完了，也做得很好，你不用担心什么，回去好好休息吧。"男佣抬头看看我，一脸的感激，眼里有泪，刹那间，我觉得我和他一样地卑微。

我闷闷地向后花园走去，佣人们见到我个个噤若寒蝉，这让这个家毫无情趣。花园里的花草个个缩手缩脚的，也毫无生机。"天哪，这活着有什么意思?! 让我去死吧。"

正当我想往回走的时候，我发现了一朵红艳红艳的花，这朵花好奇怪，好像我从来没有见过，我迫不及待地跑过去，"少爷，"一个甜美的女声在夜空中响起来。是仙女姐姐来了吗？我的眼睛四处寻找，没有仙女。"少爷，"这个声音又轻轻地响起来，我不自觉地扭回头，花儿不见了，站在我面前的是小阿姨。我想赶紧逃跑，可是我的脚像粘住了似的，我像个犯错误的孩子垂下了头。

"少爷，你不要难过，我没有怪您，我要感谢您。"

我怀疑自己的耳朵出现了问题，我抬起头，小阿姨的目光抚摸着我，她的脸蛋红艳红艳的，她的眼睛像一潭深泉，我真想跳进去。

"是的，我要感谢您。"小阿姨两片玫瑰花瓣般的嘴唇开合着。

我呆呆地望着她。

"如果您愿意……"小阿姨音乐般的声音响起来。

"我愿意什么?"我莫名其妙地说。

"如果您愿意……"小阿姨说着低下了头。

"我愿意什么?"我还是不明白。

小阿姨再次抬起头的时候，眼里有泪："我出身卑微，可是我是干净的。"

"我是脏的。"我沮丧地说。

"你是嫌我吗?"小阿姨倔强地说。

我正想把她拥入怀里，我忽然看到一个披头散发的女人……我痛苦地闭上眼。

"原谅我，我可能生病了。"

那个披头散发的女人来了，样子好恐怖，我用手捂住眼睛，昏倒在地上……

我身上冰冷冰冷的，我的一只脚已经踏入了死亡的门口，门里面阴森阴森的，一个女子来了，她抱住我，说："不要怕，宝贝，妈妈给你温暖，你伸到妈妈身体里面来。"她抓住它，把它塞入她的身体的入口，里面很暖和，我让它全部进入，它很暖和，它带着我整个人进入了，我整个地进入了母亲的身体里，周围暖暖的，我暖暖的，然后我疲惫地睡着了……

第二天醒来，阳光照进来，整个房间里暖暖的，我习惯性地按了按钮，小阿姨进来了，阳光照在她身上，她像换了一个人似的。我呆呆地望着她，性感女人的气息扑面而来，我使劲地吸了吸。

她红了脸："少爷，昨天的事，不好意思。"

"什么事呀？"我饶有兴趣地说。

……

"噢，我想起来了，我昏倒了，是不是？噢，那不怪你，是我的脑子出了问题，不怪你，别怕，啊？"

……

"我今天夜里做了个好梦，我现在觉得我好饿，我要大吃一顿，我很久没有食欲了，我今天很高兴。"

小阿姨幸福地笑了。

"你这丫头，真傻，我开心关你什么事？"

小阿姨幸福的笑容忽然地僵住了。

"噢，对了，我开心了，你就不挨骂了。"

小阿姨眼里闪过阴影。

"难道我说得不对吗？"

阴影更加厚了。

我没有时间理这些。我今天有个重要客户要见。


原来是个女人。这让我有些沮丧。而且这个女人发型简短且生硬，一身工作装套在身上，面部僵硬，浑身上下闻不到一点女人的味道。这真的让我沮丧透了。

"王先生，您认为一个女人不配做您的谈判对手吗？如果是这样的话,我回去叫我老板换人?"她盯着我,目光严肃且冷漠。

"不不不,"我竟然有些不好意思起来,"我没有这个意思,我什么都没有说,是不是?"

"可是您的眼睛说了。"这个女人不依不饶地说。

我有些哭笑不得,我的眼睛怎么会说话。

"您的眼睛是没有说话,可是您的眼睛掠过一丝失望。"

"天,"我没好气起来,"那您说怎么办?"

"谈判。"女人忽然笑起来,而且笑得掩起了嘴,"王老板,不好意思,我看我们岁数相仿,开个玩笑,您没有怪我吧?"

我丈二和尚摸不着头脑,想着我是个男人,不能与小女人一般见识,只好笑着说:"没什么,挺好,挺好。"

这样吧,"我确实不配和您谈判,我叫我的同事伺候你吧。"女人毫不含糊地说。

"也好。"

女人拨了电话,很快地,一个男人过来了,相互寒暄之后,女人退了出去。自始至终,男人没有说一句好话,而且态度非常傲慢无礼,我几乎是暴跳如雷地说:"算了,既然您把我们公司贬得一文不值,为什么您还亲自过来和我谈判呢?"

"我们是为了帮您,我知道贵公司现在困难不少。"男人厚颜无耻地说。

"你们这么傻?背后有什么不可告人的秘密?"我几乎是气急败坏地说。

"我们不想你们垮台。"男人蔑视着我。

"够了。见鬼去吧。"我朝着那男人狠狠地瞪了一眼,之后拂袖而去。

"您会回来的。我等您。"男人在我背后叫道。

"呸!"要不是在公众场合,我一定会吐他一脸。

我穿过酒店大堂的时候,女人气喘吁吁地跑过来,我自顾自地接着

走我的路。

女人拦住我："王老板，对不起，请听我解释。"

我左右看看，已有三四个人把头扭向了我们，我只得说："有什么好解释的，"说的时候口气狠狠地，"你们是大公司，我们也是个大公司，瞧不起我们不要找我们做生意，是你们三番五次地派人与我们谈的，基本上都谈好了，又是这样子，而且贵公司在关键时刻派这样的人来谈判，我很是怀疑贵公司是不是吃错了药了，与一个神经不太正常的公司合作，我们也会神经不正常起来的，我看还是免了吧，你也不必解释了，小姐，请回去吧。我的心脏不好。"

女人灿烂地笑了："他今天夜里与老婆打了架，心情不好，他本来想找个人换他，可是时间太紧，来不及了，其实这人心眼蛮好的，他真是想帮你们，他的意思是，现在与你们做生意没打算赚钱，主要地是想交个朋友，这也是我们老板的意思，估计这老兄谈着谈着把您当成他老婆了。昨天夜里他吃了不少亏。他平时不是这样子的，他在我们公司的职位很高的——副总经理，这您也是知道的，您是少老板，我们怎么的也得派个副经理以上的人物与您谈。"女人絮絮叨叨地说。

"好了。"我很有些不耐烦，"这生意我不想谈了。"

"您总不能让我们空手回去吧？"女人居然可怜兮兮地说。

"那怎么办？"我没好气地说。

"这样吧，我再给您一些优惠条件。"女人斩钉截铁地说。

"您还是回去问问您的老板吧。小姐，如果你们有诚意，叫你们老板见我。"

"这样吧，先生，您先签上字，如果我们老板同意了，我欠您一个人情，如果我们老板不同意，您也没有损失。"女人天真地说。

我不想被她烦，不耐烦地签了字。

几天之后，女人把盖有他们公司公章以及老板签名的合同送给我的时候，我有些惊讶他们居然做了这么蠢的蠢事，可当我仔细地看完这纸合同的时候，我才知道我其实不是他们的对手。他们太无耻了。居然装疯卖傻。我应该坚守的几个细节居然被他们气得忘了个一干二净。这让我们少赚了几百万。爸爸没有说什么，可是脸上显然地呈现出了不满。"你真的应该休息一下。"爸爸说，"过几天，我帮你安排一下。"

"我们老板想请您共进晚餐。"女人优雅地说。

我这才注意到她的工作衣不见了，她这次穿的是一袭黑色的长裙，很显腰身。

"您去吗?"我轻浮地说。

"这有什么关系吗?"女人神秘地笑着。

"关系大了。您去，我去;您不去，我不去。"我故作认真地说。

"您去，我去;您不去，我不去。"女人重复着我的话。

我们一起笑起来。

"一言为定。"

"一言为定。"


饭店在海边。吃了鱼虾之后，我们一起坐在阳台上吹海风。海不知疲倦地扩张着，她一边扩张一边为自己呐喊，她的劲好像永远用不完似的，她的嗓子好像永远不哑似的。四五个如花似玉的小姐把我们两个男人簇拥着，想着法儿逗我们开心，生活真的美好。一个小姐在赵老板耳边嘀咕了几声，赵老板肆无忌惮地笑起来，之后，他们相拥着走了。

赵老板一边走，一边回头对女人说:"好好陪陪王老板。"

女人把头扭向他们，好一会儿，她才把头扭了回来，她咬着我的耳朵说:"我们做爱去。"

"不!"我脱口而出。和她，我没有兴趣。

"我是赵老板的女人。"女人娇娇地说。

"OK。"我兴奋地说。

我们各自谎称去洗手间，叫几个小姐就在这里等我们。

女人领着我进入别墅的二楼，我们听到做爱声，我正想细听，女人拉起我，我们进入隔壁的房间，女人掩上门，把我推倒在床上。

"我要强奸你。"女人娇娇地说。她说这话的时候更像是一个女鬼。

隔壁做爱的声音刺激着我们,我们都很亢奋。我要脱女人的衣服,女人用手制止了,她把自己的长裙撩了起来,女人居然没穿内裤。

我来不及看它,就进入了。我有一种复仇的快感。我再次进入时,女人说:"隔壁怎么了?"

我沮丧起来,我提起裤子,自个儿走了。

赵老板已经回去了。

"玩得开心吗?"赵老板故意意味深长地问我。

"你指这顿饭还是这海景?"我故意绕圈子。

"我指这些美女。"

赵老板当门的一颗牙又大又黑,美女们怎么和他接吻呢?而且他的身体又肥又大,年龄也五十八了,刚才他应付得过来吗?

"王老板青春年少,可要多享受呀,我们男人能享几天福呢?"赵老板意味深长地说。

"赵老板你要把美女经传授给小弟呀。"我故意谦虚地说。

"一句话,美女是给你骑的,不是给你供的,我们供不起啊。"赵老板满不在乎地说。

女人过来了,脸色铁青,赵老板示意刚才跟他一起的美女哄哄女人,那美女很听话地去了。

一会儿工夫,女人满面春风地回来了。

赵老板向我递了个得意的眼色。

我愕然。

我们进入了夜的心脏,我们都消遣不动了,我们成了夜的俘虏,女人重又对我抛媚眼,我却看见了那眼睛里的陷阱,我需要一个女人,可是我怕陷阱,好在它已经疲惫不堪想睡觉了。

我又看到了那个女人,她倚在老虎身上睡着了,老虎睡着她睡着。我的心吊了起来,她这么毫无防备地睡着,老虎醒了怎么办!如果是个丑女也就算了,可她是个天仙嘛,我要把她救出来,我要她成为我的妻子。

我蹑手蹑脚地跑过去，差不多到她身旁的时候，我又蹑手蹑脚地跑了回来，我找了个溪水仔细照了照自己，我照了好一会儿，总觉得自己长得哪点儿都不对劲。衣服好像也不够好，发型好像也有问题。第一印象至关重要，我要回去重新打理，并且我要把我的宝马车开来，给我助威。我要把我的司机、保镖、私人医生，统统叫来，这个天仙可不是那么好对付的，正准备往回走，我的脚停下了：万一我回来了，她不在这里了，怎么办？我到哪里去找她呀？不行，我不能放弃这千载难逢的机会。可我这样子，能博得她的欢心吗？要是我失败了，怎么办？我让我的脑子飞快地转着，后来我终于想出了一个主意——我蹑手蹑脚的摸摸她的脸蛋，现在的形势只能让我这样了。

　　我在"扑咚、扑咚"的心跳声中终于把手伸向了她的脸蛋，在我的手快要触摸到她的脸蛋的时候，我对她滋生出的越来越多的爱怜促使我改变了主意，我小心地跪下来，我把两只手臂压在地上，我撅起屁股，看着她，她是那么地安详，阳光照在我身上，照在我们身上……

　　我兴奋起来了，我把唇放在她的唇上面，她竟然没有反应，我有些难过，这难过让我更加亢奋起来，我开始吻她，她还是没有反应，还是睡着，我傻了，我朝她的下面看过去，忽然地，我抱起她，然后，没命地逃跑……

　　我把她放在金色的沙滩上，我的快乐像扩张的海水一样一浪接着一浪，直到最后，我浑身酸痛地躺在沙滩上……

　　我望着天空，我看到了天上的星星，我看到它们都在用羡慕的目光看着我，我满足极了，我觉得我拥有了整个世界，我可以毫无遗憾地死了。

　　她还是安详地睡着。

　　我艰难地爬到她身上，我抱着她就像抱着一团棉花，我幸福地闭上眼睛，我是多么地伟大，我可以死了……


　　我睁开眼睛的时候，一群人围在我的身旁，全是穿着白大褂戴着白帽子的，一个小姐惊呼一声"醒了，"接着大家叽叽喳喳说"醒了，"接着

我的爸爸妈妈进来了,妈妈有些不耐烦,爸爸脸形都变了,他抓住我的手,想说点什么,什么也没有说出,他眼睛有些湿。

妈妈问医生"有事吗?"医生嘴巴张了张,没有说什么,妈妈看着他,说:"你要实话实说。"医生有些为难地说:"他的病很奇怪,医学上从来没有这种先例,他现在看起来好好的,什么事都没有,根据医院的惯例,现在都可以出院。"

"不,我不要出院,让我病着。"

我还没说完,大家的面色都变了,甚至有些恐惧,爸爸把医生拉了出去。

"让我病着。"我说。

妈妈有些厌恶地看着我说:"你没有病。"

我闭上眼睛,"我不要醒来",我在心里说。

医生再次给我做了检查,结论是:"可以出院,回家好好调养,也许太累,压力太大。"

我被接回了爸爸妈妈的家。

刘伯和香儿过来了,还有香儿的妈。

刘伯和阿姨在我的房里呆了一会儿就和爸爸妈妈一起走了,香儿把门从里面反锁了,说:"他们去商量我们的婚姻大事了。"

香儿坐在我面前说:"你是不是不想娶我?"

……

"如果你不想娶我,现在还来得及。"

……

"你是真病了还是在装病?"

……

"如果我可以按照我的心愿选择我的婚姻,我也不会选你。"

……

"其实我们俩都是苦命人,苦命人呆在一起,更应该相互爱惜,对不对?"

······

"如果，如果你有放不开的情人，我不会干涉你。"

······

"我也有情人，数不清的，如果我从你身上得不到满足，我会找别人的，你也不要干涉我。"

······

"我把话跟你讲明白，我觉得这样好。"

······

"你不说话，什么意思？你不应该厌恶我，对不对？"

······

"我们第一次见面就做了爱，我们对对方都挺有兴趣的，对不对？"

······

"你这样不说话，叫我多么沮丧！我是你未婚妻呀！"

······

"我从来没有这么失败过。"

······

"为了我们各自的家族企业，我们必须心无芥蒂地结合。"

······

"从此之后，你就是我，我就是你。"

······

"你的高潮也是我的高潮，我的高潮也是你的高潮。"

······

"我是多么沮丧，你这会对我竟然没有一点兴趣。就算我不是你的未婚妻，我也是个坐拥万贯家产的女人；就算我没有家产，我还算是个漂亮的女人；就算我不漂亮，我还是个女人，而你是个男人，而这个房间里只有一男一女，你竟然看都不看我一眼，我们怎么结婚呢！"

······

"哎，好在结婚只是一种形式，只是给别人看的，我们可以在我们的婚姻里各自结各自的婚。"

……

"我们还是幸福的。"

……

"我香儿要什么有什么，要钱我有钱，要男人我有男人，要社会地位我有社会地位，要孩子，我可以不用自己辛苦，要婆家我有一个挺荣耀的婆家，我的丈夫也仪表堂堂，可是我这会怎么就觉得我两手空空呀！我求求你，你看我一眼。"

……

"算了，你看不看我，你都是我的老公。"


香儿走了，我的睡美人来了，她依然睡着，她又回到了野兽中间，野兽们都在睡着，它们睡在丰美的草地上，而我的睡美人睡在它们中间，月亮抚摸着它们，星星抚摸着它们，风儿抚摸着它们，"哗哗"的树叶声抚摸着它们，此起彼伏的虫鸣声抚摸着它们，月亮离它们很近，星星离它们很近，它们相互依偎着，它们在梦里相会……

"让我加入它们。我应该是它们中的一员。可它们就在眼前，我却怎么地都到达不了……"

我急呀，我急了一身汗，我还是到达不了。

我哭了，没有人理我。

后来，我绝望了。我只速求一死。

可是我到哪里去死呢？

死亡的门又在哪里呢？

我走啊走，走啊走，不知走了多长时间，我的双腿已经挪不动了，我又渴又饿，我真的要死了吗？我哭了起来。

"你是谁？在这里嚷嚷什么？吵得本大人不得安生。"一个凶神恶煞的巨人站在我的面前，他身上寒气袭人。

"大人，我不想活了，我要去见死亡，麻烦你带带路？"我伏在他的脚下乞求道。

"你是谁?"巨人不耐烦地说。

"大人,你管我是谁干吗?"

"我不知道你是谁,我怎么去查死亡册上有没有你的名字!"巨人厉声呵斥道。

"大人,我不知道我是谁,没人告诉过我。"

"滚回去吧!"巨人吼道。

我急了,抓住巨人的双腿道:"求求您,帮帮我,我真的想死,我活得很不耐烦了。"

这个时候我已经冻得浑身冰凉了。

"一个连自己姓什名谁都不知道的人,还想去死!"巨人狂笑道。

"大人,我有钱,你要多少我给多少,我有的是钱。"我可怜巴巴地说。

巨人飞起一脚,把我踹回了阳间,一边还说,"做梦吧,你! 你还不够资格死! 你的臭钱再多,也买不到一个死。"


我又回来了。

爸爸妈妈、刘伯、阿姨、香儿全都忧虑地看着我,见我醒来,妈妈先张口说:"玉儿,恭喜你,本来把你们的婚期定在下个月,现在看来,不得不提前了,后天是你的大喜之日,对外界的说法是,你要赴美留学读博士,所以把婚期提前了,玉儿,恭喜你,我们这里把香儿交给你,从此之后,你就是一家之主了。"

阿姨说:"香儿是我的宝贝女儿,我没有把她教养好,结了婚之后,你可要多担待她,娶了我们的香儿,你是受了委屈了。"阿姨说着说着说不出话儿来了。

妈妈说:"咱们都是一家人了,我看我们玉儿没受委屈,我觉得香儿受委屈了。"

刘伯说:"你们两个女人,婆婆妈妈的,什么委屈不委屈的,我看他们是世上最美的一对儿。"

爸爸说:"玉儿,赶紧叫'爸爸、妈妈',从今天起,你有两个爸爸妈妈了。"

香儿斜着眼看我,那目光像万针扎心,刘伯、阿姨笑着,爸爸妈妈期待着,我终于叫出了"爸爸、妈妈,"又叫出了"香儿。"

掌声响了起来。

结婚前的这两天,爸爸妈妈天天来看我,而且加派了一个私人医生,两个私人医生轮流守护在我的床前,我好像囚犯一样,我想逃,可是我无力逃,我身边的人个个都在监视我,真让我受不了。小阿姨的眼睛红红的,好像哭过一样。我想问她为什么哭了,可一直没有机会。我身边总是有着至少两三个人,而且这些人不再像以前那样听话。

爸爸妈妈再次来的时候,我捂住脸哭了,妈妈问我"哭什么?"我不说,爸爸问我"哭什么?"我还是不说。妈妈讲了一大通要有奉献精神的大道理,爸爸接着重复讲了一遍。我睡着了。我在梦里说:"你们把我憋死了!"

妈妈说话了:"叫人带他去后花园走走吧。"

爸爸同意了。

于是,我坐在轮椅上,滑向了后花园,后面簇拥着一大帮人。妈妈的花园真大,大得我看都看不过来。


我的睡美人在花园的尽头,她依然睡着。动物们都醒了,它们有的在伸懒腰,有的在嬉戏,有的在觅食。

我决定向我的睡美人求爱,哪怕她永远不醒,我都要娶她。我要和她生儿育女,过美丽的男耕女织的生活。

就在我快要接近她的时候,一只老虎向我扑来:"睡美人失踪的事是你干的吗?"老虎恶狠狠地瞪着我,它的两只大牙恨不得立即将我粉身碎骨。

"是。"我战战兢兢地说。

"你为什么要这样做?"老虎每说一句话,地都摇一次。

"因为我爱她。我要把她救回人间去。"我信誓旦旦地说。

"哈哈哈……"老虎狂笑道,"她已经做了七七四十九次人了,她已经不想做人了,她对人类越来越感到恐惧,她准备下辈子做个动物,她现在正在修炼,你不要再打扰她了,否则,不要怪我不客气。"老虎说着朝我伸出了一只前爪,那爪子对我做捏碎状。

奇怪地,我竟然没有半点害怕地说:"不,我要带她走,我爱她,我要她跟我一起生活,我要她回到人间,你不能破坏别人的美满姻缘。"

老虎愤怒地把前爪伸向我的肩头,我感到我的骨头都要碎了。

"你这个骗子!"老虎的血盆大嘴伸到我脸上,我闻到一股血腥的味道:"你这个可恨的骗子!"

"我没有骗她!我爱她!我可以为她而死!我现在就可以死在你的面前!"

"好!真汉子!我成全你!"

我闭上眼睛,心中充满了遗憾:"我这一生,活得多么糟糕,如果老天能给我一次机会,我一定要好好地活着。现在,什么都不要想了吧,世上说,没有卖后悔药的,这话可是千真万确的呀,哎,不要想了,越想越难受,等死吧。"

"虎儿,不得无礼!"

我忽然听到一个威严又慈祥的声音,我睁开眼睛,原来是王母娘娘驾到了。老虎"呼"地一声,窜到王母娘娘身边,亲昵地舔了舔王母娘娘的右手,然后又舔了舔王母娘娘的左手,王母娘娘笑着说:"你这孩子,又在贿赂我。"

虎儿说:"王母娘娘,虎儿想死你了。"

王母娘娘笑着说:"哄我呢,想我不去看我。"

虎儿说:"王母娘娘,您老人家真是站着说话不腰疼,您大概忘了那儿戒备森严了,没有您的金牌令,谁能进去呢!谁又敢呢!再说,您老人家日理万机的,好意思打扰你吗!"

王母娘娘笑道:"你是兽中之王,倒学得像猴儿似的伶牙俐齿的。"

虎儿说:"您还说呢,就您偏心! 把俺生得拙嘴笨舌的,害得俺天天练口才。"

王母娘娘严肃地说:"兽中之王,不是靠嘴的,你这会又要杀谁呢! 你杀的生灵还少吗!"

虎儿说:"我在替天行道呢,睡美人的事,您老人家一定听到了吧?"

王母娘娘说:"你说的就是那个敢跟我顶嘴的犟丫头吧? 她过得好吗? 我现在真有点后悔,也许我对她不够仁慈。"王母娘娘说着说着直抹眼睛。

虎儿说:"娘娘,您别哭了,她跟我们生活在一起挺好的,我们挺照顾她的,人间也许有人间的乐,但她不愿意去了,我们有什么办法呢! 虽然她现在没有做成动物,但总比回到人间强多了吧?!"

王母娘娘说:"都怪我心狠,可是,我能有别的选择吗? 我是王母娘娘呀。"

虎儿说:"娘娘,您别难过了,睡美人,我很了解她,她不会怪您的。"

王母娘娘说:"我知道她不会怪我,可是我心里难受呀,一个姑娘家,整天不睁眼,谁受得了呢!"

虎儿说:"一个年轻小子,马上要结婚了,不顾千难万险地跑到我们动物的世界里,口口声声要娶我们的睡美人,还要把她带回阳间,我劝不走他,一气之下我要毙了他,谁知道他竟然是个不怕死的,幸好您老人家来了,您说这事咋办呢?"

王母娘娘说:"你的意思呢?"

虎儿说:"他如果真的想死就成全他吧! 省得他天天烦我们。"

王母娘娘说:"或者我们一起问问他?"

虎儿说:"我问过了,他说他想死。"

我赶紧跪倒在王母娘娘的脚下说:"不,王母娘娘,求您救救我,我不想死。"

王母娘娘说:"你真不想死,就去向虎儿求情。"

我赶紧说:"虎王虎王,放我一条生路吧。"

虎儿说:"放你生路可以,以后不要再来骚扰我们的睡美人,我们爱她,我们不允许你伤害她。"

我说:"我不是伤害她,我是爱她。"

虎儿说:"你要还是这样执迷不悟,不能怪我不客气了。"

我说:"男子汉大丈夫,一言既出,驷马难追。"

虎儿说:"你不用这么陈腐,没有人知道。"

我说:"我不是因为我说了我要对我说的话负责任,我是因为我和她已经成为一体,你要我离开她,等于要我死。"

王母娘娘说:"她一直睡着,也许永远不会醒来,这你知道吗?"

我说:"我的爱可以叫她醒来。"

王母娘娘叹了口气说:"小伙子,我很佩服你,可是你也太不自量力了。"

我说:"为什么不给我机会试试呢?我愿意用我毕生的精力打赌。"

王母娘娘说:"如果你失败了……"

我说:"就是我失败了,也是成功了,有了她,虽死犹生。没有她,虽生犹死。"

王母娘娘说:"虎儿,古时候吧,有梁山伯与祝英台,现在呢,我好像没有听说过一个男人为一个女人而死的,这事有点蹊跷。"

虎儿说:"可不是吗,如果人世间真的还有这么美好的爱情,下辈子我宁愿做人去。"

王母娘娘笑着说:"你这孩子,又讲笑话了,放着动物之王不做,去做什么人呢?"

虎儿说:"如果人世间还有这么美丽的爱情,我宁愿放弃虎王之尊。"

王母娘娘说:"哎,别说了,说得我都动心了。"

虎儿说:"王母娘娘您也会动凡心?"

王母娘娘说:"人间有人间的美丽,好了,别说了,咱们如何处置这个'英雄'?"

虎儿说:"杀了他。"

王母娘娘说:"你看着办吧。有一点,我们别光顾着说人间的残忍,我们不能做些让人间也说我们残忍的事情。"

虎儿说:"我明白了,王母娘娘,请放心,这事我会按您的旨意办理。"虎儿说着在王母娘娘的耳边耳语了几句。

王母娘娘点点头:"不早了,我得赶紧回去处理事情呢!有时候我真羡慕你呀!你可是比我自由多了。"

虎儿说:"事情处理好了,我给你递帖子,小的们从深山里给我采摘了一棵'夜逍遥',我不敢自用,改日我亲自给您和玉皇大帝送去,这东西可神了。"

王母娘娘说:"你自个享用吧,我们还有一棵呢。多谢你的孝心,他日再会。"

一眨眼的工夫,王母娘娘不见了。

老虎看着我说:"给你最后一次机会,要么你离开睡美人,要么你去死?"

我说:"没有见到睡美人之前,我活得极不耐烦,一心求死;见到睡美人之后,我才觉得活着是多么美好,无论如何艰苦,我都想活着,和她一起活着。"

虎儿叹了口气:"你可以选择死的方式。"

我说:"什么样的死可以照亮睡美人?"

虎儿说:"在一个很远很远的地方,有一个很老很老的老头儿,他有一枝很美很美的花,叫'火焰花',如果你能够要到这枝花,睡美人就会被照亮。"

我说:"我现在就可以去,你告诉我它在哪里?"

虎儿说:"从这里出发,你一直朝前走,你不要回头,你就可以到达。"

我说:"大概多长时间我可以到达?"

虎儿说:"还从来没有人到达过,去的人倒是不少,可惜不是逃了就是死在路上。"

我说："我要活着见睡美人。"

虎儿说："临走之前，你可以和睡美人聚聚。"

我谢过虎儿，我把睡美人抱到月亮上面去，我们在月亮上面相聚，到最后，睡美人化成了水，而我，化成了一尾鱼……我正准备把睡美人抱回去的时候，我蓦地发现所有的动物都在看着我们，我幸福地哭了，掌声响起来，歌声唱起来——"再见吧，朋友……"


我哭着上了路。

我刚走了一小段，就听到一个很清脆的女声在后面叫我，我不敢回头，那女声说："先生，别走，你走了，我会想你的。"

我说："你是谁？我不认识你。"

那女声嗲声嗲气地说："先生，好健忘！我们刚才还在一起呢！"

我心里一惊："睡美人？！"正想回头，忽然记起虎儿的话，我压抑住内心的狂喜："睡美人，你难道是睡美人？！"

"睡美人难道还有假的吗？世上可是只有一个睡美人。"女声不高兴地说。

我有些不好意思地说："我的睡美人在我的记忆里是不说话的。"

女声说："先生是不希望睡美人说话了？"

我说："哪里，哪里，如果睡美人能够张口说'我爱你'，我死都值了。"

女声嗲着说："你现在回头呀，你回头我就对你说'我爱你'。"

我停止了脚步，我犹豫了好半天，我是多么想听到这句话呀，可是它对我来说，远不及照亮睡美人的意义大，于是我狠了狠心，说："你不是我的睡美人，你是假的，我讨厌你，你别在这里捣乱了。你赶快回去吧，否则，别怪我不客气了。"

我说这些话的时候，心如刀割，我是多么希望睡美人能够理解我呀。

"呜呜呜……"一个非常委屈的女生的哭泣声割裂着我的耳朵，同时割裂着我的心脏，我是多么想扭回头把睡美人搂在怀里，我是多么想抱着睡美人哭个痛快，但我不能。

"呜呜呜……"哭声在继续，好委屈。

她是不是已经哭倒在地?!

风这么大，她会不会哭坏了身子?

她也许已经很恨我了?

她也许不会再原谅我了?

她能明白我的良苦用心吗?

不如向她妥协吧?

不，我一定要照亮她。我不仅要照亮她的物质，也要照亮她的精神。

原谅我吧，睡美人，即使你恨我，即使你再也不想见我，即使你永远永远不能理解我，我都不能回头。

"呜呜呜……"哭声微弱，如抽丝，她那细微的哭声像细微的丝线拽着我的心，我的心脏就像被从胸膛里拽出去了，我大叫一声"睡美人，你不能死!"声音之大，连我自己都吓了一跳。

没有回应。我呆了。我停止了脚步。

"睡美人，你不能死!"我呜呜地哭了。

天地间只有我一个人在哭泣，我多么希望能够有人陪我哭泣陪我悲伤，可是没有。

"呜呜呜……"我哭得上气不接下气。如果睡美人死了，我朝前走还有什么意思!

如果睡美人死了，我活着还有什么意思! 不如我扭回头，找到睡美人的尸体，然后我们在阴间找个地方，住在一起。

就在我要扭回头的时候，一个慈祥的声音说:"我的孩子，我可怜的孩子，母亲来了!"

"母亲? 您在哪里? 我怎么看不到您!"

"傻孩子，我们阴阳两相隔，你当然看不到我。"

……

"孩子,你为什么不说话?"

……

"孩子,你不说话是不是很恨妈妈?"

"我一直不快乐,你知道吗?"

……

"我知道您很冤屈,可是您为什么总不放过我?您的阴魂一直缠绕着我,您给我带来了很多痛苦,无药可治的痛苦,您知道吗?"

……

"这么多年来,我一直想见到您,这是我生命中唯一的梦,今天,您终于肯出来了,可是,您是那么陌生,您是谁?"

哭泣声。

"您是母亲,我这么多年来,受了这么多委屈,我还没有哭呢,您先哭了,您哭什么哭,您再苦有我的命苦吗?我一生下来就没有妈了。没妈的孩子,再怎么锦衣玉食,都始终是一根墙头草。"我说着说着也哭了。

"孩子,娘对不起你。我当时寻死,也是为了你好。"母亲边哭边说。

"为了我好,您就不会死了。天底下谁的母亲宁愿自己刚出生的孩子一出生就没妈呢。您知道吗,没妈的孩子,心理多多少少都会扭曲的,我的心里一直有阴影,这阴影怎么也驱散不了,这全是您一手造成的呀……"我说不下去了。

"孩子,娘把你生下来之后的任务就是死掉。娘死了,你才能过上幸福的日子。娘当时的初衷真是为了你好呀,你是娘唯一的亲骨肉,娘难道说会害你不成?"母亲说不下去了。

母亲越哭越凶,甚至有些喘不过气来。

我们两个一起哭了好一会儿。

后来我怕母亲哭坏了身子,先止住了哭声说:"娘,您别哭了,咱娘儿俩好不容易才有了今天,应该高兴才是呀。"

"孩子,你真的原谅了娘了吗?"母亲抽泣道。

"娘,您老人家不要怪孩子刚才的气话,孩子是因为自己人才这样说的。孩子从来不对妈妈这样说话,孩子不敢。只有在您面前,孩子才觉得安全,才觉得不管怎么样胡闹,您都不会伤害孩子,您都会原谅孩子。现在想想,孩子觉得好自私呀,孩子一肚子的苦水呀。"我还没有说完,又禁不住地哭了起来。

我们娘儿俩再次一起哭了起来。

后来母亲说:"孩子,别哭了,再哭就哭坏身子了,你还要上路呢,路还很长。"

我说:"母亲,我能看看您长得什么样吗?"

母亲以不容商量的口气说:"不能。"

我说:"为什么呀? 我很想看您生得什么样。"我说,"您年轻时一定是个美人胚子。娘,有人悄悄地说,我越来越像您了。"

母亲说:"孩子,你知道娘这会心里多么幸福吗。"

我说:"娘,那您就现身出来呀。"

母亲说:"咱们阴阳两相隔,我不能现身,这是规矩。"

我说:"什么规矩不规矩的,规矩还不是人定的。"

母亲以哀求的口气说:"孩子,算娘求你了,娘不能现身,娘现身对你不好,娘这次已经做错了,娘都不应该来这里和你说话,娘要走了。"

我哀求道:"娘,您不要走呀,我真舍不得您,我求您陪我走完这条路。"

母亲说:"时辰已到,娘要走了。"

我哭了:"娘,您一定要再来看我,您一定要答应我。"

母亲哽咽道:"娘答应你,娘走了。"

一个物体穿破空气的声音响起来,几分钟之后消失了。

"娘,娘,娘……"我焦急地呼喊着,四面八方的回声回应着,可是,没有人答应。

我听到我的心破碎的声音。

我麻木地看着那一片一片碎片,那泛着光的红色的碎片……

我不知道麻木了多长时间，后来我站起来，我听到一个呼唤我名字的声音，我情不自禁地去扭头，可是我怎么地都没有办法扭回头，我不知道发生了什么事，我傻在了那里，我要死了吗？

　　"你没有死，宝贝，你妈妈在帮你。"一个女声说。

　　"你是谁？"

　　"我是睡美人。"

　　"睡美人？你怎么在这里？"

　　"我被你的母亲感动了。母爱真的是世上最伟大的爱。为了自己的孩子，她可以燃烧自己。"

　　"你说什么，睡美人？她可以燃烧自己？谁？我母亲？我母亲她怎么啦？"

　　"没事。她好好的。"

　　"真的吗？你没有骗我吧？"

　　"我会骗人吗？"

　　"那就好。母亲平安了，我的心也就安了。睡美人，你回去呀，外面风大，看样子，要下雨了。"

　　……

　　"回去吧，听话。"

　　"你还是不要去了吧？我真的不想做人。我宁愿做动物。王母娘娘何等威严，都没有拗过我，更何况你呢。"

　　"王母娘娘，我见过的，听她的口气，她是很疼你的。"

　　"你瞎说吧？"

　　"真的，王母娘娘很疼你，我就不相信你一点感觉都没有。"

　　"王母娘娘曾经很疼我，可是我这次为了做个睡美人大闹了天宫。她本来是要把我下油锅的，后来不知怎么的，竟遂了我的心愿。不过，我想，我让她难堪，她是再也不会原谅我的了。"

　　"她早就原谅你了。她还说她对你心存内疚。"

　　"真的吗?！真的吗?！"

"不信，你可以去问问她。"

"我哪里有脸见她。"

"哎，都说人与人之间沟通不了，看来，这神仙之间也是沟通不了的。"

"我说到底还是个人。"

"那你就醒过来吧，你醒过来，我也不用十万里长征了，咱们好过夫妻生活。"

"你做梦吧，你！"

"好了，好了，算我做梦。你快回去吧。长征的路太苦，不适合女孩子，虎儿它们找不到你，也会着急的。"

"我人还在那里。"

"什么？你人还在那里？那么，你是谁？"

"只是魂儿来了。"

"哎，吓我一大跳。据说，唐僧西天取经的时候，遭遇了很多很多的苦难，不知道我这一次吉凶如何，也许我再也见不到你了。"

"所以，你就别去了。"

"哎，到现在你还不明白我的爱。"

"我给你讲我以前的故事吧？"

"好是好，你会不会冷？要么，把我的衣服脱给你披吧？"

"不用。我的肉体没来。我在这里不会受皮肉之苦的。"

"我真羡慕你。你可以不用受皮肉之苦。"

"我一样羡慕你，你可以受皮肉之苦。"

"哎，你就别拿我开心了，你看我日子好过咋的？"

"如果你没有皮肉之苦，就没有切肤之痛，没有切肤之痛，怎么能够更深地体会到快乐和幸福，又怎么能够更加珍惜来之不易的快乐和幸福。"

"好像有道理。"

"你知道英国王妃黛安娜为什么不快乐吗？"

"好像因为她老公对她不忠。"

"错。因为她的一切来得太容易了。"

"好像也有道理。"

"你想听我的故事吗?"

"想听。"

"我开始讲啦。"

"开始吧。"

第二章　第一生——唐朝公主

# 第二章　第一生

## 唐朝公主

　　我的第一个人生是唐朝的公主,我的母妃是后宫最受宠的妃子,我一出生就成了父皇最疼爱的女儿。

　　14岁那年父皇带着母妃和我出宫微服私访,路过现在的武汉时,我在轿子里听到一个优美的笛音,我想停轿看个究竟,可父皇说急着赶路,不准我停轿。可是那笛音一直跟着我,父皇也觉得奇怪,就打发一个太监去把那吹笛的叫来。

　　好一阵之后,太监终于气喘吁吁地回来了,说:"吹笛的是一个少年,那小孩特犟,说他只为知音吹奏。"

　　父皇说:"他怎么知道我们不是知音呢?"

　　太监说:"那小孩说了,是知音的话会被他的笛音引到他身边来的。"

　　父皇说:"掌嘴!我是一朝天子,天下所有的都是我的。"

　　母妃说:"这小孩是个有血性的孩子,咱们就不要为难他了。人家也不知道你是当今天子。咱们不是说好要隐瞒身份的嘛。"

　　父皇说:"我糊涂了。小安子,那吹笛子的小孩子离咱们有多远?"

　　小安子说:"一里路远吧。"

　　父皇说:"咱们瞧瞧去。"

　　到了之后,小安子对着吹笛少年喝了一声"跪下",那少年好像没听到一样仍然对着我们吹笛,小安子便抽出鞭子,正准备下手的时候,父皇喝住了。

　　父皇说:"少年,你应该是一个有着大志之人,干吗在这里玩物丧志?"

　　少年依然自顾自地吹着他的笛子,父皇有些尴尬。小安子又要上前,母妃用眼睛止住了。

母妃说:"少年,你独自一人在这里吹笛,难道不孤独吗?"

那少年依然像什么都没听到似的,母妃也尴尬起来。

我很生气,就说:"小子,我知道你在这里等知己,但也不必这么无礼!"

笛音戛然而止,那少年转过身,惊喜地说:"你终于来了,你让我等得好苦。"他眼睛里放射出来的美丽的火花把他那张本来就很帅气的脸映照得奕奕生辉,我的心里动了一下。父皇和母妃都看着我,我羞得低下了头。

母妃说:"少年,你为什么一个人站在这里吹笛?"

少年说:"阿姨,我一生下来就会吹笛,我天天吹笛,就像你们天天吃饭一样,听我吹笛的人不计其数,可是没有一个听得懂我的笛音的人,你可以想象得到我心里是多么孤寂又是多么痛苦吗?终于有一天,我发誓,我一定要找到知音,于是我天天来到这里吹笛,不管风吹雨打,方圆几百里的,没人不知道我的,可是我来这里七年了,这里每天人来人往的,七年了,仍然没有找到一个听得懂我的笛音的人,直到今天。"

父皇说:"实在感人呀,那你要是找不到怎么办?"

少年说:"我没有想过这个问题。"

母妃说:"人生苦短,得过且过,你又何必如此执著?"

少年说:"阿姨,你是富人不知穷汉子饥……"

小安子喝了声"大胆!"

母妃朝父皇甜蜜地笑笑,说:"小安子,让他讲下去。"

小安子说:"讲下去。"

少年说:"阿姨大概碰到了知音或者碰到过知音,所以您这样说。"

母妃笑了,说:"小安子,给少年挑个礼物,做个纪念。"

少年说:"我不要礼物,我只要见见小姐姐,和小姐姐说上几句话。"

我正想挑开帘子,父皇哼了一声,父皇说:"少年,回去吧,小姐姐不是什么人都可以见的,你要是想升官想发财我可以满足你。"

少年说："做官发财我都不稀罕。"

父皇说："你口气这么大!"

少年说："我太爷爷帮先皇打下了大唐江山,先皇封我太爷爷做宰相,我太爷爷不要,先皇又封给我太爷爷良田万顷,我太爷爷还是不要,先皇哭了,说,哥哥,你这样做是不是怕我杀你,我们哥儿俩战场上浴血奋战,早已成了一个人,我杀你不是杀我自己吗? 我太爷爷也哭了,我太爷爷就收下了先皇的礼物,大人,您瞧,我还需要您封官什么的吗?您脚下踩的地都是我的。"

父皇说："你是……"

少年说："你认识我?"

父皇愣了一下,说："没有,我是听人说的,方圆几百里,谁人不知道你呀。"

少年说："其实我的愿望很简单。"

母妃说："越是简单的愿望越不可实现。"

少年说："你们为什么不让小姐姐自己决定呢?"

母妃说："小姐姐拥有的太多了,所以她必须失去这个权利。"

少年叹了一口气,他顺手把笛子扔到了江里。父皇和母妃想制止已经来不及了,小安子正准备下江去捞,少年说："不必了,笛子已经死了,就是你捞上来,它也不会活了。"

母妃说："你这孩子怎么这么决绝,除了小姐姐之外,你还是可以找得到别的知己的嘛。"

少年说："人生得一知己足矣。"他说着朝我们拜了拜,然后他走了。

我的心突然疼起来,我的眼泪忽然涌出来,我第一次朝父皇朝母妃叫起来:"我好穷呀! 我好恨你们!"

母妃把我搂在怀里,父皇笑起来,说:"朕的兰儿长大了呢,不就是一个小伙子吗,你要是喜欢,朕把他赐给你。"

母妃也劝我说:"天下是你父皇的,你又是你父皇最宝贝的娃娃,你要什么,你父皇给你什么,咱们的兰公主要是穷了,天下哪个姑娘敢说富。"

我这才破涕为笑。

从这天之后,我脑子里想着那笛音,整天郁郁寡欢,茶饭不香,太医说我劳累过度,父皇叫母妃陪我先回京城,母妃不愿意与父皇分开,父皇就叫奶妈陪我回去。

路过武汉时,我朝奶妈跪下来,说:"平生只有一个心愿,愿奶妈帮我。"奶妈吓得赶紧扶起了我,我说出了我的心愿。

奶妈说:"兰公主,你想我被杀头吗?"

我说:"我觉得我活不长了。"

奶妈说:"我按你说的去做,小祖宗,你别折磨我了。"

于是我们在武汉停了下来,首府刘大人把他的刘府让给了我们住,刘大人自己带着家眷搬到别的地方去住了。

几天之后,刘大人见我的病不见好转,就说,这附近有个神医,如果我同意,可以叫来会会诊。

我同意了。神医会诊之后,说:"公主的病我不敢说。"

刘大人慌了,说:"不会是什么大病吧?"

神医说:"不是什么大病,但病得也不轻。"

太守说:"你别在这里装神弄鬼了。"

神医说:"我说出来怕冒犯龙颜。"

我说:"一个人和我的奶妈说去,你要做到知无不言,言无不尽,少说一字,我要你的狗命!"

太医说:"谢公主。"

我说:"你们都下去吧,我这会儿累了,我想闭会儿眼。"

我再次睁开眼的时候,我发现奶妈正坐在我的床边抹泪。

"你哭什么?"我声音虚弱得连自己都听不清楚。

奶妈说:"你有救了,神医用他的舌头给你换来一个药方。"

"什么?"我模模糊糊的。

"公主,你看,神医叮嘱我一定要把他的舌头拿给你看,他说你看以后,就会病好一半。"

我眨眨眼睛。

"公主,我亲自给你熬药去。"

我又眨眨眼睛,之后我又迷迷糊糊地睡去,过了不知道多长时间,奶妈叫醒我,药端了上来。三个丫头试过之后,奶妈开始喂我药,吃完以后我又迷迷糊糊地睡过去。

再次醒来的时候,屋里已经掌起了灯,我自觉精神了好多,首府大人和首府夫人都还在会客室坐着没走。奶妈问我,"首府大人、首府夫人都很担忧你,自从你进来还没敢回家休息,一直在这里守着,听说你好转,想进来亲眼看望。"

我想了想说:"叫他们明天见我吧,说我好着呢,不用担心。"

奶妈转身走了,奶妈回来的时候,我屏退所有的丫环,问奶妈:"事情办得怎么样了?"

奶妈说:"只要你的病体好了,什么都可以解决的。"

接着,我们商量起具体方案来,直讨论到半夜,我才睡去。

又服了几天药之后,我完全康复了。首府大人修了一封信给父皇,叫父皇放心,首府夫人问我要不要叫她女儿过来陪我玩?我说:"过一个星期吧。"

我催着奶妈,奶妈总是说等我的病再好点。我火了,奶妈吓得跪着说:"公主,要杀要剐随你的便吧。"

我更火了:"你威胁我?"

奶妈哭了,说:"您是我带大的,您一出生,一交到我的手上,我就把自己的命交到您的手上,您哭我哭、您笑我笑、您疼我疼、您乐我乐,我早已没有了自己的酸甜苦辣,我斗胆说一句,为了您,我恨不得榨干自己,可是,公主,您还记不记得神医的舌头,看完您的病之后他为什么剪下自己的舌头,那是为了保护皇上的威严,他为什么叮嘱我要我亲自为您煲药,而且药方也不许别人看,那是因为他不想第二个人没有舌头,现在您父皇、您母妃都不在身边,我、太医、太监、丫头、首府大人、首府夫人都是您的监护人,什么事情,谁也不敢独自决定,怕承担责任呀,如果咱们出去,或者叫那少年进来,得有多少人遭殃呀!"

"可是,奶妈,父皇说,只要我高兴,他可以把他送给我的。"

"公主,那是您父皇怕您不高兴,如果您父皇真的这样说了,您就等嘛。"

"可是我现在就想见他。"

"我的公主,当时您为什么不对您父皇讲呢?"

"我哪好意思。父皇都说过要给我的了。"

"公主,您真不识人间愁滋味,您父皇是皇上,皇上那么忙,怎么可能记住一时高兴说过的话呢。"

"一国之君,岂能有讹。父皇最疼我的,他不会骗我的。"

"公主,皇上不会有讹,您父皇不会骗您,但问题是,他心中除了您之外,还有天下,他整天日理万机的,怎么会记得曾经讲过的话呢?"

"那你提醒我父皇。"

"公主,您要我杀头嘛!"

"那你提醒我母妃。"

"公主,这类事情岂是一个奴婢可以说的。"

"那可怎么办?"

"最好您私下里同您母妃讲,您母妃就您一个女儿。"

"可我说不出口。"

"您就说您要那个少年做您的太监,专门吹笛子给您娱乐,您母妃一高兴还不都答应您?"

"太监,我不要,我要一个真正的男孩子陪我玩。"

"公主,恭喜您,您长大了。"

"长大了是什么概念?"

"长大了就是……"

"就是什么?"

"就是,慢慢地,什么都会知道的。"

"奶妈,你快告诉我嘛。"

"您让我想想。"

"你怎么一直跪着。"

"您不说让我起来,我哪里敢起来呢?"

"起来吧,你没什么罪,一直跪着做什么?"

"谢公主。"

"以后不要说谢公主了。我整天耳朵听得都起茧子了。"

"公主,您见过茧子吗?"

"我没有。"

"那您怎么想起这个词?"

"我的耳朵起了茧子。"

"公主,您真聪明,难怪皇上、皇贵妃喜欢您。"

"哎,奶妈,你能不能说点别的,别跟着下头的一起起哄。"

"公主……"

"别啰唆了,我知道你想说什么,快告诉我长大了是什么意思?"

"公主,女孩子长大了脸会红呀。"

"哎哟,对了,又好像不对哟,好像我以前红过脸,好像我以前红脸和上一次红脸不同,上一次我好像心里很慌,我看到他,好像有一种很不同的感觉,那感觉是什么呢? 我好像说不清楚。"

"公主,您说什么呢?"

"噢,没有,我没说什么,你不要对我母妃讲。"

"什么呀?"

"就是那个吹笛少年。他好像是第四类人。"

"什么第四类人?"

"就是父皇、皇兄是一类人;母妃和我们是一类人;太监是第三类人;他好像是第四类人。我见到他,就被他吸去了,第四类人是不是专门吸人的? 还有第五类人吗?"

"什么第四类人、第五类人? 世上只有两种人,一种是男人,一种是女人。"

"不对，太监就是介于男人和女人之间的人。"

"公主哎，太监本是男人，进宫的时候，割去了男人的东西。"

"男人的东西，什么男人的东西？"

奶妈打了自己一个嘴巴，说："该死，请公主恕罪！"

我说："你干吗请我恕罪呢，你没有罪呀？"

"奴婢该死，奴婢不小心说漏了嘴。皇上和皇贵妃要是知道了，奴婢十个命也没有了。"

"奶妈，咱们俩说悄悄话呢，你不必太计较君臣之礼。"

"谢公主不责之恩。"

"奶妈，你说这男人和女人是不是各有各的东西？"

"各有各的特征。"

"男人是什么特征呢？女人又是什么特征呢？"

"男人是山，女人是水；男人是太阳，女人是月亮；男人是阳，女人是阴。"

"我还是不明白，男人怎么会是山，女人怎么会是水？男人又怎么会是太阳，女人又怎么会是月亮？男人怎么会是阳，女人怎么会是阴？阳是什么，阴又是什么？"

"男人和女人在一起的时候，男人越来越硬，女人越来越软——所以男人是山，女人是水；男人奉献的是白天，女人奉献的是夜晚——所以男人是太阳，女人是月亮；有了日头就是阳，有了月亮就是阴——所以男人是阳，女人是阴。"

"我还是不明白，怎么男的和女的在一起，男的就越来越硬，女的就越来越软呢？"

"男人和女人一起做活，男的就越来越硬，女的就越来越软。"

"那第二句话呢，女人白天也做活呀？"

"对男人来说，白天的事重要；对女人来说，晚上的事重要。"

"奶妈，你怎么越说我越糊涂了。"

"我的妈妈同我讲的时候，我也不明白，后来我就明白了。"

"你什么时候明白的?"

"我嫁人的第一天开始明白,以后越来越明白了。"

"女孩子嫁了人之后,她的生活会有什么改变吗?"

"变化大着呢。"

"怎么个大法呢?"

"女孩子的枕头边多了个男孩子的枕头,然后这两只枕头绞在一起发生了奇妙变化。"

"什么样的奇妙变化?"

"女孩子的肚子里有了种子,这种子慢慢地发育成小孩子。"

"真有意思。"

"十个月之后,小孩子就从妈妈的肚子里爬了出来。"

"我是不是从母妃的肚子里爬出来的?"

"对的呀。"

"那母妃肚子里的种子是不是父皇给的?"

"兰公主真聪明。"

"那有没有可能是别人?"

奶妈"扑通"一声跪了下来,一边左右打自己的耳光。

"奶妈,你这是干吗呢?你怎么老是做些让我莫名其妙的事?"

"奴婢该死!奴婢该死!!奴婢该死!!!"

"起来,起来起来!你怎么动不动就该死的?"

"奴婢不敢起来。"

"你怎么啦?想抗旨呀?"

"奴婢罪该万死!"

"行啦,我赦你不死。"

"奴婢冒死请求公主以后别问这些话了,这话有辱龙颜。"

"怎么有辱龙颜呢?"

"请公主相信我的话。"

"行啦行啦,你真是麻烦得要死,搞得我一点心情都没有了。"

"公主请你惩罚我。"

"我现在还舍不得呢。"

"谢公主。"

"起来吧。"

"谢公主。"

"今天到此为止吧，叫人侍候我睡吧。"

"谢公主。"


夜里，我梦到吹笛子少年倒在病榻上奄奄一息。我吓得叫起来，睁开眼睛的时候，看到一屋子衣衫不整惊慌失措的下人，我叫道："奶妈。"

"公主，我在这里"，奶妈正守在我的床头流泪。

"哭了?"我奇怪地用手摸摸脸，果然湿湿的，我仔细地想了想，完全不记得梦里的细节，只隐约回忆起那是个可怕的梦。我沮丧起来，不是刚才发生的吗？怎么一点记忆都没有了呢？

"混账东西"，我骂道，"你们在皇宫什么大世面没有见过，个个像惊弓之鸟，又衣衫不整的，成何体统！你们都是我的人，传出去，也太给我丢脸了。"

"你们都回去穿好衣服去。"奶妈喝道。

"慢走，你们赶紧帮我回忆我的梦的细节，回忆不出来，你们都休想起来。"

奶妈说，"大家现在梳理好心情，梳理好之后，我们一起进入兰公主的梦，兰公主在梦里哭了，请大家仔细想想，什么事情会让我们幸福的小公主哭呢？每个人都要给出一个答案。"

"会不会想念皇上了?"第一个丫头说。

奶妈说，"公主，你是不是想念皇上想的?"

"不对，要是梦里梦到父皇我应该笑。"

"有一次我梦里梦到我爹了，我就哭了。"一个丫头说。

"掌嘴!"奶妈说，"你一个贱骨头怎么能跟公主比。"

"你平时见不到你爹,梦里好不容易见到了,怎么会哭呢?"我奇怪道。

"爹哭了。"

"你爹哭什么呀?"

"他哭我可怜的女儿呀。"

"掌嘴!"奶妈说,"跟着公主,几辈子都修不来呢,真不会说话。"

"你跟着我,吃得好,穿得好,住得好,又无限风光,怎么就可怜了?"我生气道。

"公主,她刚进来,还不懂规矩,把她拉出去杖打五十棍?"第三个丫头说。

"掌嘴!"奶妈说,"这里哪里轮得到你插嘴。"

第二个丫头一个劲儿地磕头,声音颤抖得说不出话来。

"你不用害怕,我问你怎么觉得自己可怜?"我问道。

"我……没……有。"

"那你刚才说你可怜?"我奇怪道。

"公主,是父亲说的'可怜的女儿'。"奶妈道。

"那你父亲为什么认为你可怜呢,他不觉得他的女儿入了皇宫做了公主的丫头,这是光宗耀祖的事吗?"

"我……我……我……"第二个丫头伏在地上抖做一团。

"把她拉出去!"我说,"我看她不舒服。"

"公主!"第四个丫头惊呼道。

"怎么了,你! 你要是活得不耐烦了,和她一起去吧。"

"公主,您看在我伺候您这么多年的分上,让我留一句话给您吧?"第四个丫头含着泪说。

"大胆!"奶妈喝道。

"让她说吧。"我说。

"公主,父亲见到多年不见的女儿说可怜,并不是说他的女儿真的很可怜,而是说她是他的心头肉,他疼她。"

"好奇怪的说法,真的是这样吗?"我问大家。

没有一个人回答。

"你们都哑巴了?奶妈,你说是吗?"

奶妈沉思了半晌,说:"是这样。"

"那为什么父皇从来没有对我说过'我可怜的女儿'?难道我不是他的'心头肉'?"

奶妈扑腾跪下来,说:"请公主降罪。"

我说:"你想要什么罪?"

奶妈说:"奴婢出言不逊,请公主惩罚。"

"算了,今天我不想整人了,你们大家全都畅所欲言吧,言者无过,不言者有罪,奶妈,你也不用给她们掌嘴了,我看你也够累的,你就歇会儿吧。"

奶妈说:"谢公主。"

我说:"你们大家都起来吧,不要跪着了,看得我心烦。"

"谢公主厚恩。"大家齐声说道。

第二个丫头、第三个丫头依然跪着。

"你们干吗不起来?"我奇怪道。

"罪人不敢。"两个丫头颤声道。

"算了,我现在不舍得杀你们,你们还有用。"我淡淡地说。

"还不赶快磕头谢恩。"奶妈喝道。

两个丫头这才醒过来似的磕头谢恩。

"刚才我们讲到哪里了?"我问道。

没有人说话。

"噢,讲到梦,对了,我梦到什么了?大家赶快猜,猜对了有赏。"我高兴起来。

"大概梦到皇祖母了吧?"第四个丫头说。

"不对,皇祖母从来不哭的,她从来教导我'皇家的女儿不哭'。"

"那是皇贵妃了吧?"第五个丫头道。

"也不对,母妃说,哭要留在背后哭,不能当人面哭,这是皇室风范。"

"一定梦到皇宫了?"第六个丫头说。

"不对,我才不想皇宫呢,我在这里多逍遥自在。大家想一想,什么事可以让我哭呢?"

……

"你们怎么这么没有想象力?! 一群废物。"我骂道。

"公主,要不然,你先问问她们为什么会哭?"奶妈建议道。

"那你为什么哭了?"我问奶妈道。

"我出嫁的那天哭了;我男人死的那天哭了。"奶妈说。

"出嫁那天为什么哭了? 男人死为什么又要哭?"

"出嫁那天我觉得我被父母抛弃了,我哭了;我男人死的时候我觉得我被我男人抛弃了,我哭了。"

"有意思。你们大家都说说,你们为什么哭? 要实话实说。"

"我挨打的时候,哭了。"

"挨打为什么会哭?"

"疼。"

"我入宫的时候哭了。"

"为什么?"

"我害怕。"

"怕什么?"

"我看到房子很多,又很漂亮;人很多,个个穿得漂亮,每个人的神情跟我们村的不一样,我害怕,就哭了。"

"我娘生病的时候我哭了。"

"为什么?"

"我们家没钱给娘看病。"

"我爹死的时候我哭了。"

"为什么?"

"爹一死,我们家就塌了。"

"我第一次来经血的时候,哭了。"

"为什么?"

"我以为我流血了。"

"我们家的狗死了,我哭了。"

"为什么?"

"狗很忠诚。"

"我们家的猫死了,我哭了。"

"为什么?"

"猫总是向我撒娇。"

"我们村的二大爷死了,好多人都哭了。"

"为什么?"

"他是个好人。"

"那一次我挨骂我哭了。"

"为什么?"

"我觉得委屈冤枉。"

"小花哭了,我哭了。"

"为什么?"

"她是我的好朋友。"

"我做梦梦到地主恶霸,我哭了。"

"为什么?"

"我娘说他们是吃人肉吸人血的。"

"我做梦梦到房子着火了,我哭了。"

"好了,一点都不浪漫,我烦了,你们的想象力跑到哪里去了! 都回去吧,不要让我看到你们。"

一下子人们都惊慌失措地走了,奶妈满脸忧虑地问我:"公主,您需要什么服务吗? 现在的星星没有几颗了。"

"我知道了。你也去睡吧,我一个人静一下。"

"公主,今天你用脑太多,不要再思虑过多,小心身子,您刚刚好些呢。"

"知道了。我累了。想再睡一会儿。"

我再次醒时,已大半晌午了。

奶妈说:"首府夫人,首府千金在客厅已等候多时了,您见还是不见呢?"

"见吧,我正想找个人说话呢。"我懒洋洋地说。

"公主,等一下见到她们,你的身份是尊贵的公主。"奶妈谦卑地说。

"知道了。"我有些不耐烦,"最起码的礼仪,我还是没有忘记。"

梳妆的时候,我问奶妈:"首府的千金漂亮吗?"

奶妈说:"可漂亮了。"

我内心有些不高兴,嘴上说:"怎么个漂亮法?"

奶妈说:"眼睛水灵灵的,睫毛又密又长。脸蛋粉粉的,嘴唇红润红润的,小腰细细的。身子高高的,两只脚小巧玲珑的,还没有来到您身边,已经闻到她身上的女儿香,笑起来,一排整齐的牙玉白玉白的,声音脆脆的,调子柔柔的。说的话极有教养的。"

"够了,我说,你把她说得那么好,她贿赂了你多少银子啊!"

奶妈笑道:"人家喝长江水长大。长江水不比咱长安水,长江水清得可以数得出几条鱼。"

我说:"那我的眼睛没有她的眼睛清澈了?"

奶妈说:"公主,这么说吧,你的眼是公主的眼,她的眼是首府千金的眼,天壤之别呢。"

"有意思,奶妈,你可是越来越会讨我欢心了。"

"只要公主能笑一笑,奴婢就心满意足了。"

"那这个王冠要不要戴上?"

"戴上,这可是您父皇赐您的,这是身份的象征。"奶妈紧张地说。

"这颗绿宝石的光芒远远大于我的光芒,我可真不想戴了。"我叹了口气。

"公主,这是镇国之宝,您戴上它,所有的人都会对您毕恭毕敬。"

"那我不戴它,他们就不对我毕恭毕敬了?"

"他们也对你毕恭毕敬",奶妈无精打采地说。

"我知道了,有时候我不戴它,竟觉得自己不是公主,好像它是皇上最宠的公主,而我只是它手中木偶。"我也无精打采地说。

"公主,这样戴你满意了吗?"奶妈小心地说。

"满意。见一个首府千金,干吗这么细心打扮,值吗? 我们都花费了一个多小时,说不定首府千金早等得花容失色了。"

"他们的时间在公主面前是不值钱的,等公主是臣子们的义务,也是他们的荣耀。"

远远地,我看到首府夫人,首府千金穿着官服衣着隆重地走过来了。

两人一见我,先磕头请安。

我给他们一一赐座,首府夫人问我"凤体可有好转?"首府千金低头陪在一旁。

我们说了一通客气话后,打赏了她们一人一块长安的玉镯。

"玉有魂呢",我说,"戴的时间长了,它会跟着你,保佑你。"两人再次磕头谢恩。

"你要经常地用干净的水给它洗澡。它需要喝水,不然的话,会渴死呢。"

"玉也会渴死吗?"首府千金说。

"当然,我得意地说,它是有生命的。有生命的东西都需要水来滋养的。"

"没错,就说我们武昌的鱼吧,它的肉又细又白,又嫩又爽口,为什么? 因为它喝了长江水呀。"

"我吃过你们进贡的武昌鱼,那味道确实是唯一的,为什么别的地方的鱼就不是这样呢?"

"有一段长江是夹在一大片原始森林之间的,生活在这一段的鱼因营养丰富味道特别鲜美,我们叫它武昌鱼",首府夫人解释道,"武昌鱼最好活着吃。最好是一打捞上来就加工,加工好之后端上来它还会蹦一下,我们叫作'奉献'。"

"奉献?"我越来越奇怪。

"它把它的整个生命奉献给你,临别之前,还拼尽全身最后的力气奉献一支舞蹈给你,它大概是生物界之中最有奉献精神的。"首府夫人感叹道。

"我的奴才要是个个都是这样就好了。可惜,我杀他们的时候,没有人为我奉献舞蹈的,几乎个个泪流满面,好像很怕死的样子。"我感叹道。

"他们哭是因为他们舍不得你,他们为再也没有机会伺候你而哭。"首府夫人谨慎地说。

"谁知道呢!"我不耐烦地说。

"公主,你要是喜欢,我明天叫小的们给你去打武昌鱼。打武昌鱼的时间很有讲究呢。要清早太阳将升的时候,这时候鱼休息了一个晚上才苏醒,这个时候的鱼又好打又好吃。"首府夫人建议道。

"那好吧。我要吃未成年的鱼。"我说。

"公主,未成年的鱼正长身子呢,营养都用在长身子了。刚成年的鱼呢,有不少营养用在养身子上,所以营养很足。"首府夫人又建议道。

"好吧。那就给我刚成年的鱼。"我说。

"那你想如何吃呢?"首府夫人小心地问我。

"它生的时候,生活优越,死的时候也不要委屈它吧,就不要炒或炸了,就清蒸吧。"我随口说道。

首府夫人赞道:"公主你真说对了,我们把它切两片,放在厚厚的葱中间,里面再加些山上的中草药和野菜,蒸出来的鱼,附在鱼骨头的肉更加美味,那些骨头,你不要丢掉,放在牙齿间,你慢慢地吸。"

"呀,原来民间也有这等美味",我羡慕道。

首府夫人解释道,"宫里做不出来,是因为几个原因,一、最主要的没有鲜鱼。二、也是很重要的,没有本土的葱、野味等佐料,还有一点,就是没有本地的新鲜水。"

"武昌的鱼拉到西安养,就是能活下来,已不是武昌鱼了。这里面藏着很深的哲学道理的,我只是一时表达不出来。"我叹道。

"公主天资聪明,悟性极高,真是无人能比。"首府夫人看似由衷地赞道。

"对了,夫人和小姐皮肤保养得那么好。有什么美容秘诀吗?"

首府夫人笑道:"哪里有什么秘诀,我们经常吃一种叫"黑美人"的中草药。这种东西只在我们那片原始森林里有,它只生长在高 100 丈以上的一种很特别的岩石的石缝里,它有 100 年的寿命,然后需要 100 年的时间风干,风干以后才可以把它采下来,采回来以后把尘土洗去,然后用山上的泉水微火炖,炖七七四十九天,加些蜜,把它连汤一起吃下去,可美容了,她的样子像一朵富贵的花。她的颜色是透明的黑颜色,很妖艳的那种黑颜色,在世间你是看不到的,我们每年都送到宫里去的,还把水送去,估计水送去之后水就死了,这样效果就没有在这里吃好,我们这次给你带来了一勺,你趁在武汉抓紧时间吃点吧,很多人为了采它,命都丧了,所以这一带的人又把它称为'毒美人'。"

"还有别的办法吗?"我问道。

"再有一种就是吃月亮潭的水,月亮山的半山腰上有一潭水,样子像半个月亮,月亮潭上一天到晚弥漫着青烟,周围是绿色的森林,它的温度刚好是人体的温度,一年四季不变,它的水向四周流去,可是永远是那么多水,这潭水是几千年前一个地主家的小姐发现的,说起来挺有意思的,这个地主有 10 个老婆,生了 50 个女儿,就是不生儿子,这 50 个女儿,有一个奇丑无比,其他的都很漂亮,所以她经常受欺负,有一天她实在忍受不住了,就悄悄地离家出走了,她不知道往哪里去,就漫无目的地往月亮山上走,走着走着她迷路了,只好硬着头皮往前走,直到她发现了那半月潭,她在那潭边住了半个月,半个月后她想家了,就顺着她来时的路回家了,刚到村口,就看到围了一大群人,她一打听,说是皇宫里来人帮皇上选妃子来了,她很好奇,就挤过去看个究竟,这时,一个穿官服的男人冲她叫道'姑娘,你过来'。她吓得赶紧跑了,她在前面跑那个官人在后面追,那官人一直追她到家门口,守门的不让她进来,她说她是34小姐,守门的哪里肯信,她就叫出那守门人的名字,守门人见一个陌生的美丽的女子能叫出自己的名字很奇怪,就告诉大夫人,这一下子可热闹了,一下子出来几十个女人,没一个人认得出她的,她急了,把自己以前的事说了个一清二楚,她的生母说,如果真的是你的话,你怎么会变成这样子?她于是又把后来的事说了个一清二楚,大家这才信了,她后来被皇上选上了妃子,皇上听说她的事后甚觉惊奇,便把那个潭封为'月亮潭',因'月亮潭'是他的爱妃用过的,皇上还下令月亮潭只供他爱妃一个人享用,但那丑女子自从升为"爱妃"之后,哪里会有机会再到乡间野林里沐浴,所以那'月亮潭'一直没有人用过,又过了不知多长时间,大家终于禁不住月亮潭的诱惑,财主和官宦人家开始叫佣人到那里挑水吃,我们这里有一个不成文的规矩,财主和官宦人家的小姐出嫁前,一定要用那里的水在家里沐浴的。"

"那为什么不直接去月亮潭沐浴呢?"兰公主发问道。

"一来那里不好上去;二来大家嫌不文明。"首府夫人解释道。

"那为什么贵妃娘娘就可以呢?"兰公主奇怪道。

"问题是,贵妃娘娘去沐浴的时候,她还不是贵妃娘娘,她只是财主家最失宠的一个小姐,她被封为贵妃娘娘之后,再也没有在那里沐浴过。"

"真可惜!"兰公主叹道,"那穷人家的孩子总可以在那里沐浴吧!"

"正相反的,穷人家的女儿出嫁前,甚至不去挑那里的水在家里沐浴。"

"为什么呢?"

"在她们的意识里,她们是没有资格的。"

"噢。"公主沉思道,"这里面有很深的哲学道理的。"

"是的,这里面有很深的哲学道理。"首府夫人也若有所思道。

两个女人各怀心事,刹那间,房间里一片寂静。

过了一会儿,首府夫人开口道:"臣有一句话,不知当讲不当讲?"

公主说："今天我们是闺房聊天呢,但说无妨。"

首府夫人有些吞吞吐吐地说："臣听说,在那里沐浴可以变得光彩照人的!"

公主问："你试过吗?"

首府夫人答："臣没有。"

公主又问："为什么不去试呢?"

首府夫人说："臣觉得不够资格。"

"那你觉得我够吗?"

"当然。"

"那你刚才说财主和官宦家的小姐不去沐浴是嫌不文明,我一个皇家公主要是去了就文明了吗?"

"你不一样,你做的什么事都是文明的,因为你是皇家女。"

"我会细细地考虑的,我累了,我们下次再聊吧。"

"谢公主,你现在所有的用水都是从月亮潭挑来的。"

"我正纳闷这水怎么这么滑呢? 原来是这样,多谢费心了。我会叫父皇重重地赏你。"

"谢公主,这是贱臣应该做的。"

"黛姑娘可以留下来几天陪我说话解闷吗?"

"这是我们刘家的福分。"

"那好吧,奶妈,你把黛姑娘安排在以前她自己的闺房里,另外,找几个好的丫头伺候她。"

"不麻烦公主了。公主这里的丫头本来就不多,待会儿妈妈把我自己的丫头送来。"黛姑娘说着说着撒娇地看了她妈妈一眼。

"对的,对的",首府夫人赶紧说。

"也好。"

首府夫人起身告辞,黛姑娘想送妈妈,首府夫人用眼睛制止,我笑了,说："黛姑娘,你去送送你的妈妈吧,我就不送了,你们娘儿两个再说说贴心的话。"

两位对我千恩万谢。

我仰在自己的卧榻上休息，两个丫头为我捏脚，两个丫头按摩我的左右胳臂，月光抚摸着我的脸，微风吹来，在我耳畔低语。我忽然想起了父皇，想起了母妃，想到我们天各一方，不知道他们是否挂念我，我心里烦躁起来。

"奶妈!"我叫了起来，声音大得连自己都吃了一惊。

"奴婢在!"奶妈慌张地跑过来。

"皇上和皇贵妃来信了吗?"

"快了。"奶妈小心地说。

"你怎么知道快了?"我没好气地说。

"这……"奶妈一时语塞。

"皇上和皇贵妃大概不要我们了?"我叹气道。

"公主，来信要时间呢，它又不能插翅飞来。"奶妈柔声劝道。

"我就要它插翅而飞，"我嘟囔道，"我闷死了!"

"讲故事，我们讲故事。"奶妈讨好地说。

"那么，就讲爱情的故事吧"，我饶有兴趣地说，"谁能告诉我，什么是爱情? 说得好的有赏。"

没有人吱声。

奶妈说："她们自小就送进宫里来，没见过男人，不懂爱情，就别为难她们了，我来讲吧，爱情哪，爱情很简单的，女人的爱情就是为他做饭，等他吃饭，为他洗衣，给他生孩子。"

"男人的爱情呢?"

"不打你，不骂你，碰到好吃的东西留一半给你吃，当邻里妯娌欺负你时，他护着你。"

"太老土了"，我笑道，"这哪里是爱情?! 这是亲情。"

"爱情就是亲情。"奶妈的面孔凝固了。

"不一样，就是不一样，我说不一样就是不一样。"我任起性来了。

"好好好，公主，不一样。"奶妈投降了。

"奶妈,怎么我们的人一点想象力都没有?"我不依不饶,"你帮我去民间买几个聪明丫头回来。"

"好好好,我明天就去办。"奶妈彻底投降了。

"不嘛,你现在去办。"我撒起娇来。

"公主,也许黛姑娘有爱情故事,买丫头的事,不是一天两天的事。"奶妈小心建议道。

"好吧。"我无可奈何地说。

一阵香风袭来,我睁眼一看,黛姑娘已近在眼前。

"公主,我给你请安来了。"

黛姑娘一来,真是鸟语花香呵。

"不必多礼,随便坐吧。"我淡淡道。

"公主有何吩咐?"黛姑娘轻声问道。

"不要客气,随便聊聊。"我看了黛姑娘一眼,她稍稍低着头,搭在腿上的手细看有些抖动,她的手细长,皮薄肉多但不肥,手掌的四个窝窝像四个美丽的深酒窝。她的指甲长长的,每一个指甲上都有一个美丽的图案。

"让我看看你的指甲。"我轻声道。

黛姑娘把手伸了过来,那手,依然微微抖动。

"你不要紧张,这里没有公主,这里只有好朋友,你就当我们是在闺室密谈。"我的声音柔和起来。

手已经伸到了我面前,我仔细一看,内心不由得震了一下,乳白的底色上,画着一个透明的浅红色衣衫的仙女正在半空漂浮,那女子的衣服薄薄的,里面的肉体似隐似现。她的眼睛黑得发亮,那唇又红又嫩,恨不得咬上一口。

"好性感!"我失口道。

黛姑娘脸微微一红,"对不起!公主。"声音里夹杂着些恐慌。

"哪里的话,我都说过了,这里没有公主,只有闺中密友,你尽管放开手脚。"我微微笑着说。

"公主,你不讨厌吗?"黛姑娘小心翼翼地问。

"相反的,我很喜欢,这不仅是美人的指甲,这是艺术品哪!"我由衷地赞赏道。

"对不起,我一不小心把它露了出来。"

"你不要这样说啦,你再要说我就要生气了。我都说过了我非常地喜欢它的。"

"谢公主不罪之恩。"

"有意思,我为什么要降罪于你呢?"我饶有兴致地问。

"美甲,是不符合目前的道德规范的,一个女孩子,只可以端庄,不可以妖娆!"黛姑娘的口气有些怨恨。

"这古人的礼教呀! 扼杀了多少美!"我感叹道。

"公主……"

"这会儿你就不用拘泥礼节,你可以不用叫公主,你就跟我直来直去地说话好了。"我打断黛姑娘的话。

"谢公主。"

"你看看,又来了!"

"我中毒已深,也许不可救药。"黛姑娘笑道。

"对了,你刚才讲什么来了?"

"我们刚才不是感叹什么端庄,妖娆吗,我忽然想起了一件事,在我们中原观音是很端庄,是无欲的,是一个慈母的形象,可是在西藏,很多画中的观音是一个非常性感的妙龄女子。"

"真的吗?"我惊道。

"其实,你仔细分析一下,我们中原的观音形象也是非常性感的。"

"什么?"我瞪圆了眼睛,四个帮我捏脚,捶胳膊的丫头不知何时停止了动作,我狠狠地瞪了她们一眼,她们又赶紧工作起来。

"你想想,为什么观音从头到脚总是一身素装?"

"没想过喔。"

"那是因为让一个女子最楚楚动人的只有素装。"

"好像很有道理啊。"

"用一个专业的词来说，素装是最性感的装束。"

"我想起来了，我在宫中见到一些西方画师送过来的画，画中的新娘总是着素装的，我当时还不明白呢，怎么这么喜庆的日子着丧装呢？"

"我们中国人认为结婚是喜庆的节日，所以我们新娘子要着红色，而西方人认为结婚是两个人的事，所以他们各自着最性感的颜色，黑色和白色。"

"我怎么从来没有想过这些呢？"

"我姨夫是著名的宫廷画师，我姨母也是出色的画家，不过她的画只放在自己家供自己欣赏。或者送给能懂她画的密友，我们家去她们家做客，大人们总是高谈阔论艺术、哲学、男人、女人，我在隔壁房中偷听，长了不少见识，我指甲上的这些画是姨母家的女儿帮我画的。"

"我太羡慕你了。"

"她是个画画的天才，她一天到晚痴迷于画画，可惜是个女子。"

"女子又怎么啦？"我愤愤道。

"女子只能埋葬自己，女子只能牺牲自己，女子只能扼杀自己……"黛姑娘激动起来。

"够了！"我也激动起来。

"就算你是个公主，你生来就高高在上，可又能怎么样？你还不是照样埋葬自己，照样扼杀自己，你能凌驾于这个男权社会吗？不，你照样没有力量。"黛姑娘完全忘乎所以了。

"大胆！"我喝道。

黛姑娘呆了呆。立即跪下了，接着她忙不迭地说："公主，请恕罪。"

我愣了愣，叹了口气说："对不起，都怪我自己刚才把自己当成公主，我说过的咱们这是姐妹，平等的，我一不小心把这给忘了，对不起！"

黛姑娘擦了擦眼睛，声音有些潮湿地说："刚才我说着说着，有一种碰到对手的感觉，所以，说着说着就信马游缰了，完全忘了礼教。"

我大笑道："刚才我们不是在怒斥这古人的礼教吗？现在我们自己

却往里钻。"

黛姑娘也笑了："我们一出生就被套牢了，偶尔自己给自己松松套，反而不适应了。"

我们一起大笑，"这古人的礼教！"两人异口同声地说。

"说实话，碰到你，我真的有一种遇到知音的感觉。"我真诚地说。

"你知道吗，平日里我很少说话的，那份孤独感只有孤独者才能体会到的。还记不记得陈子昂的那首'前无古人，后无来者'的诗？"黛姑娘认真地问。

"记得，怎么啦？"

"当初，我和老师，和评论家，和同窗一样以为陈子昂是一个过于狂傲的家伙。'前无古人，后无来者'，好大的口气喔。后来在我孤独的时候，我忽然领悟到陈子昂其实表达的是一种孤独，一种寂寞，是一种失望，甚至绝望，你想一想，前无古人，后无来者，那是何等的孤独，何等的寂寞，时间再长点，你会何等的失望呀！"黛姑娘说着说着，脸上露出了一种绝望的表情。

我被她的表情深深地震撼了。

"你真的是个天才"，我感叹道。

"天才又如何？高处不胜寒。"黛姑娘哀怨地说。

她的话里有一股凉气，我都感觉有点冷，我竭力让自己快乐地说："你难道有什么不称心的吗？"

"我没有。"她快速地说。

"这样吧，我们谈谈爱情吧？也许我们会开心些。"我建议道。

"我不谈。"她干脆地说。

我正想说"我是公主"，却又生生地咽了下去，"那你告诉我什么是爱情？"我改口说。

"很简单，在一起就是爱情。"她干脆地说。

"在一起就是爱情，那么，不在一起就不是爱情了？"我故意说。

"我是说，两个人喜欢在一起就是爱情，不喜欢在一起就不是爱情；

喜欢在一起,但因外力不在一起也叫爱情;不喜欢在一起,因外力不得不在一起也不是爱情。"

"你经历过爱情吗?"我像是一个无知的如饥似渴的孩子面对一个博学的导师。

"没有。"黛姑娘很快地否认了。

我失望透顶:"知道吗,我现在对艺术,对学术,对哲学,对经济,对政治,我统统不感兴趣,那太累了,我只对隐私感兴趣。"

"我也对隐私感兴趣,可是你会脱光衣服给我看吗?"

"大胆!"我怒道,接着,我笑了:"你越来越放肆了,完全不把我这个公主放在眼里了。"

"我把你放在眼里,你嫌没有娱乐性,你不高兴;我给你娱乐,你又嫌我不把你放在眼里。哎呀,人哪,好难做呢!"黛姑娘说到最后,故意拉长了音调。

"我们现在完全忘记了礼教,完全进入了君臣快乐谈话的意境。"我叹道。"也许,你应该把自己定义成快乐姑娘,我应该把自己定义成快乐公主。"

"是啊,其实我们俩真是身在福中不知福,这一身的绫罗绸缎,这浑身上下的珠宝首饰,这山珍海味,这成群的仆人,衣来伸手,饭来张口,琴棋书画只是作为消遣,这八抬大轿和坐骑,这上流社会的位子,我们过的是何等快乐的人生呀!"

"何等快乐的人生。"我附和道。

我们俩相视大笑。

"以后我们早上一睁开眼,就要说上一百遍这种意思的话,临睡前再说上一百遍。"

"那我们不快乐也没办法了。"我还没说完,两个人大笑起来,我笑得把两个按摩脚的仆人蹬倒了,黛姑娘笑得揉着肚子,两个按摩脚的仆人倒在地上傻笑,两个揉胳膊的仆人抿着嘴笑。

"都病了。"我止住笑道。

"我们就难得疯一回吧。"

"其实有的话是有着很大的玄机,有人这样理解,有人那样理解,就说'难得糊涂'这四个字吧,它可以表示:主人对局面的无法控制,头脑很清醒,所以痛苦,如果头脑不清醒,不能够意识到这个问题,那么就没有痛苦了;也可以表示主人通常是清醒的,偶尔糊涂一次,事后清醒过来,想到糊涂时的无痛苦甚至快乐,所以他感叹'难得糊涂';它也可以表示主人一直渴望达到糊涂的境界,但一直没有达到,所以只得感叹'难得糊涂';它也可以表示主人不糊涂但竭力装作糊涂,并且自欺欺人'难得糊涂'。"

"谁又能够理解古人真正的心情呢?! 如果你这样说,宫廷里的师傅教授我们的,只是他们个人的理解。"

"那倒不一定。师傅教的一般是约定俗成的解释、惯常的解释,而这些解释,很可能不是古人真正想表达的。"

"这古人也真是讨厌,他也不告诉世人他的诗词要表达什么意思,我们在世上辛苦地猜猜猜,他在坟墓里笑。"

"这也就是古人的可爱了。如果他把自己的诗词解释得很明白了,我们这些后人还有什么事做呢,这就像探险,乐趣不在于探险的结果,而是探险本身的过程。妙就妙在世上还有探险,如果没有探险,我们还有什么生活的乐趣呢!"

"哎,你一个首府千金,难道还缺什么吗?"

"我缺自由。如果我成了名人,兴许会有一些特权,比如自由。"

"错! 大错特错! 如果你成了名人,你肯定会有一些特权,但是这绝对不是自由。"

"自由都是相对的,比如王妃有出入王室的自由,比如村姑有她上山下湖的自由。"

"哎,黛姑娘,我们就不要为别人担忧了吧?"

"不好意思,公主,我只顾说话呢,不知把你累着了没有?"

"你这个丫头片子,可真把我累坏了,奶妈呢,跑到哪儿去玩了?"

"一个宫女说,王奶奶来了好几次,看公主高兴,没叫我们通报,又悄悄地退了回去"。

"你瞧,做公主多幸福呀,总有那么多人体贴你,皇上的信恐怕要来了。"

"兰公主,我真不舍得你走呢,你这一走,不知几时能再见?"

"容易得很呢,我想你了,我来看你,你想我了,你去宫里看我。"

"我们是说着容易。"

"对,我们最起码这会儿有说话的自由。"

"就是说这种话的自由也只是这会儿才有的。"

"你不要这么悲观,我是公主,我总会有办法的;或者这样,我回去同贵妃娘娘、皇上讲讲,看看能不能把你许配给哪一个皇子?"

"谢公主,黛儿恐怕没有那么大的福气了。"

"黛姐姐,你相信我啦,皇上最宠我了,到时候你就真的成了姐姐了。"

"不,不要!"黛姑娘慌张地说。

"怎么了,我们皇宫不配你吗?"我不悦地说,"你敢抗旨吗?"

黛姑娘跪下了:"婚姻岂是儿戏!"

我居高临下地看着这个下跪的姑娘,她有着倾国倾城的容貌,又有着超越常人的智慧,如果我不是公主,她可以把我比下去,我恨不得杀了她。可是,杀了她之后,有谁可以像她这样陪我玩呢。她是无可替代的。

"起来吧,我又不杀你,你那么怕我干什么?"我听到我的声音冷冷地说。

"贱臣不敢起来!"黛姑娘怯怯地说。

"你这回彻底体会到'伴君如伴虎'这句话的全部含义了吧?"我自我解嘲道。

"你把我杀了,我可以幸福地死去。"

"你疯了吗?"我叫起来。

"你把我杀了,等于我把自己杀了,我把自己杀了,岂能不快活地死去。"

"我不明白你到底说什么?"我皱起了眉头。

我叹了口气,声音柔和下来,"我知道你已经有了意中人,我不会为难你,你起来吧。"

黛姑娘磕了个头,这才缓缓起身,她睫毛上沾满了小泪珠,表情温顺柔和,弱小得让人恨不得张开翅膀保护她。

"我知道你不愿谈起你的意中人,我不为难你,我从来没经历过爱情,也没听过爱情故事,我想听听宫外真实的爱情故事。"我喃喃地说。

"今天我们说的时间够长了,如果你愿意听,我改天告诉你,不过,这不仅仅是一个美丽的爱情故事,你还得把眼泪准备着。"

"皇室的人从不为这等俗事掉泪,皇室的人心里装的是天下。"

"如果你掉泪了……"

"如果我掉泪了,我可以答应你一件要求,随便什么样的要求。"

"一言为定。"

"一言为定。"


我睡得很香,一觉睡到天亮。起床后直觉神清气爽,便带了两个丫头到后花园里逛了逛。

一到后花园门口,我立即呆住了,这里的花大着胆儿争奇斗艳,好一派欣欣向荣的景象,宫里的花都很名贵,可是她们个个缩手缩脚,令人好不沮丧,我兴奋得一路欣赏一路尖叫,忽然我看到一个一身黑衣的女子像雕塑一样地一动不动地背着我站着,出于好奇,我悄悄地走过去,竟然是黛儿! 黛儿一脸的泪水,她胸前的衣服湿了一大片,她咬着嘴唇,泪水还在不停地往下掉……我完全震惊了,我站了一会儿,见黛儿还没有发现我,便大声地咳嗽了一声,黛儿花容失色,一看到我,赶忙行君臣之礼,我制止了。

黛儿说:"公主今儿个怎么那么早?"

我说:"我们早就是好朋友了,也许我可以帮你。"

"谁都帮不了我!"黛儿哽咽道。

我抚了抚她抖动的肩膀,说:"说出来吧,说出来,你会好受些。"

"我和他是娃娃亲,我们从未见过面,听人说他品德高尚,仪表堂堂,才情超众。又是世家出身,门当户对,按理说,我应该非常满足了,事实上我也非常满足,可是几天前,他忽然得了一种莫名其妙的病,到现在一直卧床不起,医生说他活不了几天了。公主你说我的命怎么那么苦,未出嫁先成寡妇。"

我的心跳不均匀起来,我脱口而出:"他是不是吹笛少年?"

"你怎么知道?!"黛姑娘一脸疑惑地望着我。

我控制不住脸红起来,接着我把头扭向一边强作镇定地说:"我见过他。"

黛姑娘的眼里闪过复杂的情绪,过了好一会,她低声问:"你觉得他怎么样?"

我禁不住夸奖道:"他和你很般配,确实是乘龙快婿。"我说的时候心头浮出一些酸意。

"可这又怎么样!老天执意要把他夺走,我有什么办法呢!"黛姑娘话未说完,人先哭起来。

"我有办法。"我坚持地说。

"你有什么办法呢?"黛姑娘抬起泪眼望着我道。

"我是公主,全天下都是我父皇的,我又是父皇最宠的孩儿,没有我办不到的事。"

"可是你有什么办法呢?"

"我可以治好他的病!"

"可你不是医生,连神医都没有办法。"

"我是公主。"

"可……"

“我知道你想说什么。”

……

“医生可以办到的事，我不一定办得到；医生办不了的事，我可能办得了。”

“我知道你可以请天下最神的医生，可是他得的是心病。”

“我自有主张，到时候我要是把他治好了，你会怎么感谢我？”

“你想怎么样都可以。”

“好大方，到时候你可别后悔！”

“不后悔，一言为定。”

“一言为定。”

我急急忙忙赶回去，后面的丫头气喘吁吁地叫道：“公主，你可要小心，可别摔倒了。”我一概不理，我要把他救活，为了黛姑娘，其实是为了我自己，这个世上唯一的男子，他要是死了，我会多么没趣。”

“奶妈!”我大叫，完全不记得公主的身份。

“公主，您怎么了？没出什么事吧？您可别吓我。”

“出了，出了大事!”我没好气道。

奶妈的泪出来了。

“哎，你怎么了？”

“公主，我担心您。”

“我没什么事，我们要做一件大事。”

奶妈止住哭道：“公主，您可别吓我，要做什么大事？您快说!”

“我要见吹笛的人。”我郑重地说。

“那……”奶妈结结巴巴地说。

“你不要说下去了，我知道你要说什么。”你快点叫刘护卫过来。

“公主……”奶妈欲言又止。

“你不要说了，我已经决定了。”

刘护卫很快过来了，他正要跪下，我把他扶起来。

“有一件重要的事要你做，这件事情，不管你用什么办法，你都得给我完成。"我极其严肃地说:"完不成,就不要来见我!"

交代完之后,我把黛姑娘喊来,两人相互望着,相互取暖,不说一句话。

刘护卫白天潜入冯宅,把冯宅地形路线熟记于心,天黑夜静之后,扮成丫环潜入冯公子屋里,把冯公子屋里的丫头婆子一个个蒙住眼睛塞住嘴捆在屋里,之后趴在冯公子的耳边说:"小姐姐要见你。"

冯公子睁开眼睛,刘护卫又说:"小姐姐要你去见她。"

冯公子眨眨眼睛,还想点点头。

刘护卫说了声"得罪了",一手捂住冯公子的嘴,一手抱住他飞奔而去。

中午的时候,二太子带着父皇的信来了。父皇在信上说:他和娘娘很不放心我的身子,特叫二太子护送我即日回京接受治疗,我晕过去了。

醒过来时看到众人焦虑的面孔,我忽然有了主意,不如先装病。

太医号过脉说:"因久不见亲人,忽然见到二太子,过于喜悦所致,稍事休息便好。"

我强迫自己喝下药后,见众人仍然呵护着我不走,便说:"我要睡了,你们都回去休息吧,留下黛姑娘陪我即可。"

众人走后,我和黛姑娘相互握着手不放,我们大家能够听到对方心慌意乱的心跳声。

过了不知道多长时间,一个丫头惊慌失措地跑进来说:"不好了,公主!"

"掌嘴",我喝道:"什么大事情!"

"王奶奶叫我密告……"小丫头断断续续地说。

我心里一惊:"快说!"

"刘护卫出事了……杀了一个丫头……王奶奶逃不脱……"

我大惊,一下子从床上坐了起来:"丫头片子,连个话都说不囫囵。"

"王奶奶叫公主……什么都不要承认……"

"我明白了，"我和黛姑娘相互望了一眼，我们都不再害怕，"他们在什么地方？"

在大厅里，小丫头伏在地上浑身颤抖。

"什么大不了的事，出去吧。"我喝道。

小丫头一走，黛姑娘就说："公主，你的名声至关紧要，我一人承担，反正他也是我的未婚夫，反正我这一辈子也就这样了。"

"不，不能，姑娘的名声要紧。"

"你的名声要大过我的名声，你代表的是圣上，反正我也逃不脱干系。"

"我们不要再争了，咱们赶紧看看二太子，我知道二太子的为人，他不会把……"这个念头让我心里一惊。

"他要是被杀了，我也不活了！"黛姑娘失声道。

"我们赶紧去看看。"

我拉起黛姑娘，匆匆往大厅奔去，只见里三层外三层站满了持械的士兵，我正要闯进去，被几个士兵拦住了。

"大胆，我是兰公主，谁敢拦我！"

"得罪了，公主，太子吩咐，没他的旨意，谁也不得进入。"

"你们造反了！"我大声喝道。

正在这时，二太子出来了："放兰公主进来。"

士兵们把我放进来，可是他们拦住了黛姑娘。

"二太子，这是黛姑娘，也放她进来吧。"我央求道。

"不！"二太子斩钉截铁地说。

"二太子，放我进来吧，我有重要的事要说。"黛儿失声哭道。

"也放她进来吧。"二太子沉吟道。

"二太子，不关公主的事，全是贱女一个人所为，贱女想念未婚夫甚切，便借刘护卫去盗他一见，贱女愿承担一切责任。"黛儿一见二太子便急切地说道。

"不！"我急道。

"兰公主,你别忘了你代表的可是皇上的脸面。"二太子意味深长地看了我一眼,我心里打了个寒战。

"二太子,你大恩大德,一切的罪都是我引起的,你就惩罚我一个人吧!"黛姑娘依然伏在地上不起身。

"你起来吧。"二太子平静地说,"一切已经结束了。"二太子说完奔向大厅。

我和黛儿相互惊慌地看了一眼,紧接着我扶起黛儿匆匆忙忙跟在二太子身后。

我惊呆了,刘护卫倒在血泊中,奶妈倒在血泊中,冯公子也气绝身亡!

我哭起来:"发生什么事了?!"

"刘护卫竟敢带着一个陌生男子闯入公主下榻的院子! 奶妈竟然纵容! 冯公子仗着祖上的阴德不知天高地厚!"

"我! 我!! 我!!! ……"我气得说不出话来。

"二太子,为了公主的名誉,为了皇家的名誉,为了冯公子,也为了我自己,请杀了我吧!"黛儿披头散发地爬到二太子的脚下。

"我不杀你,我要你自己去死!"二太子冷冷地道。

"不!"我尖叫起来:"不! 不! 不! ……"

黛儿迅速地站起来,一头撞在墙上,顿时,鲜血染红了一片墙……

"啊! ……"我再次晕了过去。


醒来的时候,我已经在回京的路上。

二太子说,他已经通知刘府和冯家,命令他们两家把冯公子和黛姑娘合葬在一起。二太子还说,他已在他们的墓碑上题下了"为爱而生,为爱而死"。从此之后,世上会有一段关于他们两位的美丽的爱情传说,我们皇家也对得起他们了,至于刘护卫和奶妈,也厚葬了他们,并且题下了"忠诚"两字,也送了厚礼给他们的家人。

我没有说话。

这一年我12岁。12岁之后,我便不再说话。

　　14岁的时候,我出嫁了,新郎是个新科状元,可是我一直不允许他进我的卧房,我也没有去自杀,我没有脸去见冯公子、黛儿、奶妈、刘护卫以及许许多多被我所害死的人。我要一个人活着,我要一个人细细地体会痛苦,我要用活着折磨自己。30岁的时候,我终于把自己活活地折磨死。


　　睡美人的话音刚落,我的头发争先恐后地全部掉落在地上。

　　"这是怎么回事?!"我惊慌起来。

　　"哈哈哈……"睡美人狂笑道:"你每前进一段路,你身上就会掉些什么,直至掉完为止。"

　　……

　　"你后悔了吗?"

　　"我的肉体会全部消失是吗?"

　　"对!"睡美人说完又狂笑起来。

　　"没有关系。"我平静地说。

　　狂笑戛然而止,"等一会你会钻心地疼。"

　　"没有关系,不是有人说痛并快乐着嘛!"

　　话未说完,疼痛已袭来,头皮钻心地痛,我用手击地试图减轻痛苦。我手上的皮破了,血出来了,可是疼痛还在,我情不自禁地哼哼道:"老天呀,你咋不叫我死呀! 我要死呀!! 我要死呀!!!"

　　"哈哈哈,你快回去吧,回去什么事都没有了。"

　　"不!"我用尽所有的力气叫道:"除非我死。"

　　痛苦戛然而止。

　　"你每掉一样东西,你就会疼一个小时。"睡美人平静地说。

　　"睡美人开始你的第二个故事吧。"

第三章 第二生——无名氏之一

# 第三章  第二生

## 无名氏之一

"文化大革命"开始的时候,我 30 岁,我的两个小儿子,大的 3 岁,小的刚满周岁,我的丈夫是乡村的赤脚医生。一天夜里,我家里响起一阵急促地敲门声,夹杂着叫"开门"的嘈杂声。打开门一看,村革委会主任领着一帮人凶神恶煞地堵在门口:"有人反映你是革命的叛徒,请跟我们走一趟。"村革委会主任话音刚落地,几个男人便把我的丈夫捆绑起来。

"他犯了什么罪?!"我哭叫起来。

"反革命罪!"

"你们有什么证据?!"

"我们不需要证据!"

"没有证据怎么可以乱抓人?!"

"就凭他是地主出身!就凭他是医生!你再乱说话我们也把你抓起来!"几个愤怒的群众瞪着眼说。

"你们先把这个特大反革命分子送到村革委会候审,我先审审这贱婆娘,审完之后再过来。"村革委会主任一声令下,丈夫就被他们推推搡搡带走了。

众人走远之后,村革委会主任温和地说,"你别怕,我是来救你的,刚才我是做给他们看的,你丈夫完了,但我知道,你是个好人。"他说着把门栓插上了。"走,咱们回屋里说去,咱们要装得像。"村革委会主任温柔地说。

我感激的泪水掉了下来:"大叔,救救我男人吧。"

"好说,好说,一切好说,只要你听话。"

"做牛做马我都可以,只要你放过我男人,他是老实人,他可什么都没做,我是知道他的。"

"我也知道他是好人,我也知道他不会是反革命分子,可是上面要任务,不完成不行呀!"村革委会主任无奈地说。

"可是我男人是冤枉的。"

"我知道,我现在不是在跟你商量解决的办法嘛。"

"什么办法? 大叔,你救救我男人,我们一家给你磕头啦!"我说着跪了下来。

村革委会主任扶起我,顺势捏了捏我的大腿根。

"我要你帮我一个忙!"

"什么忙?"我胆战心惊地说。

"听说你的针线是远近闻名的,可以给我缝衣服吗?"

"没问题,"我一口应承下来,"你随时可以拿过来。"

我正奇怪,只见村革委会主任开始急急忙忙地脱衣服,这叫我不胜尴尬,忙低下了头,正在寻思间,村革委会主任递给我一样东西:"我的内裤烂了,麻烦你帮我缝缝。"

我本能地拒绝了。

村革委会主任生气地说:"这点小忙你都不帮,你叫我怎么帮你?"

我在内心斗争了一会,最后选择了妥协,我忍着内心的屈辱,接过村革委会主任的内裤,咬着牙齿缝了起来,我内心想着赶紧把这个工作做完,可是手在不停地抖动,终于缝好了,我把它递给村革委会主任,依然低着头。

村革委会主任冷笑道:"听大家说你不仅人俊,而且品行好,果然不假。"

……

"你把头抬起来,"村革委会主任的口气温和起来,"你抬头看看我。"

我的头照旧低着,依然一动不动。

"你不想救你男人了?"村革委会主任又生起气来。

"大叔，"我低低地叫道，"你的恩情，我全家都不会忘的。"

"什么大叔大叔，"村革委会主任打断我的话道，"你应该叫我声亲哥哥。"

……

"我的要求不多，我只要你抬起头，只要你抬头，我就放你丈夫，除了你，没人能救你丈夫。"

我犹豫了一下，终于强迫自己抬起了头，我看到一个赤身裸体的男人，一个不知羞耻的男人，一个肮脏的男人，我赶紧低下头。

"你看到它了，它现在很难受，它需要你，它舒服了，你男人就没事了；它要是不舒服，你男人也不舒服。我是村革委会主任，也是长辈，我不强迫你，强迫一个女人是没有本事男人的事，我让你自己选择。"

"我……"

"你同意了，很好，你很明智，你的男人明天就可以回家了。"

"不!"我脱口而出。

"符小青同志，你不要那么傻，你需要我给你做做思想工作，女同志嘛，害羞是正常的，我知道你嘴里说的不是，心里想的是。"

"不! 我不做那事!"

"那事是什么事呢？"

"男女之事。"

"谁叫你做男女之事! 符小青同志，说这话可是要犯政治错误的。你知道什么是政治错误吗？ 政治错误可是天底下最大的错误，其次才是作风错误，你知道吗，人一旦犯上政治错误这辈子可就完了，尤其是在这个历史的关键时刻，你现在正处在人生的关键时刻，千万不可任性，千万不可自私，光想着自己，你要顾全大局，你想你的男人，你的两个儿子，他们的命运全掌握在你手里，你可不能因一念之差毁了你全家呀!"

"我……"

"这是一个机会呀，符小青同志，用自己美丽的身躯慰劳领导，这样的机会难得呀，这样难得的机会偏偏落到你身上，除了感到光宗耀祖之外,你要清醒地认识到任务的艰巨性,你呢,作为革命群众,不要被困难所吓倒,要知难而进,要有革命的大无畏精神,就是在完成任务的过程中,不幸献身了,也是光荣的,来吧,美丽的战士——符小青同志,我已经完全准备好了。"

"你滚……"我本能地拒绝道。

"符小青同志,你不要情绪化,你这样对待一个领导,已经犯下严重的态度问题,考虑到初犯,本主任赦免了你的滔天罪行,不过,你也要记着,下次再犯同样的错误,出于对工作的负责,本主任决不姑息!"

……

"好,你已经深刻意识到自己的错误了,这很好,人非圣贤,孰能无过嘛!只要知错就改,你仍然是好同志,我们依然会张开双臂热情地欢迎你改邪归正。"

……

"你同意了?好,很好,符小青同志在我印象里一直是个好同志。好,很好。我没有看错人。我说嘛,作为一个领导,怎么可能看错人呢!"

……

"在事情没有开始之前,本主任代表村革委会恭喜你,经过艰苦的说服教育工作,你终于同意让领导洗涤你肮脏的身体了,你丈夫是反革命,他也会毒害你的思想,现在好了,你同意领导帮你清洗掉你男人留下的脏东西,你很了不起呀,你现在迈出了很大的一步,你前途无量呀,符小青同志,本主任代表村革委会恭喜你了,希望你要戒骄戒躁,再接再厉,争取更大的进步。"

"不!……"我喃喃道。

"符小青同志,我知道,前进的步子迈动之前,内心是极其痛苦的,这是可以理解的,因为要跟旧思想做斗争嘛。"

……

"只要你闭闭眼,咬咬牙,坚持个几分钟,就完成了任务。来吧,不要害怕,领导在此,你还怕什么,作为领导的我与革命群众的你携手并

肩一起战斗,你还怕什么呢!"

"不!我宁愿做牛做马!"

"这就不对了!符小青同志!只有领导做牛做马的,哪里有革命群众做牛做马的!我现在就在等待着给你做牛做马!"

"我不是这个意思。"

"你不是这个意思,你是什么意思呢!你愿意在下面被我骑,也不是不可以的。这本来是不可以的,但是考虑到你是初次,又是革命群众,领导总是要谦让革命群众的。来吧,让我们一起燃烧吧!"

"不!"

"好啦。我知道啦。女同志嘛。又是革命群众,比起领导来,思想总是落后点,总是需要人帮一把的。"

村革委会主任说着,拉起我的一只胳膊,拉入了他的怀抱,我浑身颤抖得厉害。

"符小青同志,你不要害怕,领导拯救你来了!"

我拼命挣扎:"放开我,你这个坏蛋!"

"符小青同志,革命来了,暴风雨来了,你痛苦一下是应该的。"

"坏蛋!你不放我,我就喊人了!"

"符小青同志,你不要糊涂了,你男人现在是反革命,谁还会相信你,谁还敢相信你?你现在把革命领导的衣服扒光,试图搞腐化,你是罪上加罪,要是传出去了,不仅要把你抓入牢房,你男人也要罪加一等,连你的孩子也要受连累,也要抓到牢房里接受再教育,你想想看,你的两个儿子才多大点呀,要是在牢房里一教育还不被教育到阴间里去。"

……

"只要你顺从本主任,也就是顺从革命,只要有了我这把大红伞,你还怕没人保护你?!你是聪明人!"

"我男人你放?"

"放!放!!放!!!"

"我孩子你不抓?"

"不抓！不抓！！不抓！！！"

"好。咱们一言为定。谁也不能违反誓言。"

"不违反。"

我就这样地……


第二天上午，男人回来了。我不敢看他。我坐在一边哭。男人说："我都回来了，你还哭个啥？"男人说着上前抱我。我一把推开了他。

男人不高兴了："你不高兴我回来咋地？！"

我大哭起来："我对不起你，我现在已经很脏了，你不要碰我。"在男人的一再追问下，我讲了实情。

男人大叫一声，跑到厨房抓起菜刀夺门而出，我追都追不上，男人也不听我的叫唤，没命地跑，像疯了似的。

男人终于找到了村革委会主任，村革委会主任正在开会。男人蓄意残害领导，在众人的见证下成了铁的事实。批斗会立即开始了。男人被捆在台上，嘴里塞满了破衣服，有人往他嘴里抹屎，他浑身上下被愤怒的群众打得遍体鳞伤，而这些愤怒的群众中有很多人被男人救死扶伤过，现在他们发现被骗了，救死扶伤的医生原来是个反革命，他们纷纷用行动与丈夫划清界限。丈夫流泪了，泪和着血和着胃里吐出的臭物……

"现在让符小青同志宣布与她的反革命丈夫划清界限！"村革委会主任一开口，会场立即安静了。

我看了丈夫一眼，他低着头，他不看我。

我听到我的声音说："你这个坏蛋！你强奸我！""你诬陷我丈夫！你不得好死！"

全场鸦雀无声。

"同志们，我们不要听反革命的妻子散布的谣言，我们不能允许反革命分子玷污我们的领导！"村革委会主任叫道。

"对！"

"把这个骚货抓起来!"

"开她的批斗会!"

……

群众高声地随声附和。整个会场沸腾了。

我被捆起来,背上和胸前分别插了几个牌子,牌子上写道:"我不要脸"、"我是破鞋"、"我是骚货"、"我是坏女人"等等。

村革委会主任说:"这个婆娘一身的骚气。"他说着照我的胸前摸了一把:"大家上来呀,这是我们的阶级敌人,我们的亲人曾经被他们的亲人践踏过,我们现在终于有机会一报还一报了!"

大家一起上前,争先恐后地往我身上捏,在我身上拧,我身上的每一处都被捏过、拧过。我想咬舌自尽,可一直没有机会。

批斗会终于结束了。结束前,村革委会主任说:"反革命要关在村革委会里,免得毒害纯洁的革命群众,反革命的老婆回家好好检讨,明天要在台上做自我检讨,要交代怎么勾引男人,怎么卖淫,要把每一个细节都交代得清清楚楚。"

我麻木地走回家,我把家里看了又看,摸了又摸,然后我恋恋不舍地走了。我向村西头走去,村西头有条河,我要去投河,活着太难了,我还有什么脸面活着,我这个破鞋!我这个贱货!

半路中,我忽然想起了两个孩子,大儿子才三岁,小儿子才一岁,他们以后再也吃不到奶了,我要再喂一次奶。

我在婆婆家找到他们兄弟两人,我把他们喂饱,然后我给婆婆磕了个头,我说:"婆婆,请照顾好这两个苦命的孩子吧。"

婆婆说:"你这个孩子,你可不要做傻事,生活中的磨难是常有的事,你不要灰心。"

我强作笑颜说:"我不灰心,你要对他说,我做了对不起他的事是因为想救他",我说不下去了,我站起来说"我回家检讨去。"然后我走了。

我快速地向河奔去,让水洗涤我这个罪人,我这个脏人吧。

我终于来到了河边,正当我准备闭眼投入河的时候,我忽然听到了两个儿子叫"妈妈"的哭声，我是多么留恋这个尘世呀，我死了，我的孩子怎么办呢？我犹豫了，可是一想起这几天发生的事，我害怕了，我没有勇气在这个世上活着。我蹲在河边的芦苇丛里浑身发抖，就在这时，我听到芦苇丛里响动，然后我听到一个人的声音说："这婆娘想用死吓倒我们！找到之后要好好地修理她，看她还敢不敢以死威胁革命群众了！"这是村革委会主任的声音。

"好主意，好主意。"几个人随声附和。

我吓瘫了，大气都不敢出，等他们几个走远之后，我毫不犹豫地扑向河中央……

后来我听说我死之后，尸体被革命群众找到了，之后他们把我在街市曝尸三天，我的两个孩子一边啼哭一边吮吸我的奶头……

我的一个手指头断了，接着发生了和上次一模一样的事情。

# JIANG NÜ

第四章　第三生──孟姜女

## MENG

# 第四章　第三生

## 孟姜女

我的第三个人生是孟姜女。后世流传有孟姜女哭长城的故事。我本是一个贫女,18岁那年嫁给贫民孟良为妻,新婚之夜的第二天我夫君被抓去修长城,这一去就是一年多。

我守了一年多的空房,终于按捺不住了,这一年多来,我为我夫君纳了好几双棉鞋、单鞋,又做了好几件棉衣、单衣,我要给他送去,天寒地冻的,我不能让他受冻;酷暑炎夏的,我也不能让他热着。

婆母不同意,婆母说我一个女子路上危险,我说我女扮男装,婆母说就是女扮男装还是女相,还是危险;我说我穿邋遢的衣服,脸上抹上灰,婆母说路远要是出了什么事她不好向孟良交代。我只好死了心愿。

又一年过去了,与孟良一起走的同村的三个小伙子先后回来省亲,婆母打听孟良的消息,都说不知道。婆母和我整天忧心忡忡,我们只要一听说谁回来省亲,就跑去谁家打听,得到的消息均是不知道。

婆母忧郁成疾先病倒后病亡,临死之前,婆母托付我务必找到孟良。

料理好婆母的后事之后,我日夜兼程花了一年零八天的时间一路打听一路走,终于找到修长城的地方,一到我就栽在地上,我醒来的时候,周围围了一圈民工,我张了张口,有人为我端了一碗清水,我一饮而尽,我点点头表示感谢,又指指肚子,又有人为我拿来半个窝窝头,我狼吞虎咽地吃了个一干二净。

这时监工来了,民工们一哄而散,我赶紧向监工打听孟郎的下落。三天之后终于有一个人说孟郎累死了,尸体也奉献给了长城了,我哪里肯信。接着,第二个人也这样说,第三个人也这样说……

我疯了,开始扒长城,我立即被监工带走监禁起来,我束手无策,不禁痛哭失声，直哭了三天三夜，后来我被带到一个中年人的面前，士兵们叫我跪下，并且命令我尊称他为秦始皇。

秦始皇说："孟姜女，你丈夫为我捐躯，这是光宗耀祖的事，也是你几辈子都修不来的福气，你为什么还在这里不懂事地哭哭啼啼呢？"

我说："我的丈夫死了，我能不悲痛欲绝吗？"

秦始皇说："你丈夫的死，比起筑长城这件事来，微乎其微，甚至可以不用计较。"

我说："可是对于我来说，筑长城这件事比起我丈夫来微乎其微，甚至可以不用计较。"

秦始皇怒道："大胆刁民，竟敢顶撞本王！筑长城关系着国家的存亡，你丈夫的生死只与一个家庭有关，你倒说说看孰轻孰重?！家大还是国大?！"

我也怒道："大王，没有家，何来国？如果国家不富强，您就是再修十个长城，也不顶用；如果国家富强了，你就是敞开大门，也没有哪个国家敢进犯！"

秦始皇气得说不出话来："你，你，你……你不想活了?！好，好，好……本王就把你碎尸万段！"

"哈哈哈……"我狂笑道："民女自从得知丈夫死后也不想活了，正好，你这个刽子手，让我的血再给你增加一层罪恶吧！天可怜见，让我和孟郎葬在一起吧！"

话音未落，我的人头已落。


据说我死后天公发怒：电闪雷鸣，不一会儿用孟郎的尸体筑起的那一段长城倒了，秦始皇命令重筑，但次次都是筑了又倒，秦始皇怕了，便把孟郎的尸体我的尸体葬在一起。


我的第二个手指头断了，同样血流成注，同样钻心的痛。

睡美人说："你犹豫了是吗？我知道你担心什么，只要你回头，你失

去的手指头和头发会完璧归还。"

我只得开口了："睡美人，你难道不明白我的心吗？"

过了一会儿，睡美人低低地说："我已经对人世绝望了，你这是何苦呢？"

我说："我没有觉得苦，相反的，我觉得我很幸福。"睡美人嘘了一声："你为什么这么傻呢？"

我说："我不傻，我很精明。"

睡美人说："既然你如此执迷不悟，请听听我的第四个故事吧。"

第五章　第四生——玛里莲·梦露

# LILIAN MENGLU

# 第五章　第四生

## 玛里莲·梦露

　　我已经去世了多年,可是我的第一性感女神的形象依然牢牢地屹立不倒,我的被风掀动裙摆的照片至今仍频频地见诸各国的报端,我相信你已经知道我是谁了,这一百年来我的墓前从来没有断过鲜花,几乎每天都有人通过各种方式表达对我的爱,可是这有什么用呢,墓里的我只剩下一把碎骨了,死后的风光墓里的人一点都不知晓,就是知道了又怎么样呢。

　　还是讲讲我活着的时候吧。我至今不知道我爸爸是谁,我妈妈也不知道,她是妓女,5岁那年我妈妈死了,从此之后我便一个人活在这个世界上。刚开始我不太知道死对死者的亲属意味着什么,慢慢地我知道了。妈妈死之后我流浪到街头乞讨,经常受人的欺负。

　　12岁那年,一个衣冠楚楚的陌生男人看了我好半天,接着他问我想不想挣大钱,我太想了,我梦里出现的全是钱,钱在我鼻子下是香的,那男人就叫我磕头认他干爹,我一一照做,接着他给我买了很多想都不敢想的漂亮的衣服,然后他把我带到一个金碧辉煌的大屋子里,叫佣人帮我洗澡换衣服,我再次出来时,干爹眼都直了,过了好一会儿,他才神经质地惊呼道:"巨星诞生了!"

　　我似懂非懂。干爹问我"愿不愿意做演员?"我不知道演员是做什么的。干爹说"就是电影里面的人。"干爹说着说着哭了。

　　干爹说:"我可怜的孩子,干爹以后让你过上天上的生活。"

　　我说:"是不是演电影就可以过上天上的生活?"

　　干爹说:"是,因为你是一个天才的演员。"

　　我说:"你怎么知道?"

　　干爹说他是演员经纪人,眼光很毒的。

我就说:"只要每天能吃饱饭,干什么都行。"

干爹说:"我保你日后飞黄腾达,要什么有什么。"

这在我看来像做梦一样。紧接着干爹马不停蹄地带我会见各色人等。很快地干爹就帮我找到了不少活。我开始按照导演的意思演各种小姑娘。

14岁的时候,我已经红了,每天都有达官贵人在我家门前排队等着与我约会,也许因为天天演戏连约会我都觉得像在演戏。

一天傍晚吃晚饭时,我对干爹说:"我很累了,我不想演戏了,也不想与那些个达官贵人约会了。"

干爹把饭桌拍得很响:"你疯了!你还想回到乞丐群中去吗?"

我委屈地跑到卧室里哭起来,没有人过来劝我。我第一次想到死。第一次我觉得空虚。我第一次不知道人为什么活着?半夜里我被撕裂般的疼痛弄醒,睁眼一看,干爹正趴在我的身上,我不知道发生了什么事,我吓得大哭。

干爹从我身上下来的时候平静地说:"好不容易把自家的闺女养大了,这块肉不能让别人先吃了。"

我觉得受到了奇耻大辱,便要寻死。干爹吓坏了,干爹跪在我面前说:"梦露,你是我养大的,你今天一切的荣华富贵都是我给的,做人要懂得知恩图报,而且你现在大了,不再是小女孩子了,你现在出落成一个大姑娘了,大姑娘迟早要碰上这种事情,这没有什么可耻的,这是每个人都要经历的,也是每个人都需要的,你迟早被别人摘去,与其让别人吃了鲜,不如先给我吃第一口,算是你报答了我的知遇之恩。"

我无言以对。干爹说得好像很有道理。可是我怎么就觉得这个世界咋就这么肮脏呢。我第一次觉得这个世界肮脏。我宁愿过以前乞丐的生活。可是我已经没有了回头路。我只有硬着头皮走下去。况且我是那么热爱演戏,只有在戏里,我才如鱼得水,我才忘记人间的烦恼,我才有踏实的感觉。

16岁的时候,在干爹的安排下,我嫁人了,对方是一个名不见经传

的演员，我不同意。干爹说，"虽然你现在家喻户晓，但是大家也只是把你看做性感女郎，而且不管你怎么样努力、怎么样大红大紫、怎么样让观众喜欢，都无法改变你低贱的出身。一个名门望族家的男人，可以和你约会，但谁会娶你呢！你不要痴心妄想了。他们说要娶你只是一时的意乱情迷、胡言乱语。有没有人向你正式求婚呢?！你要时时记住，你是野种，你妈妈是妓女，你没有爸爸，你自从小就是乞丐，而且现在你不再是处女，你同几个男人睡过。"

我的眼泪无声地掉下来，我浑身发冷，我心里冒着飕飕的冷气。这个世界冷冰冰的，可是我是那么地不甘，我有什么错嘛！

新婚之夜，丈夫喝得醉醺醺的，骂我是妓女，我很委屈："我又没逼你娶我。"

丈夫说："老头子逼我的。"

"我也是老头子逼的，我也是受害者。"

可是丈夫怎么地都不肯原谅我，他认为我让他没有脸面，不过，他还是强奸了我，并说这是我应该尽的责任。丈夫呼呼大睡之后，我跑到洗手间呕吐了半天。我脏吗? 我脏也是这个世界把我污染脏的。

这段婚姻没有维持多久，终于宣告结束。婚姻宣告结束的当天，我的门口立即聚拢来一拨又一拨的求爱者，我站在楼顶，环顾着四周黑压压的求爱者，看着他们焦急的面孔，听着他们亲切地呼唤我名字的声音，我忽然控制不住地狂笑起来……

从这之后，我和男人约会，和男人接吻，和男人上床，大家都闭口不谈婚姻。我觉得这很好。反正我的青春挥霍完之后，我也不活了。就让我挥霍一次吧。

18 岁的时候，我遇到了有名的政治青年，我不说你也知道是谁了，这家伙跟别的男人还真的不一样，他没急着掀我的裙子，他夸我有女人味，任何男人见了我都想要我，即使是总统，即使是未来的总统。他还夸我才华横溢，说我是世界上超级天才演员，我会给世界留下一大笔巨大的精神财富，又说我是天使，是上帝送给人类的财富，还说我是他这一生中碰到的唯一的一个让他动心的女人，他愿意用他的生命守护我的快乐。

他给我编织了一个美丽的梦，这个梦像个温柔的陷阱，没有安全感的我情不自禁地掉入了这个无底的陷阱里。我们开始频频地约会，因双方都是公众人物，我们约会时总是把自己乔装打扮成一个连自己都不认识的人，而且我们总是选择极其隐蔽的约会地点，每一次约会都换不同的地点。就是这样，我们还是被小报记者拍到了在一起的照片，这张照片曝光之后，报纸全都像疯了一样极其渲染地报道我和一个正在竞选总统的政治青年偷情的故事。我心慌意乱得很，可是他像在这个世界里蒸发了一样，我有一种不祥的预感。

第二天，报纸的头版头条上刊载了他的声明，他说他与那个叫梦露的女人没有任何关系，甚至不怎么认识，只隐约听说她是个艳星，而某些小报只根据一张照片里一个男人的侧影就推断是他，是可笑的、荒谬的、不真实的，这给他造成了极大的伤害，众所周知，他的头发是短的，而照片上的那个青年是个长头发，更何况这个世界上长相相似的人大有人在，并且他一个要竞选总统的政治青年怎么可能不顾个人的政治前途，不顾国家和人民，而去和梦露这样臭名昭著的女人约会呢？这太可笑了！

我看了他的声明之后，气得浑身颤抖，我把自己捂在被子里捂了三天三夜，这时报纸已把注意力转移到"梦露的新男人是谁？"我气不过开始打电话找他，找不到，接电话的人总是说"你打错电话了！"

我病倒了。我的私人医生给我注射的时候，他支走了护士和其他的人，他说："梦露小姐，非常遗憾地告诉你，有人需要你死，你已经成了他政治前途的绊脚石，不过你放心，你死后我们会以厚礼葬你的。"

我想发出对这个世界最后的嘲笑声，可是已经来不及了，我已经迈入了死亡的门槛。当然后来那个如愿以偿地坐上总统宝座的政治青年两年后也身亡了，在阴间里我们不期而遇，他跪着求我，涕泪交流，向我表白他的爱慕之情，可是我已经不需要这个了……

后来听说我越来越受欢迎，我成了美国的一个标志，我的地位甚至高于一国之总统，我受到世人的爱戴和追捧，我的墓前永远鲜花不断，我成了亿万男人的梦中情人、亿万少女心中的偶像，可是我已经不需要这个了……

我的第三个手指断了……

第六章　第五生──黄莉莉

HUANG LILI

DIWUSHENG

# 第六章　第五生

## 黄莉莉

这一次睡美人讲完第四个故事，紧接着说——

我的第五个故事是，我是一个知名作家，30岁之前我忙于写作，说出来不怕你笑话，30岁的某一天，我的身体告诉我，它处于性饥饿状态，我忽然觉得自己是一个无耻的处女，于是我开始寻找性伙伴，寻了半年无任何线索，我只好企求上帝帮忙。

上帝说，这是个人的事，他帮不了忙。

我急了，据理力争道："为了理想，我一直过着寂寞孤独的生活，我认为不管您怎么样赏我，都不为过。"

上帝叹了一口气道："你真是个难缠的孩子，这样吧，我赏你三个男人，至于你能不能抓住其中一个，就看你个人的造化了。"

甲男和我一样大，他有着灼人的写作才华，正因为这个，第一次见面我忘了他是个男的，我滔滔不绝地讲着学术，对他充满了"英雄见英雄，惺惺相惜"之感，他听着，他只是听着。

后来他伸手把我搂入怀里，我吓了一大跳，又不好与他闹僵，便笑着拒绝了。

他看着我，目光里有些许不快，好像我拒绝他不应该似的，他盯了我一会儿，那目光里没有爱情，没有亲情，没有友情，没有调情，没有色情，总之，没有任何美好的东西，哪怕一点点能够调动我情欲的东西。

甲男目光里是冷漠和例行公事时的淡然麻木，他的身体没有任何感情，像例行公事，即使他吻我，我也没有任何感觉，我也感觉不到他有任何感情。

中间他说的一句话叫我有些诧异："我心里下了很多次决心，我心里鼓励了自己很多次,才敢这样的。"

"可是,我觉得你是个熟练工",我说。

"我也很保守的,从来不乱来的。"他说这话时像个腼腆的男孩子。

"我认为你经历过不少女孩子。"我断言道。

他没有吭声。

我们下去吃饭的时候,他不停地给我搛菜、舀汤,劝我多吃点,那样子像是自家哥哥,与刚才有些判若两人。

之后他带我到他的办公室。他的同事以非常尊重的姿态与他打招呼,他坦然接受着人们对他的尊重和敬仰。我觉得这很不好,这对于一个年轻的作家不是一件好事,但同时觉得脸上挺有光。而且心里慢慢地滋生出了恋爱的感觉。

参观完他的办公室,他送我上车。跳上车的刹那间我长出了一口气,甚至有一种逃离虎口的感觉。可是,当我把目光扭向窗外,当我看到他拘谨地站在路边痴呆呆的憨厚相,我甚至有些爱上他。

几天之后,他给我电话说,不要把男人想象得那么坏,不要把他想象得那么坏。他说这话时显得又痴呆又憨厚,我一下子感动了,就说:"我非常想你。"

"那你过来我家吧!"他急不可耐地说。

"他虽然不懂风情,可是有他这样的男朋友也是不错的。"走在路上时我对自己说。

他给我开门时赤着脚,穿着睡衣,一脸强烈的性欲,整个人迷迷朦朦的,屋子里遮得严严实实的,空气混浊得让人喘不过气来。

"你怎么这么慢!"他说着便抱住了我。他的动作仍然像一个机器人般的熟练工。我心里产生出极大的不快。

"你像一只馋猫,"我冷冷地说,"你想做什么?"

"我想和你做爱!"他像一个笼罩在情欲中的病人。

我去推他,却是推不动,便说:"你把我当成谁了!"

他好像清醒了过来,说:"那你又把我当成谁了?"

我知道我碰到对手了,便说:"你跟多少人做过?"

他反问我。

我冷冷地说:"数不清,大约一百零八个。"

他说:"那我就做第一百零九个。"他说着想解我的衣服,我用我的牙齿狠命地咬了他的手,他的手指被我尖利的牙齿咬破了。他捂着流血的手,血染红了他的另一只手,他冷漠地望了我一眼,便轻身去卧室了。

我的心里有些慌慌的,空空的,见他好大一会儿也不出来,心里面更加慌了,于是我轻轻地走到他卧室门口,我听不到里面有任何动静,我在门口踱了好半天,终于下定决心敲了他的门,没有人应,再敲,还是没有人应,我急了,便焦急地唤起了他的乳名,还是没有回应,恐惧升至我的心头,"你千万不要吓我",我还没有说完,便大哭起来。

"门没有锁。"屋子里终于传来了他疲惫的声音。我推门进去时,看到他面色苍白地软软地躺在床上,手上的血浸到他雪白的床单上。我一边哭一边用自己的上衣包裹住他的手。

"我没事的,我只是有些空虚。"他勉强向我挤出了一个笑容。

"对不起,对不起!"我万分内疚地说。

我用手抚摸着他的头发,他的面孔,他就好像我最亲爱的孩子。血终于不流了,我拿了块湿毛巾把他手上的血渍擦去,我把他的手捂在我的手心里,他麻木地接受着我的爱抚。

我说:"我们谈些开心的事好吗?"

他不吱声,只是用目光看着我。

"讲讲你的爱情经历,讲讲你的爱情经验,你跟多少个女孩子好过?"

"我只跟一个女孩子一起生活过,"他终于开口了,"那个时候,我每天都去看她。"他说这话的时候,他的眼睛亮亮的,我的内心里滋生出强烈的醋意,这醋意让我产生出极大的破坏欲,但同时我被深深地震撼了,他眼里的亮光可以照亮整个房间。我从未见他眼里亮过,也从未见过他的目光如此柔情蜜意。

"你一定很爱她。"我说这话时艰难地松了他的手,"她现在在哪里?"

"她很快就来了。"

我的脸僵硬起来。

"人家跟了我那么长时间,我不能伤害她。"他嗫嚅地说。

我一方面欣赏他实话实说,一方面心里面在流血。

刹那间,我发现他的目光很平静,他脸上的欲望也退去了。

没有说再见。我悄悄地退去了。路上我泪雨滂沱。

大约一年后我路过他所在的城市,几次想给他打电话,最终因为没有找到给他打电话的理由而放弃了。回来后发了一个短信息给他:"路过你的城市,本来想见你,考虑到你忙,加之找不到见你的理由,这么一彷徨间路过了你的城市。"

他回短信息:"朋友来了,再忙也还是抽得出时间的。"

又过了一段时间,我发短信息给他:"山高路远无伴真累。"

他回复:"其实想你的,但觉得不应该,我常常这样提醒自己。"

我心里有一种爱情的感觉,便回答他:"'想你'并不单单表示男女间的爱情,它有时表示客套,有时用来搞笑,有时用来充当人际关系中的润滑剂作用。我不知道你是如何定义这两个字的?"

他回复:"我是认真的,你是一个很特别的女孩子,我当然会想你。"

他越来越像一个政客,可是除了他,我暂时找不到第二个对手。

我开始打探他的私生活,我被告之,他刚刚新婚燕尔。

我心里面抓耳挠腮的,发短信息给他:"你结婚也不告诉哥们一声,你真不够哥们!"

没有回复。

很久很久没有回复。

我坐卧不安,又发了一个短信息过去:"真羡慕你呀,事业有成,爱情又好,不像我,想爱一个男人,上帝却不给我机会。"

他很快地回复了:"每个人有每个人的麻烦,别羡慕别人,好好过自己的日子,大家多惦念些,日子会好过些。"

像中了邪一样,我泪流满面,我内心里有一个声音尖叫道:"再交往下去,我就要受伤了。"同时,另一个声音也尖叫道:"你在告诉我,你过得不好吗? 你在告诉我,你的婚姻生活不好吗? 你在告诉我,你在乎我爱上我了吗? 抑或你是故意这样说,达到一个撩拨我的效果吗? 这太混蛋了!"我在心里恶毒地骂道。

"我恨不得杀了你!"我发了个短信给他。

"恨从何来?"他很快地回复了过来。

"不杀你看你的得意样,我气难平;杀了你,谁陪我玩呢!"我也很快地回复了他。

几个星期后,我收到他的短信:"你要是真的想我,我去上海看你。"

我很惊讶,同时心里有些慌乱,我们很久没有见面了,见了面之后做什么呢? 尽管对于他侵犯我,我咬破他手指的事,我们俩一再地向对方道了歉,双方都一再地说心无芥蒂了,可内心里,那始终是一个阴影,并且我对他向我隐瞒他的婚姻、婚后又招惹我的行为也深恶痛绝得很,但这句话实在太有热情了,它把我心中的冰块熔化了,于是我心慌意乱地回复道:"你要是特意来看我,我的压力太大了。我不知道你想从我身上得到什么,如果你想要的,我不能给你,你叫我以后如何面对你呢!"

发过去之后,我多么希望他能够说"我只是看看你"或者"我想要爱情"或者"我想要友情",可是什么事都没有发生。

乙男是一家文化公司的老总,他的助手说老总想见我,我说"好。"结果约会时我迟到了一个小时。乙男给我的第一感觉是一个很嫩的书生,和我四目相对的一刹那间,他甚至有些紧张。没有客套,我们直奔了主题。我们准备在一起做一个文化交流活动。我除了提出我的一些创意之外,也提出了我的要求,乙男说众多媒体的吹捧,对你来说是好事也是坏事,好事就是你更容易地出来了,坏事就是你迷失了自己。

我有些丈二和尚摸不着头脑，便说："我在媒体炒我之前和之后没有什么不同呀，我还是我呀，我根本没把它当回事，至多把它当成广告当成宣传。"

乙男说："迷失自己之后如果能够意识到并且改正过来还不可怕，可怕的是迷失了自己，自己意识不到，别人劝也不听。"

我很生气，觉得这人莫名其妙，一边听他骂我，一边心里忽然明白了，他这是因为我迟到了心里不满，借机发泄呢，于是我闭上嘴巴，装做乖乖地听他"骂人"，看他脸上的怒气稍消之后，我忽然问："我能记下您的一些说话内容吗？"

乙男诧异地望着我，脸上有些戒备，我腼腆地说："您的一些句子太精彩了，我想把它记下来，说不定以后可以用在小说里面，您介意吗？"

乙男明白过来之后，爽快地、开心地说"可以、可以。"

在我记录乙男谈话的过程中，我发现横亘在我和乙男心灵之间的那堵墙慢慢地倒塌了。谈话异常地顺利，乙男立即召开了全体策划部人员的会议。会议中大家畅所欲言，乙男坐在主席台上静静地听着，乙男发言的时候大家鸦雀无声，我情不自禁地投去了敬佩的目光。

会议结束后，乙男留我吃饭，陪同的还有策划部经理等人。席间，策划部经理为我搛了菜，乙男立即说："这结过婚的男人就是不一样，就是会照顾女孩子。"乙话语里明显有着醋味。

另一位陪同人员说："请不要在我们这些未婚男人面前显示已婚男人的优势。"

乙男接口说："做已婚男人有什么好呢，总是受到大家一致的攻击。"

我诧异地问乙男："你还没有结婚吗？"

乙男很快地说："我和相恋多年的女朋友分手了。"

"为什么要和你分手呢？"我穷追不舍。

"因为我不想结婚嘛！"乙脱口而出。

我感叹道："革命军队八年抗战夺取了革命的胜利，你们八年抗战

却是……"

我还没说完，忽然想起了一件事，赶紧改口说："不对了，刚才你不是说你要送你儿子去国外读书，你没结婚，哪来的儿子?"

"有儿子还不是迟早的事!"他强辞夺理道。

第二天我见到他的时候，我看到他眼睛里纯洁的爱情，刹那之间，我听到我心里的爱情之弦被拨动了……这爱情来得太突然，我有些手足无措。

"你昨晚睡得好吗?"他问我，像一个老情人。

我莫名其妙地说："好啊!"

"我昨天一夜没睡好!"他说这话时眼里的爱情之火越烧越旺。

刹那间我心里滋生出万般的疼爱，爱情烧得我低下了头。

有人进来了，他的目光依旧，我再一次被他感动了。

拿资料时，我柔软的胸不小心碰到了他，我吓得连说"对不起"，他朝我笑了笑，脸上有着少见的柔和。

吃过晚饭后，他建议大家一起去湖边散步，他很兴奋，给我买了很多零食，包括冰棍什么的，我们在湖边的大草地上放风筝，他像个孩子似的尖叫。我对自己说："如果我能嫁给他，此生别无他求"。

游湖回来的时候，他说："我们坐人力车。"

我很长时间没坐过人力车了。他租了四辆人力车，他叫我和他乘坐一辆，在其他人还没有坐上人力车之前，他已叫我们的车出发了，等其他的车开动的时候，我们的车已远远地跑在前面了，他像个快乐的孩子对着后面说："我们是第一名。"后面的车离我们越来越远。

两人一时无语，我想对他说："你是我见到的最纯洁的男子，最有风情的男子，最有趣的男子。"

这些话憋在喉咙里不敢出来，出来的竟然是："我觉得你的秘书小姐非常漂亮。"

他不屑道："那叫漂亮呀! 我们这里的妹子比她漂亮的多得很呢!"

我说："对了，我忘了你是喜欢漂亮妞的!"

他好长时间才憋出一句话:"你这句话有些赖皮。"

我说:"你震撼了我。"

乙男没有吭声,我有些不悦,两人又一时无话。

目的地很快地到了,我很不情愿地下了车,过了一会儿,大家也到了,我们加班加到十点半,大家才散去,乙男累得面色灰灰的,各自散去的时候,他温柔地叮嘱我好好休息,我觉得我是世界上最幸福的人。

策划部经理跟了上来,他漫不经心说:"我们老总现在没人疼、没人爱的。"他说完意味深长地盯了我一眼,我的脸一下子红了,而且好烫,我在那里,不知道说什么好。

策划部经理接着说:"你看上谁了?你要是不好意思说,告诉我,我帮你说。"我低着头不敢看他,心慌乱地跳。

过了一会儿,策划部经理说:"老总不行,他喜欢特别的女孩子。"

我火热的心犹如掉在了冰窟里,回到家,我先是想哭,哭不出来,后来,眼泪无声地滴在枕头上。我有一种万念俱灰的感觉,我不知道人为什么活着,我找不到让自己活着的理由。

第二天我起床的时候,头痛,脑子不清醒,迷迷糊糊的,好像还在睡梦中,照镜子看到一个无精打采的面色灰黑的人。

去乙男的办公室时,尽管强打精神,情绪依然低落,乙男快乐地走了进来,宣称他昨晚睡得很好,我的目光恋恋不舍地盯着他,我再一次读到了美丽的、甜蜜的、强烈的、博大的爱情,我内心里再一次涌满幸福,眼泪极想掉下来,我赶紧把头扭向一边。

我配不配乙男呢?

绝配。

可是如果我不扼止爱情的蓬勃生长,将来受重伤的那个人肯定是我。

乙男的女秘书为乙男准备好了早餐,乙男像一个被宠的孩子,乙男"责备"他的女秘书买的早餐不好吃,他的女秘书幸福地笑着……

乙男的女秘书是高干女儿,在这一刹那间,我忽然觉得他们两个才

是天造一对,地设一双。

在一次讨论完策划活动的具体事项时,我对乙男说:"基本是可以了。如果有什么变动,可以叫他的助手通知我。"

乙男说:"你不能走。"

我不敢看乙男。

"还没有完呢。"乙男补充道。

"可我还有别的事呢!"我理不直气不壮地说。

乙男叹了一口气:"我是养不起你。"乙男说了一句莫名其妙的话。

"可是……"我说不下去了。

"我叫司机开车送你。"乙男下了决心地说。

"不!"我出乎意料地嘟起嘴撒娇说:"你怎么不送我!"

"我忙!"乙男说的时候声音很软:"照顾不周,请多担待。"

乙男说着点起一支烟。

"你又在抽烟! 一点也不知道疼自己!"我说这话的时候像乙男的老婆。

乙男乖乖地把烟头摁灭了:"你要是男孩子多好呀!"乙男若有所思地说。

"为什么?"

"要是男孩子,我们可以做哥们!"

我感到寒冷,我低着头,我跟自己做着斗争,我强作欢颜地安慰自己:"我的眼泪不会掉下来。"

"来,我们握握手!"乙男走了过来。

我没有伸出手。

乙男的手等了一会,见我的手不出来,又收了回去。"我叫司机送你!"乙男说着走了出去。一个预感袭上心头,从此之后,我将永远失去乙男了。

我站起来,追乙男,我柔软的胸再次不小心撞到乙男的身上,乙男像一个丈夫一样地说:"外面那么多人呢!"我退了回来。

上车的时候,乙男叮嘱司机把我送到家门口,然后乙男站在车窗外,乙男目不转睛地注视着我,那火热的爱情烫得我低下了头。

路上,我幸福得想哭,如果不是司机就在我身旁,我就真哭了。

一回到家,我坐在书桌前琢磨了一整天之后,挥笔写了一封信给他——

　　"感谢上帝让我认识您。

　　感谢上帝给了我痛且快乐着的几天。

　　回来的路上,我的心里泪如滂沱大雨:我不知道我离你还有多远! 我不知道我能不能到达!"

我没有署名,信寄走后,如石沉大海,我实在憋不住了,就在一个夜晚拨了乙男的手机。

"你好吗?"我听到乙男的声音受宠若惊地说。

"不好!"

"你怎么不给我电话!"我有些绝望地说。

"我这几天非常忙!"他抱歉地说。

电话响了,他不接,电话一直响,好像打电话的人知道他在家似的,好像打电话的人找他有急事似的,好像打电话的人有资格让电话这么霸道地响着似的。

我不说话了。我听着电话响,揣摸着打电话的人可能是谁?

显然地他不舍得放下我的电话。于是他说:"你等一下,"接着,我听到他说:"呆会儿我打电话给你。"说完之后他转向我说:"你过得好吗?"他说得很是情深意长。

"我要到一个原始森林里去。"我答非所问。

"你是去寻找灵感?"

"清洗灵魂。"我说。

"你要小心那里的狼。你不要被狼吃掉了!"

"那里没有狼,只有野猪,不过,野猪也是吃人的。"我自嘲道。

"你要小心那里的狼,你不要被狼吃掉了!"他很固执地说。

我忽然明白了他说的狼可能是色狼,而且他这一说,我的内心莫名地恐惧起来,于是我很不悦地说:"你专拣不吉利的话说。"

"你不要被狼吃掉了。"他还是那句话。

我忽然地感动了,我温柔地说:"那里民风纯朴,哪里有什么狼? 倒是都市里常常可以碰到狼,我回来后再给你电话。"

"你有什么事再给我电话。"

我们就这样恋恋不舍地挂了电话。

进山的第二个夜晚,望着黑夜,夜空里的碎宝石,我想,如果他在我身旁该有多好。此时此地该是一个多么好的拍拖的机会。

我打电话给他,他的声音依然那么激动,我心里一热,就告诉他我明天就要进到山里面去,那里手机不通,他叫我注意安全。我说:"我这边花好月圆,空寂无声,我都想在这里做尼姑了,你不是说过要是我做尼姑了,你会来看我的吗? 刚好过两天就是十一了,你十一怎么过?"

他说:"我们不放假。"

我很是不悦:"十一,你们居然不放假,你们也太工作狂了!"

"我们有个项目在加紧时间做,你一个人在那里,你要多保重。"

他急忙地挂了电话,说他有事要做,以后有事再通电话。

我哀怨地呆望着空寂的夜,生了一会儿闷气,眼前不时浮出生动的风情的乙男,感觉到他离我很远又很近。

进到山里面之后,有人跟我说,山里面有一个尼姑庵,里面有不少老尼姑,相传这座尼姑庵,乾隆皇帝到民间私访的时候曾经住过一夜,还和住持交谈甚欢,走的时候因这个尼姑庵坐落在半山腰,早上和傍晚因烟雾或时隐时现或半隐半现,乾隆御笔提下"半山庵",此后该庵红火了几百年,而现在因少有人烧香已经非常残败了。

像有一条绳拉住我一样,我情不自禁地向尼姑庵奔去,远远地,我看到有一座气象万千的红楼被岁月侵蚀得像个老人了。庵前有一小片很清澈的活湖,一只乌黑的鸟顶着美丽的火红的王冠,像个公主般悠闲地浮在湖上,它的嘴长长的,浅红色的,我禁不住地被它的外在美和内在的气质美惊呆了。黑鸟好像察觉到敌人的到来,它的两只黑豆般的小眼睛警惕地转来转去,慌乱中仍然不失王者的风范。我默默地注视着它,心里涌起万般感慨。过了好一会儿之后,我察觉到黑鸟的警惕性已没有那么高了。

"阿弥陀佛。"我听到身后一个声音说,扭头一看,一身黑衣的小尼姑正双手合十站在我后面,"施主,有何吩咐吗?"

"我心里有一个疑难问题,想和你们住持谈谈?"

"我们住持正在打坐呢,可不可以请施主稍等一会?"

"可以。"

"施主,请进这里来。"

穿过阔大的院子,小尼姑领我进入了一个小小的侧室,侧室的后墙上一个大大的"静"字,两边一个"爱"字、一个"容"字,房间里只有一个小小的茶桌,茶桌上放了一壶两杯,茶桌的两侧一边一个草垫,除此之外,别无他物。

小尼姑示意我坐下,然后满斟了一杯清水给我,接着她轻启朱唇:"施主请自便。"便走开了。

茶桌漆全部脱落了,露出了本色,上面天然的纹路清晰可见,一圈一圈地组成了一个个美丽的图案,我情不自禁地用手抚摸着,光滑柔软,原木茶壶和原木茶杯散发着淡淡的木香,它们并没有怎么被人工打磨,显得有些拙,但拙中透着可爱,我端起茶杯,咂了一口,半苦半甜,一边诧异一边放下杯子,这时只觉满口余香,馋得我把口里的津液全部吸掉。吸掉之后还嫌不过瘾,正准备端杯呷第二口,我把手放下了,我想起了两句俗语——浅尝辄止和少吃多餐。

百无聊赖中,我再次打量墙上的字,每个字都端端正正的,透着一股正气,同时极其放松,不让人觉得压抑,这字也有些年代了,纸张旧旧的,颜色已经脱落一些了,但气韵不减。我望着这些字,心中已开始与

它们交流。

"静"字,我没有做到,我现在做到的是"浮"字和"躁"字;"爱"字,我也几乎没有做到,我做到的是情欲上的爱;"容"字嘛,我做到了一点点,但远远不够。想着想着,瞌睡上来了。每到正午时分我总要睡上一会儿,可是没有床呀,趴在桌子上睡,我又不习惯。束手无策之际,我看到屁股下面的草垫又宽又长,于是我把两个对在一起,屈起身子寐在临时搭建的床上,不一会儿,已进入了梦乡。

乙男出现在我的梦里,模模糊糊的,乙男好像碰到了什么不顺的事,我去抱他,乙男给了我一个背影。我大哭,乙男却不回头……

醒来的时候,我感觉脸上湿湿的,用手一摸,手也被摸湿了,想想梦中的场景,禁不住痛哭失声。哭了好一会,感觉舒服多了,便止住哭。

"阿弥陀佛!"一个声音在我身边温和地响起。

我抬起泪眼,发现一个老尼姑正站在我的前面。

"前辈是……"我疑惑地问。

"我是这里的住持,让小施主久候了,请见谅。"

我赶紧把另外一个草垫放在桌子的对面,老尼姑盘腿坐下。"小施主需要老尼帮什么忙吗?"

"我爱上了一个人,我吃不准这个人爱不爱我,我不知道怎么办,我不知道该进还是该退? 算算我的爱情命运吧,怎么总是多灾多难的!"

住持叹了一口气:"是你自己不清楚爱不爱他,是你自己在心里犹豫不决,是你自己对自己没有信心。"

"没有呀。"我急了。

"阿弥陀佛! 小施主,不是别人爱不爱你,而是你的爱已经死了。"

"那怎么办?!"我吓得哭起来。

"阿弥陀佛! 小施主不要惊慌失措,你需要慢慢地治疗。"

"怎么治疗呢?"

"找一个你爱的人。"

"哪里去找呢?"

"满世界找,用心去找。"

"好累呀。"

"小施主的心累了,小施主好好休息,老尼告辞了。"

"住持,你不要走,你走了我怎么办呢?"

"阿弥陀佛,路还是要靠你自己来走!"

"哎,千里迢迢过来,本来想取到秘经,却什么也没有得到!"我抱怨道。

小尼姑送我出来的时候,我说:"你们一帮女人守着这么大院子,又是在荒无人烟的深山老林里,你们不怕歹人吗?"

"阿弥陀佛,这里是清净之地,一般的人不敢来的。"

"那两般的人呢?"

"这里的师太、师姐、师妹,个个武功高强,两般的人也不敢的。"

"那我怎么没有看出来呢? 我也没看到有几个人哪?"

"阿弥陀佛,施主心不净。"

"你们个个都说我心不净,我能心净吗,眼看着一天天变老,想把自己嫩嫩地嫁出去是不可能了。"

"阿弥陀佛! 小施主请走好。"

小尼姑双手合十,鞠了个躬,转身走了。

我站在原始森林里,忽然觉得饿了,想回尼姑庵讨点吃的东西,不愿意,内心里斗争了半天,还是走了。

我深深地呼吸着新鲜的空气,又狠狠地吐着体内的浊气,我需要清洗,把尘世的所有的烦恼清洗掉。

一尘不染的绿色也清洗着我的眼睛,我张大着眼睛,贪婪地吸收着美色。

不知名的鸟儿在我的前后左右不知疲倦地歌唱,我情不自禁地随着它们引颈高歌。我惊异地发现,我的声音出奇地嘹亮。

一帘薄薄的瀑布映入眼帘,绿色丛中的一条白带! 我奔过去,用手接水洗脸,水溅湿了我的衣服,我于是把衣服全部脱掉,放在太阳底下晒,而我自己钻入瀑布里……

如果乙男现在来,我们可以在这里做爱!我想象着我和乙男做爱的细节,想着想着,我看到乙男远远地走了过来,我迎上去,我张开双臂,乙男穿着少许的衣服,旧旧的。乙男!我太感谢上帝了!

一个奇怪的声音发了出来。我定睛一看,我发现乙男摇身一变成了一个陌生少年。

少年有些羞涩,他纯洁的目光好奇地打量着我,他的两个黑珍珠般的眼珠在清澈的"河里"游来游去,他的唇红红的,唇上蓬勃地生着汗毛,他的皮肤黑黝黝的,泛着黑光,他的胸脯悄悄隆起,两个乳头泛着浅红色,他穿着一个旧旧的三角裤,他赤着脚……

"你是谁?"

他嘴里发出一串奇怪的句子,像天籁之音。

"你今年有没有 15 岁?"

他疑惑地望着我,没有再出声。

我对他笑笑,他也对我笑笑,他的笑像牡丹花开,像花的芬芳……

我完全被他迷住了!一个天神!

我拉起他的手,我把他的手拉到我的乳房,我急不可耐地等着他把我强奸,他注视着我,我在他的目光里看到了乙男,看到了一个欲火燃烧的自己。

刹那之间,我茅塞顿开。

我笑了笑,松了他的手,我拣了一根小树枝,在地上画了林场办公室的房子的模样。他点了点头。我画了我自己迷了路,他又点点头,我又画了自己想回办公室,他重重地点点头。

我感激地拍了拍他的手,他再一次天使般的笑了。

我拿着衣服跟在他的后面,我不想穿衣服,我觉得衣服在这里是多余的。

没走多远,我便听到一大片人的说话声,我极不情愿地穿上衣服,我朝着人的说话声没走几步,便看到几十个工人在搬运伐下的木材。

我舒了一口气，林场办公室已经很近了，少年用手指着一个方向，我点点头，便无牵无挂地走了。

回到林场办公室，我瘫在办公室，动都动不了了。场长一边叫厨师端饭菜过来，一边温和地责备我到处乱跑。

"你出了事，我可是担不起。你要是不听话，我现在就叫人把你送出去！"

我赶紧承诺下不为例。

场长严厉地说，"再有下次，谁讲情我都把你送出去。动物伤人的事不止一次地发生过。我叫了几个人到处找你，他们到现在还没有回来呢。"

我的眼泪流了下来："他们会不会出事？"

场长安慰我说："他们自小在这里，一般不会有事的，你去了哪里了？是不是迷路了？"

我淡淡地说："没有。我就在后面不远处晒了晒太阳。"

"吃过饭好好休息休息吧。"场长说完，走了。

"你不要怪场长。场长担的责任大，你是县里送过来的人，县里几个领导都打过电话要场长好生招待你。"

"对不起。我没想到我的到来给你们添了那么多麻烦。"

饱餐一顿之后，我浑身酸痛地倒在床上，心里没有任何欲望，刹那之间，我就想这么宁静地死去。


在原始森林呆了半个月之后，我回去了，尘世的花花绿绿，是是非非，恩恩怨怨，江湖和名利场又把我拉了回来。

一回来我就病倒了，我拨了丙男的电话，丙男很快地过来了，我们是多年的哥们。我现在只有这一个哥们了。丙男要带我去医院。我拒绝了。丙男给我号了脉，号得很细很细，他说没什么大的问题，他去买了草药，然后煎药要我服下，服下之后我迷迷糊糊地睡去了。

"我不知道我能不能到达你的岸？！"我在睡梦里迷迷糊糊地叫道。

"你怎么了？你醒醒？"我听到一个声音模模糊糊地说道。

我竭力让自己笑了笑，"亲亲我！""亲亲我！"

两片火热的唇落到我的唇上，我嚅动着我的嘴唇，一块硬硬的舌头伸了过来，塞满我的嘴里，它笨笨地在我的嘴里移动，我差不多喘不过气来，一只手直伸到我的下身，它在我的下身笨笨地捏了几下，我哼着……

我睁开眼，我看到丙男，我的眼睛立即暗了下来，我身上的欲火熄了下来。

丙男抽出了他的舌头，又抽出了他的手。

"我怎么样了？"为了掩饰我刚才对丙男的冷淡，我装做若无其事地说。

"你好多了。不要担心。"

"是您救了我，是吗？"

"没什么。救死扶伤是医生的职责。"

"你一直在这里守护着我，是吗？"

"是。"

"谢谢。我真的谢谢。"

"你不要客气。我愿意。"

"你要不要在我这里休息一下？"

"啊，不要了，我回去睡，有什么事你再打我的手机。"丙男说话的时候一直喘着粗气，他的脸就是被爱情滋润着也不神采飞扬，我有些失望。

我像一个姐姐一样地说"路上小心"，我们就这样像好朋友分了手。

丙男走之后，我万念俱灰，丙男没有甲男的才华，没有乙男的风情，他的一张没有风景的脸和一双粗糙的手，还有他那粗壮的没有任何美感的腿，叫我对婚姻索然无味。他居然先捏了捏我的下身！他粗鲁地捏了捏我的下身！他的舌头像一块冷馒头，就是饿了，也没有多少胃口。我承认他还是点燃了我的情欲，但那火是那么地弱，我需要的是燃烧。

再一次悲伤地睡去，醒了之后，我又让自己悲伤地睡去，直睡到第二天的傍晚,饿得两张肚皮粘在了一起,我去冰箱里取了些水果,我狼吞虎咽地吃了一大堆水果,然后我又悲伤地躺在床上。

我不希望丙男再次过来,我不希望丙男打电话过来,我需要丙男离我远远的,他靠我太近了,我连做美梦的欲望都丧失了。

乙男!他为什么不给我电话!我心中塞满了对他的恨,我明天就要成为别人的新娘了,也许丙男应该成为我的新郎,他父母同他本人一样老实,他心肠善良,他永远不会伤害我,就是我和别人偷情,他也不会伤害我,可是从今以后我就要过一潭死水般的生活了,我体内再也不会被掀起波涛汹涌了。

泪流了下来,我像这个世界的弃儿,我渴望抓住哪怕一丝的温暖,却是抓不住,父母是那么的远,甲男是那么的远,乙男是那么的远,丙男是那么的远。

我怀着绝望的心情拨了乙男的手机,没有人听,再拨过去,还是没有人听,我惊慌失措起来,发生了什么事?!到底发生了什么事?!乙男出了什么事吗?我胡思乱想着,每一个猜想都让我焦躁不安起来。乙男!我的乙男!!你一定要平安!!!

我又打了过去。我听到了乙男的声音。

"你怎么不听我的电话!你把我吓死了!我以为你遇到了什么危险!"我连珠炮地说。

"你好吗?"乙问我。

"你为什么不听我的电话?你现在连我的电话都不听了!"我不依不饶道。

"我一个朋友失恋了。我在安慰他(她)。"乙男陪着小心说。

"我也失恋了,你怎么不安慰安慰我?"我痛苦地说。

乙男没有说话。我想骂乙男是全世界最笨的一个人。我没有。我对乙男绝望了。不是我不知道爱不爱乙男,是乙男不知道爱不爱我!不是我不主动争取,是乙男不给我机会。

我冷冷地说:"对不起,厚着脸皮给你打了这个电话!"

我赌气地挂了电话,我开始渴望丙男的电话,如果丙男今天还能过来陪我,我就嫁给丙男。

丙男没有过来!丙男连电话也没打一个!

悲伤撕裂着我的神经和肉体!

第三天晚上十一点多了,丙男打了电话来说"想到你这里来。"我说"我已经睡了。"说完之后我泪如雨下,从此之后,我不但没有抓住一个男人可以做我的丈夫,而且我连唯一的一个哥们也给弄丢了。我和丙男前进不了,也退回不到以前的境地里去了。

深夜两点了,我还是睡不着,忧伤把我打倒了,我重新起来,我坐在红色的沙发上,望着黑漆漆的夜,我浑身的肌肉不自觉地紧张起来,黑夜像个巨兽张牙舞爪地向我扑来,我逃到电话机旁,抓起电话拨了丙男的号码,只有丙男会救我!电话通了之后丙男的声音朦胧般的响起来,新的恐惧向我袭来,我惊慌地丢下电话,逃到阳台上。

风吹过来,我打了个寒战,前方,一个黑影似隐似现,好像父亲,父亲!父亲回来了!!父亲在我很小的时候因病离开人世,几年之后,母亲因长时间的忧伤也去世了。父亲活着的时候,经常地和我一起数星星,父亲去世之后,我再也不数星星了,星星也好像消失了。我抬起头来,我没有看到星星,我看了好一会儿才找到一个,那个星星像父亲的眼睛,过了一会儿,突然像鬼的眼睛,父亲现在是鬼。我怕鬼!啊,父亲,你不要吓我!我还没有喊出来,人已经逃回了屋子,我把所有的灯都打开来,灯光照在我还算奢华的家具上,还有我孤单的影子上。

甲男,我想起了甲男,甲男怎么样了?好长时间没有联系了,他现在搂着美人睡觉呢?也许不,他睡得很晚的。

甲男是我的对手,因为这个,我想他。我发了个短信给他——"断肠人在灯下。"

甲男很快地回复了——"怎么这么伤感?"

"爱怎么那么远?!"

"找一个爱也不错,爱一个人有点累。"

"你是越来越远了。"

"生怕情多累美人。"

泪水哗哗地流了下来,我骂了句"混蛋!"嫌不过瘾,又骂了几句。

镜中的我伤心成一片一片……

我就这样地被忧伤杀死了……

睡美人讲到最后,泣不成声:"忧伤是一种病……"

我呜呜地哭了起来,"好可怜的睡美人!"话音刚落,一股烈火扑向我的左眼,我拼命用手去抓火,火却刀枪不入,我闻到一股股熟肉的香味,接着我闻到的是焦味,奇怪的,这一次,只是一刹那间地疼痛。

"你!"睡美人止住哭说,"你知道你现在有多难看吗!秃头!脸上还有一个黑窟窿!如果你现在回到人间,你出现在哪里,哪里就会倒下一排人!"

睡美人的声音里浸满了幸灾乐祸。我心里有少许不快,便绷着脸不理她。

DAI A N

NA

第七章　第六生——黛安娜王妃

WANGFEI

# 第七章　第六生

## 黛安娜王妃

"我的第六个人生是一代王妃"，睡美人这次开口的时候声音里有些沉重——

我出生在一个小官僚家庭，我很小的时候父母就离异了，在一个破碎家庭里成长起来的我，一直很孤僻，同时喜欢做些惊世骇俗的事情出些风头。大学毕业后我谋到了一份幼儿园教师的工作，这一年我17岁。18岁的时候，做外交官的姐姐在情人节的前一天眉飞色舞地说，她收到了王子的请帖。我闷闷不乐地说："关我什么事呢！"

姐姐说："你难道不想认识全国第一王老五吗？"

我嘟着嘴说："想认识又怎么样呢？王子和我，相差十万八千里，不搭界的。"

姐姐神秘地说："现在有个机会，你想不想？"

我说："就算你神通广大，我能参加那个派对，能够一睹王子的迷人风采，又怎么样呢？派对之后，我还不是一个幼儿园老师？我并不是那个圈子里的人，参加派对之前不是，参加派对之后也不是。"

姐姐说："全国女孩子都在梦想着参加王子的派对呢！"

我说："我也梦想，只是怕参加了繁华的派对之后，心里失落。"

姐姐说："你还没有恋爱呢，参加这次派对的，除了各路千金之外，还有很多豪门公子，你现在出落得越来越惹人爱了，你单纯、清新的形象在那个奢华的场所一定会引人注意的，说不定天可怜见，会有哪一家王公贵子看上了你，要与你拍拖呢！"

我动心了！我一直做着丑小鸭变成白天鹅的美梦，我说："可是现在你只有一张请帖呀！"

姐姐说:"姐姐想为你做点事情,反正这样的机会,我以后还会有。"

我说:"那怎么好意思!"

姐姐说,"我们是姐妹嘛!再说,妹妹改日若有了荣华富贵,我也可以跟着沾光嘛。"

我说:"你如果不去,我一个人去,我会害怕,会缩手缩脚像个乡下人,甚至会非常尴尬闹出笑话来。"

姐姐兴奋地说:"对,你就应该这样子。"

我不高兴地说:"你没发烧吧?"

姐姐说:"温度正常。"

我生气地说:"你想出我的洋相?!"

姐姐说:"我是外交官,我知道怎么样吸引人,那是你的本色!最主要的,你的淳朴在那个场合里是极其稀少的,物以稀为贵嘛!"

我半信半疑地说:"那他们会不会把我当白痴,当乡下人,看不起我呀?"

姐姐说:"相反,他们反而觉得你很可爱。"

我百思不得其解地说:"真的?!"

姐姐说:"相信姐的话,没错!"

我说:"你能不能借我一件好一点的晚礼服?"

姐姐说:"我的晚礼服是外交官的晚礼服,不适合你,你就在你自己的晚礼服中挑一件自己最喜欢的穿上就行了。"

我说:"可是那么差的晚礼服怎么能够穿在身上出席王子的派对呢!这也太寒碜了!"

姐姐说:"只有自己的衣服穿起来才最自然,不是你的衣服你不要穿。你还要记住,奢华中的朴素会让人耳目一新,心灵安静,过目难忘!但是,你不能表演自己的朴实,你只要不经意地自然流露就行了。"

……

"你要选准王子空下来的时刻向他表达我的问候!"

"如何表达呢?"

"你走上前去，你不要小看自己，你要对自己有信心，你要清楚自己的优势——貌若天仙，气质脱俗，清纯，还有着小女孩子的羞涩……"

　　"你走上前去，你对王子致意，你说你是我的妹妹，我因为临时身体不舒服未能出席这次盛大的派对深感歉意，特地让你代表我前来向王子问候。"

　　"我怕我到时候一紧张，这些社交辞令全忘在脑后了。"

　　"不会的。你虽然现在只是幼儿园的一名无名教师，可是我一直看好你的前途，这是一个不可多得的机会，你把握得好，也许真的可以改变你的一生。"

　　我被姐姐说得如坠入云里雾里。

　　我天生是一个冒险者，我决定冒这次险。

　　晚上 8 点，我准时来到 Birkhall，尽管一路上，我一个劲儿地对自己说要沉住气，可是当我来到这个我想都不敢想的地方时，我还是被它的气派吓傻了。

　　Birkhall 是女王送给王子的乡村别墅，由于它离王宫不远，王子常在这里举行派对。我在古老的桦树林里开车开了二十多分钟才看到深藏在桦树林里的白墙绿顶的别墅区，别墅区的前面有一亩地大小的修剪整齐的草坪，正门口有一个巨大的喷水池，喷水池的造型是一个仙女用五指向人间洒水，站在喷水池的一边望对面，景物迷蒙。

　　离舞会还有 15 分钟的时候，我来到现场，里面已是人头攒动，美人、美服、美酒，像是美的海洋，大家三三两两地交流，一看便知他们是这里的常客，场面的整个造型像个圆圆的月亮，我在月亮边找了个位子坐下，傻呆呆地望着奢华的月亮里正在交际的上流社会的男女，我内心里充满着强烈的自卑感，这不是我的世界！在强烈的自卑感中，涌起越来越强烈的后悔。

　　忽然人群中一片骚动，接着雷鸣般的掌声响起来，我正在诧异之际，看到了一个相貌英俊、气质高贵的年轻男子，他在一群人的簇拥中面带亲切的笑容轻轻走来……像是在梦里……我眼睛一眨也不眨地盯着他,浑身紧张,心脏更是"扑通、扑通"地跳个不停……女孩子们里三层外三层地围着他,他在艳丽的名贵花丛中神态自若,好像他一直生活在这样的世界里……我心头涌出酸意……我很想变成一只花蝴蝶落在他的肩上,然后对着那些个花枝招展争奇斗艳的花儿说,你们闭了吧……

"祝女士们、先生们晚上快乐!"

王子的声音被掌声、笑声、叫声淹没。

舞曲响起来……

大家都站着不动,直到王子找好了舞伴,大家才各自找各自的舞伴。

令我惊讶的是,王子找的不是美貌少女,而是一个看起来又老又丑的女人,我一方面猜测着这个女人可能有着贵族血统,说不定是哪个国家的老公主,王子出于国礼才邀请她跳舞,一方面我心里面长出了一口气。

一个男子向我走来,他伸出了手,我摇了摇头。

"你来这里是做什么的?"这位男子问我,那口气和神情像对一个下人说话。

"王子邀请我来的。"我红着脸分辩道。

"王子会邀请你来? 我不信。"那男子讥笑道。

"那你为什么邀请我跳舞?!"我的脸更热了,声音也有些颤抖。

"我看没人请你。我怕你一个人寂寞。"那男子轻薄地说。

"不! 王子会请我的。"我的嘴巴不听使唤般的说出了这句话。

"连乡村里喂猪的丫头都在做着这个梦。这不稀罕。"男子讥笑着离去。

我一个人坐在那里发抖。我内心里充满着无限的恐惧。这个豪华的派对正在一点一点地将我吞没,我恨不得拔脚而逃,可是另一个声音叫我待下来,我的梦想叫我待下来。

我如坐针毡地坐着,第一支舞曲终于结束了,那名男子再次向我走来,他鄙夷的目光让我身不由己地飞快地奔起来,我向着一个目标奔起来,我奔至王子身边,我感觉到我的身子好像不再是我的身子,我听到我的声音说,"我可以请您跳一支吗?"

王子陌生地望着我,愣住了。

全场静下来,静得一根头发掉在地上的声音都能听得到。

我的脸烫起来,我感觉到所有的目光都在盯着我,我没有退路了,我只有鼓足勇气再说了一遍:"我可以请您跳舞吗?"

王子的脸舒展开来,他向我微笑着伸出了手。

我听到此起彼伏的"咔嚓、咔嚓"地按动快门的声音。

我的手被王子握住,我的背被王子搭住,我整个人被王子拥住,我老是踩王子的脚,我好像僵住了。

"你不要紧张,没人看你,你越紧张,越有人看你。"王子在我耳朵边柔和地说。

我难为情地笑起来。

"你是谁?"王子注视着我,"不会是间谍或者乱党派来的杀手吧?"王子笑起来。

"如果我是杀手,你还会这样吗?"

"你真的是杀手?"王子停下来。

"我是黛安芬的妹妹黛安娜。"

"我正纳闷呢,原来你是我们的美女外交官的妹妹,你姐姐呢?"王子轻松地笑起来。

"我姐姐让我来认识您。"我的嘴巴再次不听使唤起来。

"认识我?"王子疑惑起来。

"认识您,这是全国少女的梦想,我代表那些个无缘见您的平民少女认识您。"我痴呆地望着王子说。

"可是,你姐姐这样做是违法的。"王子严肃地说。

我的心头涌出寒意,"您要处罚我姐姐吗?"我紧张地说。

"不!"出乎我意料地,王子说:"你姐姐把你送到我面前,已经将功赎罪了。"

我整个人醉了,我正准备充分享受喜悦和甜蜜时,舞曲结束了。

大家再次举着美酒向王子涌来,众多敌视的目光像一支支利剑接二连三地向我射来,泪水在我眼里打着转,镁光灯不停地在我身上闪来闪去……

终于熬到舞会结束了。王子没有再次向我表达柔情蜜意,我有些失落地离开了 Birkhall 庄园。

回到家我把自己关在洗浴间不出来,姐姐拼命敲门,问我出了什么事?

我哭着说:"我出丑了。"

姐姐说:"你出来,说给我听听。"

我接着哭着说:"我不出去,我怕见人。"

姐姐只好作罢。

一两个小时后,我终于出来了,姐姐坐在客厅里问我:"你把事情办砸了? 有多糟?"

我没有勇气面对姐姐失望的目光,我捂着脸逃回自己的房间,把自己捂在了被子里。

"发生了什么事?"

"……傻丫头,发生了什么事? 你快点告诉我,不然,我会急疯的!"

……

"就是发生了天大的事,你也得告诉我!"

"王子和我跳起了舞。"

"真的?!"姐姐把我的被子掀起,"傻丫头,你说的是真的?!"

"是真的。"我捂住脸,背着姐姐说。

"妹妹,你要发迹了!"姐姐兴奋地叫道。

"为什么?"我松开手,看到姐姐满脸放光芒。

"王子请你跳舞,这可是一种荣耀,这可以抬高你以后在社交圈子里的地位。"

"这有什么关系呢?"我不明白地说。

"傻妹妹,这你就不懂了,你大了,需要嫁人,我以后会带你多参加一些高档次的社交圈子,你在这个圈子里的位子高了,你就可以找一个更高档次的郎君嫁了。"

我在心里面叹了一口气,我才18岁,我还没想到要嫁人。

"傻妹妹,你叹什么气呀!你不是在梦想着嫁给王子吗?这是全天下女孩子的梦想,甚至是全世界各国公主的梦想,你可不要犯傻呀。"

"我后悔参加这个派对。"

"为什么?"

"没什么,我洋相百出,我受尽歧视,我恨这个派对。"

"任何人刚刚步入社交圈子时都会遭遇到这些。从今天你取得的成绩看,你简直是社交天才,也许你以后会飞黄腾达,我还要靠你了。"

"姐姐,你真会笑话人,连王子都夸你是美女外交官,而我,只是一个低微的幼儿园教师。"

"真的?!王子真的这样说过吗?"姐姐半信半疑地说。

"你看你,刚才还在劝我不要做梦,你现在听到王子漫不经心的一个表扬就喜成这样,你可是一个外交官呀,这样失态,可是失职哟。"

"你这傻丫头,参加了王子的派对之后,像换了一个人一样。"


第二天我还在睡梦里就被姐姐的惊呼声惊醒,我还没明白过来,姐姐已经气喘吁吁地跑进我的闺房,一把掀开了我的被子。

"怎么回事!"我装做生气地说。

"妹妹!你走红了!所有的大报都登了你的大幅照片。"

"怎么可能!你捉弄我干什么?我还没睡醒呢。"我不高兴地说。

姐姐摇晃着我说:"你自己看看吧!"

照片上的王子拥着我,和王子比起来,照片上的我羞涩、拘谨、衣着打扮朴素得有些简陋,大标题是——"情人节舞会上,王子激情遭遇民女。"

我在做梦吗？我内心里既狂喜又恐惧,既半信半疑又不知所措。

我望着姐姐,姐姐也有些六神无主,我心里面一下子空了,忽然地,我放声哭起来,我以后怎么做人呢！

姐姐也抽泣起来："我没想到,你会把事情闹得这么大,早知道,我说啥也不让你去,说起来都怪我！"

电话急骤地响起来,姐姐望着我,我望着姐姐,两个人都不敢去听电话。

电话一直响着,好像打电话的人知道我们姐妹俩在家似的。

姐姐镇定了一下,起身接了电话。

"噢,爸爸,您好！"我听到姐姐说,我的心一下子提了起来。

"这件事情说起来有些复杂,我搞不清楚,黛安娜也搞不清楚,是无聊的媒体在兴风作浪,不过,黛安娜和我都好好的,您不用担心,您什么时候回来？……您回来之后我再和您详细谈。"

黛安芬刚挂了电话,正想朝我说些什么,电话又一次响起来。

"噢,妈妈！这么早！您现在好吗？我和黛安娜好着呢,爸爸刚挂了电话,什么事也没有发生,那是媒体在兴风作浪,黛安娜完全是个受害者,她根本不清楚这件事,我把请帖给了黛安娜,黛安娜代我出席了王子的舞会,出于礼貌,王子请黛安娜跳了支舞,这完全是个正常行为,也是再简单不过的行为,可是媒体看到黛安娜不像个贵族小姐,于是他们就制造了一个普通老百姓心中的梦……妈,您不用担心,这件事很快就会过去的。黛安娜还不知道这件事,也许她永远不会知道这件事,您又不是不知道,她从小就不太爱看书看报……她这会还没起床呢,她起床之后我叫她给您电话。"

姐姐放下电话后朝我扮了个鬼脸："事情闹大了,妈妈多长时间没打过电话来了,你可不能小看媒体,不过,妈妈没有怪你,她和爸爸一样都搞不清楚这件事。"

姐姐故意轻松地向我走过来,姐姐还没走到我的床边,电话又尖叫起来,"除了爸爸妈妈,还能有谁会这么早打电话来呢！"姐姐嘟囔着。

"非常感谢你们对黛安娜的关注，整个事件是一场误会。黛安娜只是幼儿园老师，与王子也是首次见面……这件事情没有什么好挖掘的……黛安娜现在身体不舒服，如果你们一定要挖掘的话，你们找王子好了。"

姐姐真不愧是外交官！我什么时候能把姐姐的这一招学会呢！

"黛安娜，听着，"姐姐挂断电话后接着说，"你现在不宜接受采访，先看看事态的发展再说。"

"我觉得我应该直面媒体去澄清。"

"我的好妹妹，你千万要镇定，这是个关键时刻。谁先憋不住了，谁就失败了，再说，全国不知有多少家媒体急着采访你呢，你这么容易接受采访，媒体反而不稀罕你，你要学会吊足媒体的胃口。"

"可是这满城的风风雨雨，叫我以后如何面对别人呢？"

"以后的事情以后再说。"

"可是我现在……"

我还没有说完，电话又尖叫起来。

姐姐又在说着外交辞令："非常感谢您对黛安娜的关怀，她现在身体不舒服，不便接受采访，改日再联系。"

姐姐挂断电话后，我生气地说："姐姐，你为什么不直接拒绝呢？而且你为什么把我生病作为你拒绝的理由呢？我没生病呀！"

"傻妹妹，不可以直接拒绝媒体，媒体很容易记仇，也很会记仇的，它反扑起来，排山倒海，说你生病，被拒绝的人心里舒服些，而且会有意无意地产生出对你的同情。"

"同情我又怎么样呢？"

"同情你的人，就是不帮你，也不会成为你前进路上的障碍，一个人前进路上的障碍越少越容易成功。"

"姐姐，我好像重新认识了你一样。"

"太阴险，是吗？"

"不。"

我刚刚说完,电话铃再次尖叫起来。

"又是哪一家媒体呢?"姐姐一边说着一边跑过去。

"噢,噢,哎呀,有什么好恭喜的,这是个假新闻,我们家现在麻烦挺大,三分钟一个电话,大都是媒体记者,这些急得发晕的记者,什么事都做得出来,这些媒体只想自己赚钱不顾别人死活,再这样下去,我们会被媒体杀死的。校长,您电话打得正好,我们正准备找媒体讨个说法呢,可是我们两姐妹势单力薄,不如你们以单位的名义找媒体谈谈。黛安娜在你们学校一直表现不错,她也几次对我讲过您对她非常关照。如何对媒体说?校长,您不用问我,您自个拿主张好了,我们完全相信您。"

姐姐挂掉电话之后,朝我叹了口气:"黛安娜,事态越来越大了,狗崽队居然跑到学校去调查你的生平去了。"

"他们怎么知道我的学校?"

"那是狗崽队!上天入地,他们无所不能。我现在忽然有个灵感,说不定,我们家门口已经有狗崽队了。"

"什么狗崽队?我去看看。"

"不!你躺着别动。我去看。你放心。我看到的一切全部向你汇报。"

姐姐出去了,很快地姐姐尖叫着跑了回来。

"地震了?"

"是地震了。我们家周围已经架满了枪口。"

"黛安芬,你脑子清醒吗?你是外交官!"

"我脑子清醒。是架满了枪口。"

"岂有此理!"我快速地下了床,黛安芬惊慌地拦住我:"你不能去,不能中了狗崽队的圈套,他们的摄像机已经架好,正像个焦急的猎人一样等着你的出现呢。"

"我找他们说理去!"我试图挣脱姐姐。

"黛安娜,你听着,在狗崽队的心目中,你不是一个幼儿园的老师,

正照在 127

而是王子的新女友,也许王子不愿意,可是狗崽队愿意,全国老百姓愿意,这是他们自己的梦,就是知道这是假的,他们也不愿意醒来,他们更愿意装睡,宁愿让这个虚假的梦多自欺欺人一会儿。"

"可是我们就躺在别人的梦里自欺欺人?"

"难道这不是你的梦吗?"

"是又怎么样?"

"黛安娜,我也被我刚才的想法吓住了,我也不知道我怎么会忽然有了这种想法。"

"黛安芬,求你,我心里发慌,我们不要做飞天的梦,我想都不敢想,你不要吓我了。"

我颤抖着哭起来,电话又尖叫起来,吓得我抱住了头,姐姐抱住我,先是安慰我,接着也哭起来。电话响了好一会儿之后,终于断了,刚断了一下,又响了起来……这样反反复复好几次之后,我和姐姐吓得也不敢哭了,我们俩惊恐万分地望着那个电话,好像它随时随地都有可能爆炸,好像它随时随地都有可能把我们炸成粉末。

"灾难来了,看来我们得直面它。"这句话出来之后,我自己先惊讶了,接着很是怀疑自己怎么就一下子脱胎换骨了。

"谢谢您,妹妹,没想到你这么镇定,对不起!我本来想帮你,没想到事与愿违,姐姐错了,姐姐对不起你。"

"你不要说了,我们姐妹从小就相依为命,早已不分彼此,去接电话吧。"

"谢谢!"姐姐感激地站起来,她去接电话,我目不转睛地注视着她,心里异常镇静,我好像被一种神秘的力量控制了。

黛安芬刚接电话,声音便颤抖起来:"王子陛下,对不起,对不起!"姐姐惊慌失措起来,我的心怦怦跳起来。

"我们什么事都没有做。我们真的什么事都没有做。我以我个人的名誉和家族的名誉向你保证,我和黛安娜,以及我们的任何人都没有就你和黛安娜认识这件事做过什么。我不是故意的,坦白说,把邀请函交给黛安娜,让她顶替我参加您的舞会,到现在想起来都觉得是一场梦,都觉得不可思议,不可理解,您也是知道的,凭我多年外交官的经验,我怎么可能犯这种低级的错误!现在回想起来,我当时好像被一只强有力的大手牵着做了这件愚蠢至极的事。王子陛下,我发誓,我拿我个人的人格和家族的名誉向您发誓,我们绝对没有伤害您和皇室的意思,我们将无怨无悔地接受您和王室的任何惩罚。"

黛安芬说这话时,眼泪已经掉了下来,声音也哽咽了。

我的胸中波涛汹涌般,我被一股强大的力量推着,我几乎是飞到黛安芬身边,在她没来得及反应之前,抢过她手中的电话,对着话筒歇斯底里地吼道:"全都是您,王子陛下一个人惹的祸,为什么,您不请公主跳舞!为什么您抛下这么多公主,请一个'丑小鸭'跳舞!"说着说着,我简直语无伦次起来,我被黛安芬和王子,我被这个电话深深地刺伤了。我泪流满面!黛安芬张大着恐惧的眼睛,无能为力束手无策地等着灾难不可遏止地到来。

等黛安芬清醒过来,意欲抢我手中的电话的时候,一切都已经晚了,我迅雷不及掩耳般的粗暴地挂了电话。

"完了!"黛安芬抱着自己哭起来:"你把我的大老板得罪了,等着失业吧!"黛安芬的样子像世界末日来临,我麻木地望着她,电话不知疲倦地又响起来,我麻木地听着电话歇斯底里的叫声,感觉它好远好远……

不知道什么时候,黛安芬不再哭泣了,我们对望着,任凭电话铃响着……

"姐姐,我有点冷,我们是要进地狱吗?"

"可能,我们已经进入了地狱了。"黛安芬慢吞吞地说。

我啜泣起来,我闻到了死亡的气息。

"我们不会死的,我们会遭遇到一些磨难。"黛安芬说这话时,有些迟钝。

"爸爸妈妈在哪里?我好想他们,我想回到妈妈的肚子里。"

"我也想回到妈妈的肚子里。"

"黛安芬,你是个外交官,前途无量的外交官,你怎么可以这样六神无主!"

"妹妹,我的神经遭受到很大的打击,它现在瘫在那里,你不要怪我,这次给我的打击太突然了,也太大了,不知道怎么的,我总觉得有什么惊天动地的事要发生。"

"什么惊天动地的事?"

"我不知道。"

"我也预感到暴风雨就要到来了。"

"什么暴风雨?"

"我也不是很清楚,模模糊糊的。"

"不会是世界末日来临了吧?"我和黛安芬几乎异口同声地说。

我们像惊弓之鸟般的望着对方,我们就这样望着,就这样相互取着暖……时间好像与我们无关,电话好像在遥远的地方响着……我们好像已经不在人世。


"黛安娜! 黛安芬! ……"

不知道过了多久,好像在梦里,我听到了一个焦急的熟悉的男声,我竭力分辨着,可就是回忆不起来。黛安芬也把探询的目光投向我……

就在这时,门被粗暴地推开了,一个男人闯了进来,"黛安娜! 黛安芬!"他几乎哭着叫着我们的名字,"乖乖,你们俩没出什么事吧!"说到最后,他已经哭了出来。

黛安芬和我,几乎同时扑上去,我们三个人拥在一起,紧紧地拥在一起,拥成一个整体,我们痛哭失声。

"爸爸,对不起!"黛安芬满怀歉疚地说。

"爸爸,对不起!"我满怀歉疚地说。

"宝贝儿,别傻了,有什么对不起的,是我对不起你们。"爸爸抚弄着我们的头发。

我和黛安芬泪眼望着爸爸,爸爸的头上居然藏了不少白发! 我一心酸,眼泪像断线的珠儿一样地掉了下来,正想开口说"爸爸,您老了!"黛安芬已说出了口:"爸爸,您辛苦了!"

"这是应该的!"爸爸笑着说,"你们俩都长成美女,又这么有出息,爸爸老了,值得。"爸爸还未说完,眼泪已掉了几颗。

"爸爸,我把事情搞得一团糟!我今天发现,其实我根本不适合做外交官",黛安芬沮丧地说。

"没有!你做得蛮好!我带回来几份报纸,你们自己看看,就是你们不听电话,我担心死了。"

"我们没有心情听电话。"黛安芬一边说一边抢报纸。

"那现在要不要听呢?它简直像枪一样在响。"我说这话时心情已经好多了。

"看完报纸以后再说。"黛安芬像将军一样地命令道。

父亲点点头。

黛安芬像机警的猎犬一样在报纸上嗅来嗅去。

过了好一会儿,黛安芬才转向我们:"我认为我们应该召开个家庭会议,在这关键时刻,我们应该把握全局,我们不能成为牺牲品。"黛安芬严肃地说。

"形势对我们不好吗?"爸爸忧心如焚地问。

"相反的,目前形势对我们比较有利,所以,我们应该抓住这个大好形势,获取更大的利益。"黛安芬面无表情地说。

"你想获取什么利益?"爸爸不无担心地问。

"我们这个家庭应该可以出现王妃,至少,我们应该利用这个机会趁热打铁把黛安娜推出去。"

"你把她推出去做什么?"爸爸惊诧地说,"你疯了!"

"黛安娜成不了王妃,也可以成为王公贵族的太太,她完全有福气过上上流社会的生活。"

"黛安芬,这是你的梦想,你是外交官,你有足够的才华去做这个梦,可是黛安娜,她是一个普通得不能再普通的女孩子,这个梦根本不

可能跑到她的梦里,你给她的压力太大了,我根本不想有一个王妃女儿,我只想有一个快乐女儿。"父亲说着说着激动起来。

"爸爸,你先问一下黛安娜吧?"黛安芬冷静地说。

父亲转向我,我不敢看父亲,一股很强大的神秘力量涌入我的体内,好像另一个人在借用我的口舌说:"对不起,爸爸,这确实是我的梦想,我得面对自己。"

"女儿,这是多少人的梦想呀,你得认识自己,你不要自找苦吃。"父亲几乎悲愤地说。

"可是,成不成功,你得让我搏一下,我才17岁,我失败得起。"另一个人依然借用我的嘴巴说。

"孩子,不要说这是不可能的事。就是成了事实,也够你辛苦的,一步登天不是好事,一步登天最容易从天上摔下来,摔个粉身碎骨!"父亲几乎哽咽着说。

"对不起,爸爸,是花,迟早都要凋谢,既然命中注定是花,我就要花开到极致,花艳到极致,哪怕我只有一分钟的璀璨。"我好像完全被另一个人控制了。

"苦命的女儿!"爸爸失声痛哭。

"爸爸,您要面对现实。"黛安芬冷静地说。

"我不能接受,"爸爸几乎说不出话来,"黛安娜还是婴儿的时候,你妈妈就离开了我们,她几乎是我一个人把她抚养大的。"

"爸爸……"我也随着爸爸哭起来。

"你们,你们真没有出息!"黛安芬生气地吼道。

我和爸爸戛然而止,莫名地望着黛安芬。

"我们要面对形势,做生活的强者。"黛安芬像将军一样地命令道,"现在事情出来了,我们不能再躲了,我们要主动出击,一个平民王妃的诞生,是民众的呼声,也是目前王室的需要,这个不可能中蕴藏着很大的可能性。"

"你们两个都疯了!"爸爸悲痛欲绝地说。

"爸爸，您难道不认为我说的话有道理吗？"黛安芬挑战似的说。

"你们又不是没法过日子，何苦付出头破血流的代价去争取一件事呢？"爸爸苦苦地哀求我们。

"爸爸，我心意已决，您不要再做无用功了，女儿对不起您，女儿向您跪下，我已经脱胎换骨成另外一个人了。"

我还没跪下，爸爸就把我拉起来了，爸爸好像不认识我似的盯了我老半天，后来，他叹了口气，接着他好像下定了决心一样地说："黛安芬，你需要我们如何配合你？"

电话一个劲儿地响，外面的狗仔队一刻也没有松懈。

"黛安娜需要面对媒体，争取媒体的最大支持和同情。"

"可是，黛安娜从来没有这方面的经验。"父亲第一个反对道。

"爸爸，这一点您不用担心，黛安娜是这方面的天才，她根本不需要经验，只有蠢人才需要经验，而我们的黛安娜，她是天才。"姐姐顿了一下说："黛安娜，你要深刻地理解平民王妃的含义，你一定要把平民王妃的精髓演绎得淋漓尽致，你要记住，你是平民，同时又是王妃，你要羞涩，要自然，要质朴，要神秘，要高贵，你现在去睡个好觉，明天一大早，我把守候在外面的狗仔队叫到我们家的客厅里，开个记者招待会。"

"为什么一定要等到明天早上呢？你要那些记者们在我们家外面过夜吗？如果明天早上他们一个也不在了，怎么办呢？"

"我的傻妹妹，你不要怜悯他们，这是他们的工作，记者们需要虐待，你不要让他们太容易采访到你，不然的话，他们会觉得你没有多少采访价值，你也不用担心他们走，这个时候，正是他们建功立业的时候，你赶他们走，他们也不舍得走，你好好休息一下，明天精神好了，才可以应付这一场战争。"黛安芬胸有成竹地说。

"爸爸，你进来的时候，没有遭遇到记者的骚扰吗？"我疑惑地问。

"甭提了，黛安娜，有你应付的，既然你决定要过荣华富贵的生活，我也不再说什么，我只希望你有足够的心理承受能力。"爸爸依然忧心忡忡地说。

"爸爸,您就高枕无忧吧,我什么样的困难都想到了,我不怕,上帝会给我力量。"我朝爸爸扮了个鬼脸,爸爸苦笑着摇摇头,我转向黛安芬,问她电话的事如何处理?

黛安芬说:"把它挂掉,免得影响大家休息。明天要是有人问,你就说这事你不知道,可能是家人为了你身体的康复,把电话挂了。"

"那么,我们全家都做个好梦!"我松了一口气说。

"要不要问问你们的妈妈?"爸爸向我们投来征询的目光。

我和黛安芬都低了头,过了好久,黛安芬才打破这死一般的寂静,"对不起,爸爸,在我的意识里,她早已不是我们家庭中的一员。"

爸爸把目光转向我,我不敢看爸爸,我低着头说:"对不起,爸爸,妈妈走的时候,我太小太小,我根本记不起关于她的多少印象,如果我说对她有深厚的母女之情,那我只能是欺骗自己,欺骗大家。"

爸爸叹了一口气:"她也有她的难处,我们要学会体谅她,等到你们结婚生子之后也许对她的理解会多一些。"

"爸爸,您真是个好男人。"我和黛安芬几乎异口同声地说。

"好了,你们洗浴睡觉去吧。我负责把电话挂了。"

"谢谢爸爸!"我和黛安芬分别和爸爸拥别,爸爸有些异样,他显得有些麻木。

一觉睡到天亮,第二天早上一起来,赶紧去照镜子,刚刚睡醒过来的我,神采焕发,说得夸张点,肤色像老树抽新芽。

就在我美滋滋的时候,姐姐进来说:"赶紧梳洗打扮,趁着刚刚睡醒后时光不多的美丽,让那些又困又饿几乎陷入绝境的记者惊叹你是天仙吧!"

"记住,不要太多脂粉,不要让脂粉掩盖了你青春的靓丽,衣着朴素,不要让华丽的衣服抢走了你本人的风光。"

姐姐一边帮我梳洗打扮,一边催父亲稍事打扮一下,一边叫佣人打扫客厅,准备一些简单的茶点招待记者,一切准备妥当之后,姐姐走了出去,对着四边喊:"大家辛苦了,进家里来坐一下吧。"

佣人们刚把大门打开,几十个记者带着长枪短炮洪水般涌了进来。姐姐守在客厅门口,姐姐大声说:"各位辛苦了,时间只有30分钟,希望大家遵守游戏规则,我这样待各位,也希望大家同样待我,我不希望混乱的局面出现,这样对谁都不好,我也希望大家30分钟之后,自觉离开,不要叫我们难堪。"

姐姐说完,亲自打开客厅的门,门还没有完全打开,洪水般的"咔嚓"声和镁光灯向我和父亲涌来,父亲正坐在我的身边,接着,洪水般的问题向我们扑来。

姐姐说:"大家安静,问题一个个地问,一起问等于没问,大家举手。"

秩序慢慢地安静下来。

"你一介平民,怎么会有机会见到王子?"

"我不知道。可能是神把我牵到王子面前。"

"请讲一下你见王子的过程。"

"神把我牵到王子面前之后,王子请我跳了舞,就这么简单。"

"当时有那么多王公贵族的千金小姐,甚至有各国公主在场,王子为什么偏偏邀请你跳舞?"

"我不知道。你应该问王子。也许因为我是平民。"

"按你的逻辑,王子爱平民不爱贵族?"

"不,平民和贵族一样地是王子的子民,他一样地爱。"

"既然一样地爱,王子为什么舍弃贵族而选择平民?"

"……"

姐姐见我半晌答不出来,赶紧说:"你有没有看到过王子只跟平民跳舞,从来没有邀请过王公贵族千金?"

"听说你是个幼儿园阿姨,你以为找王子你配吗? 你有没有听到过癞蛤蟆想吃天鹅肉的故事?"

我为难地看着姐姐,姐姐冲我点了点头,那表情好像在说,前面有更多更险的桥呢,这座桥算不了什么,你必须自己跨过去,没人替得了你。我信心大增。

"想吃天鹅肉是每个动物的梦想,如果我们只允许高贵的动物做这个梦,而不允许低贱的动物如癞蛤蟆者做这个梦,何来自由、平等、民主?"

掌声响起来。我长出了一口气。

"请问做王妃是你的梦想吗?"

"我想这几乎是每个女子的梦想。"

"你考虑过做王妃吗?"

"现在为时尚早。"

"你怎么做王妃呢?"

"我现在只是一个幼儿园老师。"

"你能做王妃吗?"

"这是双方选择的结果。"

"如果你有这个机会,你如何做这个王妃呢?"

"感谢上帝,我会把王子和所有的人民都装在我的胸中。"

"你对王子和王室如何评价?"

我又为难地看看姐姐,姐姐赶紧替我辩护道:"黛安娜与王子只是一面之交,至于对王子和王室的评价,考虑成熟了,再答复你们各位,可以吗?"

接着姐姐换了个严肃的口气说:"现在时间已到,请各位按秩序离开,以后有机会再聊。"

"谈谈你的家庭背景和工作好吗?"

有两个记者不死心地追问道。

姐姐礼貌地拒绝道:"做事不能违反游戏规则,下次优先回答你这两个问题,好吗?"

记者们满足地离开了,有的走之前一再地对我们道谢。

记者们一走,姐姐就关上客厅的门,上前拥抱我和爸爸并尖叫:"你真伟大!黛安娜!"

"这全是爸爸的功劳,爸爸坐在我身边,我觉得我好有力量。"

"偏心!"

"我还没说完呢,你的功劳也功不可没呢。"

"你们不要尖叫了,孩子们,我的耳朵都聋了。"

"爸爸,我们应该开个派对庆贺一下!"黛安芬建议道。

"你们这是赶鸭子上架!这是好事吗?不!鸭子本来上不了架子,你们现在赶它上架,对它来说,压力超负荷,我始终不认为这是好事。"爸爸捶胸顿足地说。

"爸爸,这么说,你以为我是癞蛤蟆,不配做吃天鹅肉的梦想吗?"我生气地说。

爸爸惊讶地望着我,好半天,他才吞吞吐吐地说出一句话,"我是为你考虑。"

"我知道你只看好黛安芬,你就从来没有看得起过我!在你的心目中,我是弱智,大笨蛋,只配抬轿,不配坐轿,连有坐轿的想法都不配拥有。"

我愤怒地吼完之后把自己锁在卧室里失声痛哭……

后来父亲完全妥协了,而且事情出奇地顺,王子与我单独谈了话,王室与我谈了话,女王与我谈了话,王子自小到大的一个朋友——被王子邀请跳舞的那个公爵夫人与我谈了话。

王子再一次与我谈了话,他有些忧心忡忡地望着我,他说:"入了王室,你会拥有常人无法享受到的荣华富贵和风光,同时,你也必需做很多很多常人不需要做的牺牲,所以,梦想做王妃也许是每个女孩都会做的事,但选择做王妃并不是每个女孩都愿意的,你现在反悔还来得及。"

"我不后悔!我愿意!"我急切地表白道,"我爱你!"

"好吧!"王子像例行公事似的说。

结婚的前一天,王室派人接我,妈妈也过来为我送行,妈妈流着泪说:"我的孩子,你终于有了今天,做妈的总算熬出了头。"

姐姐的表情一直像在梦里,临走之前,她喃喃地说:"不可思议,我觉得像是在梦里，我们大家合伙做了一件不可能的事，像是童话。"

爸爸强作笑容道："孩子，勇敢点，多保重！"

临走之前，我还是情不自禁地哭了，在上车的一刹那间，好像有人把我的过去和将来一刀两断了。

在路上，有一位长官说："尊敬的王妃，拉开窗帘，多看看外面的世界吧。"

可我无心看外面的世界，这位长官又说："以后没有机会了。"

我心里暗笑他婆婆妈妈，到宫门口时，那位长官又说："尊敬的王妃，请再看最后一眼宫外的世界吧。"

我笑了："宫外的世界，我看了18年了，有什么好看的，就算我入了宫，谁说我不能看看宫外的世界呢？王宫规矩很多，但也不是古代社会，连宫门口都不可以出一步。"

长官没有吭声，我就这样入了宫。王宫为王子和我举行了前所未有的世纪婚礼。

我在宫里过了一年夫妻恩爱的生活，为王子生了第一个小王子，没过多久，第二个小王子也诞生了，可是，王子对我已经越来越冷淡了。

我过着寂寞孤苦的生活。为了驱逐内心的苦难，我把精力放在两个小王子身上，可是这仍然不能驱逐我内心的苦难，于是我参加各种热闹场合，频频地与种种新闻媒体接触，可是我还是驱逐不了内心的苦难，于是我去看望艾滋病人，看望受灾的难民，看望穷困的儿童，参加商业活动，为他们募捐，我把自己搞得筋疲力尽，可是，我还是驱逐不了内心的苦难。

王子多长时间没有与我温存过了，我已不记得了，面对公众，他表现出一副模范丈夫的模样，私下里，我连与他谈话的机会都没有了。

他被那个又老又丑的离婚女人粘住了。

"如果你不爱我，如果你真的爱她，为什么你当初不选择她？"

可是王子连与我说话的欲望都没有。

"我究竟错在哪里？那个又老又丑的女人到底有什么！"我朝王子

吼道。

王子给了我一巴掌:"不许你侮辱我的爱人!"王子第一次朝我凶狠地叫道。

"可是,你这样做,对得起我吗?"我掩面泣道。

"我们没有做对不起你的事,是我们让你梦想成真。"

"那你对得起她吗?"

"我也没有对不起她,她的梦想是爱我,而不是做王妃,她不需要做王妃,她只需要爱我。"王子说到最后,已是含情脉脉了。

"我不能忍受了。咱们离婚吧!"我哽咽着说。

"你想成为第一个离婚的王妃吗?"王子蔑视着我说。

"我难道还有别的解脱的办法吗?"我泪眼望着王子,企望他给我哪怕一点点温存。

"你接着做你的义工吧。你不要奢望太多。"王子留下两句话,再一次毫不犹豫地把我一个人抛下。

接下来的一件事几乎将我打倒。我的马师向媒体披露了黛妃亲口所言与王子不合且已把恋情转移向他,这个消息不啻是晴空一声炸雷,王宫先是解雇了马师,接着委托司法机关向那家报纸和记者提出控告。女王更是大怒。我却是麻木不仁了。各路媒体不厌其烦地要求采访王室和我,我再次提出离婚。我要解脱。

这种繁杂的生活,也许正如父亲所言,我就是拼了命最终也承担不起,我原本属于过简单生活的人。我不顾父亲和姐姐的反对,接受了电视台一个小时的专访,我对着全国人民吐露了我宫中不幸的婚姻生活。

王室沉默了两天之后,女王主动地找我谈话,女王和蔼地说她答应我的离婚请求。我一下子懵了。我说:"不! 我不离婚!"

女王大为光火,厉声说:"王室对你很优厚了,是你自己要求太多。"

"我要求多吗? 我只要求驱逐内心的苦难。"

几乎全国所有的媒体,甚至全世界所有的媒体,像发现新大陆一样,盯住我和王子的婚姻不放,市面上流行着我和王子不幸婚姻的成千上万甚至数以亿计的传说，媒体上我们两个忽然冒出了很多个"情人"，这些个"情人"纷纷诉说着他（她）和我们的故事，关于我和王子之间恩恩怨怨的各种版本的书以迅雷不及掩耳之势上市且以铺天盖地的姿态发行着……

我陷入了令人窒息的泥淖中……

整个王室笼罩着令人窒息的气息，我不得不答应离婚。

出了王宫，我并没有轻松，相反的，我内心的苦难更加重了。多迪，这个世界首富之子兼闻名全球的花花公子向我约会的时候，我同意了。姐姐和父亲都在为我祈祷，祈祷我能够重新找到幸福，媒体也都在添油加醋地报道我的新恋情，只有我一个人知道，自从我入了王室，有了王子和小王子之后，心里其实已经容不下别人了。

我以两个小王子的母亲的身份请求见一面公爵夫人。她同意了。我们相互望着，好半天没人开口。我说："你到底赢了。"

公爵夫人说："我没想过输赢，我和王子青梅竹马，我们的爱情小的时候就发生了。遗憾的是，我年轻的时候没有足够的自信，看着王子身边众多的红颜，我退缩了，我退缩到一桩婚姻里去，可是婚姻并没有阻断我和王子的爱情，我们反而更加离不开对方了，没有办法，我只好离婚，我没结婚的时候就没敢奢望做王妃，离了婚之后更加不敢奢望做王妃，可是我知道王子已经离不开我了，我们之间已经不单单是爱情了，我们之间早已是骨肉之情了。从某个意义上来说，我对不起你，我与你分享了一个男人；但从另一个意义上说，你应该感谢我，在决定是否娶你的问题上，王子犹豫不定，是我鼓励了他，当然这主要是出于自私的考虑，不过客观上我们圆了你的梦。"

我无言以对，半天，我说："我不恨你，替我照顾好两个小王子，好吗？"

公爵夫人说："你不要想不开，你是两个小王子的生母，但就这一点，我怎么努力都做不到，而且婚姻对你来说是苦难，现在你出来了，不正好解脱吗？至于两个小王子，你放心好了，王子的孩子就是我自己的孩子,我早把这两个小家伙当成自己的了。"

"我是一个失败者。"我喃喃道。

会见了公爵夫人之后,我和多迪打算去私家海岛上度假,就在起程的前一天晚上,多迪和我在一个酒店共进晚餐之后送我回去的路上,遭遇到狗仔队的车穷追不舍。恐惧和厌烦排山倒海般的袭上心头,我神经质般的尖叫着叫司机狂奔,多迪为了讨好我,也叫司机狂奔,狂奔的结果是,我和多迪的生命碎了。我以前想过多少次死都死不了,等到我死了,我忽然发现生命原本是易碎品。我很后悔我没有珍惜生命,我舍不了我的两个小王子,和我的父亲,还有他。

做人好辛苦!


我说:"做人好辛苦是因为你不懂忘记,如果你忘记了,哪来辛苦两字!"

睡美人不理我,依旧抽抽搭搭地哭泣,在她的哭泣声中,我断了一条腿,痛得咬碎了三颗牙。

睡美人不哭了。"你知道吗? 你这样做,我心里特歉疚,你为什么一定要这样做呢?"

"我这样做,是因为我悟到了一个真理,想得到温暖,单单靠别人给你热,是一时的,最终还得靠自己发热。"

"可你为什么偏偏选择我?!"

"我爱你!"

"你凭什么爱我呢! 我们并没有什么交往。"

"我第一次见到你,就觉得与你心心相印,就像鱼掉到了海里,鸟儿归了巢,爱情是不需要时间的,有的人共同生活了一辈子,相互之间仍然滋生不了爱情,而有的人,看第一眼,爱情之苗就蓬蓬勃勃地生长起来了。"

"我不相信爱情。"

"我也不相信。可是,现在我信了,爱情是需要等的,需要用一千年

的时间来等。"

……

"我相信你的心里一定滋生了爱情,如果不然,你干吗跟着我不舍得离开呢!"

……

"让我们为着那美好的一天共同努力吧。"

"可是,那一天来临了又怎么样呢,你几乎没有了肉体,如果你没有了肉体,那一天又如何来临呢!"

"可是,你被照亮了,你的心里滋生了爱情,滋生了希望,滋生了生活的勇气,这比什么都重要。"

"有你,我都不愿意醒来,更何况没你。"

"你的心里被照亮了,有没有我,你一样可以拥有爱情。"

"爱情是什么滋味呢?"

"很苦又很甜。"

"我都没有心情给你讲故事了。"

"随便你吧。想讲的时候你就讲,不想讲的时候,你就不讲。"

我说完这句话之后,很久很久耳边只有风的声音,我忽然想念睡美人的声音,尽管她每一个故事都会带给我巨大的肉体之痛和肉体的一个部分的分离。想着想着,我甚至开始迷恋那疼痛和那分裂,我控制不住自己地叫起来:"睡美人,你在哪里?"没有应答。

我焦急起来,恐惧撕裂着我的心肺,我扯起喉咙叫起来:"睡美人,你在哪里?!"

回声从四面八方扑向我,我被笼罩在密不透风的回声中,恐惧再次向我袭来,我终于被击倒在地,我连哭的欲望都没有了。

一声叹息从远方飘来。

我的耳朵迟钝了一会儿之后,终于辨认出这是睡美人的声音。

"睡美人,你在哪里?!"

"哎!……"又一个长长的重重的叹息声。

"你怎么了?"我既担心又有些不高兴地问。

"孩子,你病了,你病得不轻。"

"你是……"我疑惑地问。

"你真的是一个执迷不悟的孩子。"

"如果没有执迷不悟,哪里还有爱情。"

"孩子,既然你如此执迷不悟,我不得不接着讲我的故事了。"

"你是睡美人吗? 你怎么变声了? 怎么这样老气横秋的?"

"碰到你这样的孩子,我还能幼稚得起来吗?"

"可是,你如此年轻,最起码你应该有活力。"

"我一讲故事,就有活力了。"睡美人笑起来。

"你就讲吧,赶紧讲吧,我不能忍受你的暮气。"

第八章　第七生——潘金莲

# 第八章　第七生

## 潘金莲

我的第七个人生做了潘金莲。

16 岁的时候，我的舅父到我家提亲，说是为我觅了个乘龙快婿，对方家庭兄弟两个，父母虽然早逝，却也留下一笔财产，这兄弟二人勤勤恳恳，家业越做越大。我的父母提出看看人，舅父说："对方一表人才，尽管放心，我是娘舅，怎么着也不会坑自己的亲外甥女，嫁过去保准吃香的喝辣的。"

舅父一边说着一边拿出一笔不薄的金钱说："这是对方的定金，要是这边同意了，对方还可以拿出翻几倍的礼钱。"

父母不吭声了，舅父接着掏心掏肺地说："这个给妮子做嫁妆用不了，剩下的钱，可以给儿子娶媳妇，我估计也够了。"

父母终于点了头。我哭了。我不干！

父母说："女孩子长大了迟早都是人家的人，都是要嫁出去的。"

舅父安慰我说："嫁过去天天有烧饼吃。"我停止了哭泣。

洞房花烛之夜，我的盖头被新郎掀去之后，在我向往美好生活的目光里，是一个身高 1.50 米的男子。

我结结巴巴地说："新郎呢？"

那人低了头红着脸说："我就是。"

"天哪，我的命咋就这么苦哇?!"我情不自禁地失声痛哭，"这以后的日子可咋过呀！"

"娘子，你别哭，你一哭，俺的心就乱了。"新郎结结巴巴地说。

我的心头升出了一股强大的力量。我抹抹泪，向墙奔去。

"武松！武松!!"新郎惊呼道。

新房的门被一脚踹开，同时，我的头也撞到了墙上。一股粘粘的稠稠的热热的液体喷到我脸上,我顿时昏迷过去。

当我醒来的时候,我发现我的床头坐着一美一丑两个男子。

我被那个丑男子的丑吓得一边尖叫"妈妈救我",一边用被子蒙上了眼睛。

"你们快走,我害怕!"我尖叫着,浑身瑟缩着,再次昏了过去。

当我再次醒来的时候,我的床头坐着一个慈眉善目的老婆婆。

"孩子,你醒了!"她惊呼起来,随着她的惊呼声,新郎官慌张地奔过来。

我快速地用被头蒙住眼睛,"我不要他过来!"我在被窝里拼尽最后一丝力气叫道。

"好!好!你不要过来!他不过来!"

老婆婆温和的声音叫我镇定了下来。

"孩子,快把头露出来,这里只有我们两个,大娘想同你说说心里话。"

老婆婆的话像一帖镇静剂,我露出了头,屋子里果然只有我们两个人,门关着。

"孩子,这是你的新家,你不要怕。你现在怕没关系,等适应了你就不怕了,大娘刚嫁人的时候也是像你这样,慢慢地,你就不会怕了。"

"我要回去!"

"傻孩子,娘家只是你小时候的家,这里才是你自己的家,你男人样子不咋地,心眼可好了,大娘要不是得到他兄弟两人的接济照应,早就没法过了,这世上英俊的男人好找,心眼好的男人,你可是挑着灯笼都难找哎。"

"可是,我害怕!"

"傻孩子,大娘保证他不会动你一指头。这孩子是我看着长大的,心眼可好了。你就是嫁个英俊男子,他天天打你骂你,你怕不怕?"

"我的命咋就这么苦!"

"不苦,孩子,大娘看你是个有福之人呢,大大这孩子,长相难看点,

可是好看顶什么用,能吃能喝吗? 你看习惯了,没准觉得他好看呢,大娘就觉得他比谁都好看。"

……

"大大这孩子,可聪明了,打的烧饼人人爱吃,这生意红火着呢。"

……

"孩子,你就嫁鸡随鸡,嫁狗随狗吧,别再折腾了,听大娘的话,你折腾也折腾不出名堂,到最后吃苦的反而是你,你要放聪明点,这是大娘的经验之谈,一般的人大娘不讲的,大娘喜欢你,才对你讲。女人哪,要学着讨男人的欢心,这比什么都重要。你生得这么俊,要是再会说两句甜言蜜语,大娘保准大大这孩子心肺都会掏给你,这孩子命苦,自小没人疼,你要学会疼他。"

我的肚子叫起来。

"饿了吧,孩子,想吃点什么?"

"不想吃。"

"别犯傻了,吃到肚子里的才是自己的。"老婆婆一边说着一边高声叫道:"大大,弄点吃的给新娘子。"

不一会儿的工夫,一碗热气腾腾的鸡蛋面端上来了,端面的是一个虎背熊腰的英俊少年,我的眼睛不由自主地被他所吸引,如果他是我的郎君,该多如意呀! 为什么这一母同胞,竟有天壤之别呢?! 正在我胡思乱想之际,只见该少年启动红唇,露出一口白牙:"嫂嫂,哥哥叫我对你说,你受委屈了。"他说着,目光看着别处,脸上的表情和声音都是硬硬的,我感觉一股冷气向我袭来。

老婆婆嗔怪道:"你哥怎么不亲自来呢!"

"你问她!"少年把嘴巴指向我,有些恶声恶气地说。

"武松!"老婆婆责备道,"好歹是你的嫂子,你这孩子,平日里还挺有礼貌的,这会儿怎么了?"

"我哥哥不好看,这难道是他自个儿的错? 你好看,你咋不去做皇后,你跑到我们家干吗,我们又没有抢亲。"

"武松!"老婆婆喝道。

"跑到我们家寻死觅活,这种人我还真看不惯! 要死,咋不在自个的娘家死,跑到我们家装什么清白!"武松抢着说。

我面红耳赤,眼泪打着转,一口气憋在胸口,说不出一句话。

"大大,快把武松弄走!"老婆婆急道。

"你嚷什么?!"武松急得面红耳赤,"你想把我哥整死咋地!"

"你哥怎么了?"老婆婆慌忙问道。

"他一直在哭,我看着憋得难受。"武松说这话时,声音低了下来。

"松儿!"一个难听的声音焦急地响了起来。

"来了。"武松一边说一边逃也似的走了。

房间里顿时安静下来,我的泪无声地落下来。

老婆婆把碗端到我的面前,轻声细语地说:"孩子,别跟武松一般见识,这孩子还小,他是心疼他哥,这哥儿俩亲着呢,吃吧,别饿坏了。"

我点点头,可是我的喉咙忙着哽咽,我的嘴巴放在碗边就是不能下咽,我的鼻涕和着眼泪流到了碗里。

"对不起。"我说。

"算了。你呆会儿再吃吧。想哭你就哭吧。"

老婆婆还没说完,我已经哭了出来,我用手捂着嘴,尽量不哭出声。

就在这时,我听到老婆婆说:"武松你这孩子,又过来做什么?"

我吓得哭都不敢哭了。

"嫂子,对不起!"武松闷声闷气地说。

我吓得大气也不敢出了。

"对不起,嫂子,我哥哥叫我向你道歉。"我听到武松真诚地说。

我有些搞不懂,便不敢吱声。

"嫂子,你要是不原谅我,我就给你跪下了!"接着我听到"扑通"一声跪在地上的声音。

我吓得不知如何是好,老婆婆赶紧扶武松,一边大声责怪道:"你这孩子,又搞什么花样,哪里有弟弟跪嫂子的? 这是大逆不道! 你嫂子她也承受不了!"

"不! 我不管!"武松倔强地说,"我是我哥养大的,嫂子也是嫂娘!嫂娘要是不原谅我,我就不起来。"

老婆婆转向我:"乖孩子,你快说你原谅了武松。"

我点点头。

武松依然不起来:"我要嫂娘答应我一件事。"

老婆婆又转向我,我木偶般的点点头。

"嫂娘不再寻死,安心和我哥过日子。"

老婆婆又赶紧转向我,我又木偶般的点点头。

武松磕了一个响头,这才起来。他把放在一旁冷了的鸡蛋面端了起来说:"这碗我吃,我再给嫂娘做新的。"

"不要! 我叫道,那里面……"我想说那里面掉了我的鼻涕、眼泪,很脏,可是我说不出口。

"我不嫌,从今以后我们都是一家人。"武松认真地说。

我感动得真想痛哭一场,"大大呢?"我听到我的声音说,自己都有些不明白。

武松诧异地扭回头,过了好一会儿,他好像明白过来:"我哥他怕吓着你,他不敢进来。"武松讨好地说。

"叫他过来吧。"我听到我的声音平静地说,我觉得我一下子长大成人了。

过了好一会儿,武松推着武大进来了,武大忸忸怩怩地,好像做错事的孩子。

我对着命运下跪了,我说:"从今以后,咱们就是一家人了。"

武松抱着武大跳起来,可是我的心在武松兴奋的跳跃中死亡了。

从此之后,我安心地做起了武大的老婆,我在家里洗衣、做饭、收拾家务,武大、武松忙着做烧饼、卖烧饼。

一晃五年过去了。在这五年之中,我弟弟也娶了媳妇生了两个孩子,我的父母相继去世了,隔壁的老妈妈也去世了,我更加沉默寡言了。

一日,武大说起给武松娶媳妇的事,武松坚决不同意,从没红过脸的两兄弟为这事争执起来。武松说嫂子生了侄子后他才娶媳妇,嫂子一日不生侄子他一日不娶媳妇。武大垂下了头,不再吱声,我也坐卧不安起来,我从来没有想到自己应该生个孩子的,从来没人教我这些。

这顿晚饭不欢而散。

第二天晚上,武松把武大从他的屋子里赶出来,赶到我的屋子里,然后他从外面锁了门。

武大急得又是叫武松又是求武松,可是不管他怎么折腾,武松就是不开门。

"算了,今天晚上,你就在这里睡吧。"我动了恻隐之心。

"啊,不!"武大受宠若惊地说。

我在地上铺了一个被窝,武大犹豫了好半天之后,终于钻进了被窝里。

第二天一大早,武松就跑了进来,一见我就问他哥有没有睡到我的床上,我只得实话相告,武松顿时黑了脸,"医生说,你们不睡在一起,永远也生不了孩子!"武松闷闷地说。

我的脸一下子又红又热。

晚上吃饭时,我不敢看武松,武松一直是欲言又止,武大也低着头,像做错事的孩子,这顿晚饭显得又长又难捱。

吃过晚饭后,武松来到我的房间,递给我一本书,就走了。

出于好奇,我看了起来,这一看,眼睛就被粘住了,这是一本讲述房中术的书,我赶紧把它合起来,看看四下没人,我赶紧从里面拴了门,可是心里面还是紧张,像第一次做贼似的,我吹灭了灯,钻入了被窝,我的耳朵竖着,房子里出奇地安静,想着书里的内容,我的身子不安分起来,第一次我有一种想哭的感觉。

过了很久很久,估计他们兄弟两人都睡了,我蹑手蹑脚地起床,摸着黑把窗帘拉严,接着我小心翼翼地重新点燃了灯,我把灯芯拨小,在被窝里细细地翻看起来,我的脑子里不由自主地出现了一幅幅幻景,我和一个男子做着书里的男女做的事,我就这样边看书边幻想,鸡叫了三遍,我才恋恋不舍地熄了灯,我浑身无力,整个身子又酸痛又沉重,我把手放在唇边,幻想着,可是不管我怎样努力,我都不能够达到书中所说的境地,终于我入了梦。

我从云端摔下来……

我醒了,那梦好像不是梦,好像是真的。我不由自主地扭动起来,我企图使自己达到高潮。

敲门声响起来。"早饭做好了。"是武大的声音。

"我病了。你们先吃吧。"我有气无力地说。

"你怎么了?"还是武大的声音。

"没什么。"我还是有气无力地说。

"嫂子,你开开门。"是武松的声音。

……

"嫂子,你开开门。"

……

"你开门。"

……

我只得强迫自己起来,开了门之后,我便站不住了。武大和武松同时扶住我。

"松儿,把你嫂子抱到床上去。"武大命令道。

"你自己抱。"武松第一次反抗道。

"你哥抱不动,你想摔坏你嫂子是不是?"武大生气了。

武松犹豫了一下,蹲了下来,武大把我扶到武松的背上,我像到了母亲的摇篮里,我软软地贴在武松的背上,武松把我放到了床上。我闭着眼,心中一点生的欲望都没有。无声的泪水滚落进我的耳朵。

"我看你嫂子病得不轻,咱们赶紧去看大夫。"武大焦急地说。

武松好半天没吱声。

"松儿,赶紧把咱家的架子车收拾一下,多铺些被子。"武大催促道。

武松默默地出去了,过了一会儿,他又进来说:"哥,收拾好了。"

"快把你嫂子背到架子车上去。"

"这……"

"自家人,这种时候了,你还计较什么?!"武大的声音都变了。

终于到了大夫那里。

我说:"我没有病,咱们回去吧。"

武大说:"既然来了,叫大夫看一下吧,如果没病,当然更好。"

武松也坚持着大哥的意见,说:"你的脸色非常不好,一定有病。"

我只得同意看大夫。大夫叫武大和武松在外面等着,然后叫我伸出右手,号了好一会儿脉之后,又叫我伸出左手,又号了好一会儿之后,问:"你哪里不舒服?"

我说:"我浑身无力浑身疼。"

医生问:"你是不是过度劳累?"

我说:"没有。"

他又问我:"是不是与男人在床上过度劳累?"

我说:"没有。"

大夫还问我:"结婚多久了?"

我说:"五年了。"

大夫又问我:"生了小孩子了吗"?

我说:"没有。"

"月经停过吗?"

我说:"没停过。"

医生"哦"了一声,说:"我明白了,娘子,你病得可是不轻,再严重点,这病可能要了你的命!"

我说:"我不怕,我什么欲望都没有了。"

大夫说:"这病,我可以给你治好,只要你相信我。"

我说:"可以治好吗?"

大夫说:"只要你有一丝活的愿望,就好办了。你不用吃药。我用祖传秘方给你针灸。娘子,请闭上眼睛。"

我像一个受人操纵的木偶一般的闭上了眼睛。

不一会儿,他把一只热手伸到了我肚脐处。"娘子,是不是这里不舒服呢?"大夫问道。

还没有来得及反应,这只热手已经伸到了我的下腹,我像被电了一般,想拒绝已经拒绝不了了。

我迷迷糊糊地听到一个男人细细的声音吹进我的耳朵:"小娘子,你好美貌,做男人的,谁看了谁不动心呢? 偏偏你命不好,嫁给一个废人,害得小娘子你白度青春!"

是可耻的大夫! 被欺骗感夹杂着被侮辱感袭上心头。我恨不得抽大夫一记耳光。可是我不敢吱声,我怕武松杀人。这孩子太冲动了。

大夫说:"我用祖传秘方给病人针灸了一下,病人气色好多了。"

武大先进了来,他惊喜道:"是呀,松儿,你快过来看呀,你嫂子现在面色红润,可好看了,真是神医。"

医生谦虚地说:"您可真是太客气了,病人的病根还未除,还需要来看几次。"

"好的,好的。"武大满口应承,又千恩万谢了一番。

"武大,你真是窝囊废!"我不禁在心头骂道。

又是武松背我。武松一声不响地走着,好像有什么心事。武大同他讲话,他好半天不应,应了又答非所问。难道他有所察觉吗? 我担心得出了一身汗。

到家了。我被放在被窝里。我一下子睡了过去。直到武松把我叫醒。

一大桌好菜,还有好酒。

"你们要过年哪?!"我快活地叫道。

武大端了一杯酒敬我:"到我家,你受委屈了!"武大一句话都说得结结巴巴。

"你们受委屈了。"我心里高兴,端起酒杯一口气喝了两杯。

"嫂子,为了香火,哥哥再也不能在我屋里睡了,他一定得睡到你屋里了。"武松认真诚恳地说。

我低了头,点点头。

武大反对。

"你是我的男人,要是不愿意,就算了。"我低着头说。

"没,没有。"武大赶紧否认。

"就这样说好了。"武松开心地说。

武大坚持不睡在床上,没办法,我只得像上次一样在地上给他铺了一个被窝。他背着我。

我说:"大大,我嫁过来之后,你们对我太好了。"

武大说:"我从来没幻想过有个老婆,现在娶了个天仙般的老婆,一辈子都没有第二个愿望了。"

我说:"你知道娶老婆是干什么用的吗?"

武大嘿嘿地笑着。我把那本书扔给他。

"你弟弟给的,叫我们传香火用的。"

武大脸憋得红红的,他翻了一下又合上了。

"你愿不愿意,你倒是说话呀!"我没好气地说。

"不! 不!! 不!!!"武大慌不择言地拒绝道。

我灭了灯。闷睡了。

"娘子,你不要生气。"武大在他的被窝里说。

我说:"嫁到你们家,表面上看我很幸福,可是,内心里我备受煎熬,大大,我虽然是你的媳妇,我的身子也是你的,可是你不是男人,你知道我多失望吗?! 我没办法把爱情给你,我办不到,请原谅我,大大……"

不久,武松对武大说,"哥,你多保重! 我出去几天! 这几天里,你不要出去,照顾好嫂子。"

武大点点头。兄弟俩依依惜别了。

几天之后，大大告诉我："武松立了大功了，打死了景阳冈吃人的老虎，县令派人快马加鞭请示上级官员，经同意后颁发武松'打虎英雄'的光荣称号，明天上午武松戴着大红花，骑着高头大马，后面有十几个衙役跟着要在大街上走一圈呢，全城老百姓都要出来看看这个打虎英雄呢！"

"松儿怎么不回家呢？"我问。

大大结结巴巴地说："他在外面住，不过，我会劝他回来的。"

"还是回家住吧，住在外面，外人知道了，会说闲话的。"

"好，好，好！"大大一个劲儿地随声附和着我。

第二天一大早我就趴在窗台上，我希望能看到武松从我窗下的大街上走过时的英雄模样。大大出去了，他说武松差不多到我家窗下的大街时他跑上来通知我。也许是天意，正在我左等右等等得心里抓耳挠腮时，我看到了一个英俊男子，我以为是武松回来了，拼命把头朝下看，一不小心，碰倒了窗台上的一个花盆，这个花盆从半空中落下，碎片溅到了一个正在走路的英俊男人身上。

"对不起！"我赶紧说。

那男人朝我笑笑说："不要紧，"又说："我的衣服弄脏了，可以上来用干净的毛巾擦擦吗？因为我要见朋友，怕朋友笑话。"

我赶紧说"可以。"

这个男人自称"西门庆"，说完他便不说话了，他直直地看着我。我有些不悦，便走开去拿了条干净的毛巾给他，他拿过去把衣服上的土擦了擦，有一块地方破了，不仔细看，看不出来，稍稍仔细看一看，很彰显，很显然地，这件衣服是新的又很名贵，如果赔他呢，肯定要花不少银子，我们家虽然有吃的有喝的，但赔这件衣服的代价对我们来说还是太大了，如果不赔他呢，怎么好意思呢。况且，如果不赔他，他赖在这里不走咋办呢！看样子他也不是省油的灯。如果他真的赖在这里不走，等一会儿大大回来了，就是大大不说什么，这总归不是一件好事。要是武松撞到了，妈呀，那可真是不得了。怎么办呢？我简直就是一只热锅上的蚂蚁。

"小娘子,我知道你在想什么。"

西门庆的声音就像那及时雨:"你在想如何处置我的衣服被砸事件,对吗?"

我情不自禁地注视着西门庆,西门庆的眼睛像蜜甜而不腻,又像火灼而不伤。

"你会特异功能吗?"我情不自禁地问。

"我不会特异功能,但我懂女人。"

"懂女人? 好奇怪,女人需要懂吗?"

"女人的肉体会说话,心灵也会说话的。"

"太奇怪了,你是哪里人? 像仙人一样。"

"哎……"西门庆发出一声深长的沉重的叹息声。

"你哎什么?"我不高兴地说。

"哎……"更加沉重、更加深长的叹息声。

"你到底哎什么?"我急了。

"哎……"

这一次西门庆还没有"哎"完,我便耐不住性子地打断他道:"有什么问题吗?"

"哎!"西门庆面色沉重地说:"你白做了一回女人!"

"你在可怜我吗?"我被激怒了。

"我没有可怜你,我在同情你。"西门庆认真地说。

"你分明在嘲弄我,我不知道你,你也不知道我,你赖在我家不走,又说些颠三倒四的话,到底是何居心?"

"我没有你想象中的不良居心,如果说有居心的话,也是好的居心。"西门庆诚恳地说。

"那你可不可以把你的好的居心说给我听听?"

"我说出来你不要骂我!"西门庆表现得像孩子一样无助。

"放心。这一次,你怎么说我都不会骂你。"

"那好,听清楚了,我想让你成为一个真女人。"

"你这个人好奇怪,我难道是一个假女人不成?"

"你不是假女人,你只是具备了一个女人的最基本的条件,没有真男人,你怎么能够成为一个真女人;没有优秀的男人,你又怎么能够成为一个优秀的女人?"

"你?!……"我涨红了脸,"一个大男人,欺负一个小女子,算什么英雄?!"

"你这人,怎么乱说话呢,你自己说,我动过你一根手指头没有?"

"……"

"你在这方面的渴望很大,你的欲望很强,你是一座沉寂多年的火山,你需要点燃,你需要把身体内的能量释放出来,就像你需要吃饭、需要大小便、需要拉肚子一样。"西门庆说到这里,停住了,他望着我,他的眼睛像长了钩,我觉得我差不多上了钩。

"我听不懂你在这里胡说些什么。"我试图掩盖内心的慌乱。

"你的嘴巴听不懂没有关系,只要你的心在听就行。"

"我的心在我肚子里,你又如何知道? 你以为我是三岁孩子!"

"哎……"西门庆一边摇头一边叹息。

"你到底想做什么?!"

"我想救你!"

"怪了!"我冷笑一声道:"自古英雄救美人,你不是英雄我也不是美人,就算你是英雄我是美人,我又不处在水深火热之中,谈何救呢?"

"小娘子,看你装束,该是一个妇人,我知道这是武大郎、武松两兄弟的家,你该不是传说中的大郎的媳妇吧?"

我垂下了头。

"啧啧啧……"西门庆嘴里发出极度惋惜的声音。

"你真是武大郎的媳妇?!"

空气顿时死了。我尴尬得只想逃,就是逃不了。

只觉得过了好长好长时间,西门庆很突兀地长叹了一声:"老天为什么这么不公平呢,凭什么武大郎这个兔崽子、这个末等男子可以拥有如此一等女人，而我这个一等男人就不能呢！武大郎他算什么东西，他还是男人吗？小娘子，我西门庆替你打抱不平呢，如此可人、如此妖娆、如此瑰丽、如此怒放的奇花，居然插在这摊牛粪上！这造化呀，怎么可以如此弄人呢！"

"够了！"我打断西门庆道："你是什么人，请不要羞辱我的丈夫。"

"丈夫?！你们能过性生活吗?！"西门庆冷笑道。

"你?！"我憋得出不了气。

"娘子，请息怒，我不是针对你，我是针对你丈夫，针对这造化，针对老天爷，针对不公呀。"

"多谢好心！我不需要。"

"你不需要什么?！"

……

"你怎么这么傻呢，你怎么可以忽视自己身体的需要呢？你又怎么可以忽视自己内心的需要呢？"

……

"你不是不需要，你是不敢承认。"

我头皮发紧，背上早出了汗。

"我知道你口头上不敢承认，内心里，你默认了我的话，是吗?"

"请你不要胡言乱语。"

"不！我一定要说，你一定要去争取自己的幸福，我们的老祖宗，我们的孔圣人，几千年前就大张旗鼓地说道，食，色，人的本性也！你怕什么呢！为什么你如此执迷不悟，不跟大彻大悟的圣人走，却把自己的青春、自己的幸福，统统葬送掉呢?"

"可是，古人又云，女子要三从四德，女子无才便是德。"

"古人有高明的、也有混球的，对不对?"西门庆打断我的话道："为什么你不拿有利于自己的行为规范，偏偏拿脚镣手铐摧残自己呢！你被摧残得还不够吗！请到镜子前照照自己，那就是你希望的自己吗？你现在的生活真的是你想要的吗?"

"不是又怎么样?"我小声嘀咕道。

"跟我走! 我可以拯救你!"西门庆激动地站起来,慷慨陈词道。

"算了吧,天下男人一般黑,你的妻子,你难道允许她跟别的男人乱来吗?"

"娘子,你问得好,你是不了解我,我的妻子,你可以去问问她们,嫁给西门庆之后,她们还想第二个男人吗? 她们不想。世上还有哪个男子比得过我,要是你嫁给我之后不满足的话,我答应你,你可以找别的男人。"

"老爷,你喝醉了酒了吗? 我是有夫之妇。"

"娘子,我头脑清醒得很,你算什么有夫之妇呢,你自己清楚得很,嫁给我,保证你一辈子的荣华富贵。"

"老爷,请不要欺人太甚,我家老公虽然无能,可我家小叔子武松可是英雄!"

西门庆冷笑道:"没有我西门庆,他武松可以说是一条好汉,只要我西门庆站在这里,谁敢称英雄? 谁敢在老子面前称英雄!"

望着西门庆一脸的杀气,我不禁打了个寒颤。

西门庆望了望我,重新又坐下来,语调非常温和地说:"我的狠,只对男人,对女人,我用柔,小娘子,你不用怕我,我妻妾成群,没有一个怕我的,我为此还招惹了不少人对我的耻笑。我一个大男人怕什么! 我认为这是光荣。"

"你这么多妻妾,为什么还招惹我?"

"我没有招惹别的女子,我只招惹你。"

"为什么?"

西门庆难为情起来。

"你还会害臊?! 真是天下奇闻。"

"我不是害臊,我是怕娘子打我耳光。"

"你以为我敢打你吗?"

"为什么你不敢?! 我没少挨妻妾的耳光。"

我不自禁地笑了："要是你怕挨我的耳光,你就不要讲了。"

"古人宁死不屈,我西门庆虽然做不到宁死不屈,但我西门庆可以做到宁挨小娘子的耳光也要讲出心里话。"

我脸红了。我能感觉到西门庆色迷迷的目光,但我无能为力、无计可施。

"娘子,"西门庆慢慢地说,"我在修炼房中术,我需要一个对手,我认为你是一个很好的对手。"

……

"房中术是我们中华民族文化的精粹,它是一门学术,也是一门功课,里面的奥秘,就是天资极高的人,穷尽毕生精力也探索不完,探索的乐趣比起人间的其他的乐趣来说,就是一头大牛和牛身上的一根毛发。我西门庆不畏天不畏地,但畏房中术。"

西门庆还没有说完,大大红着眼推门进来了。

"我跟你拼了!"大大朝西门庆扑去。

"不要!"我惊呼道。

可是一切来不及了,西门庆一脚把大大踩在地上,蔑视着说:"你扪心自问,你有做男人的资格吗? 你扪心自问,你配和我西门庆争女人吗?!"说完扬长而去。

大大挣扎着起来,他爬着去厨房拿了一把尖刀,然后又爬回来。

"大大,你要做什么?!"我吓得尖叫起来。

"我要做一回英雄,不做被人看不起的狗熊!"他说着拿着尖刀拼尽所有的力量朝自己的胸膛扎去。我扑过去夺刀,可是晚了一步,大大胸口的血像喷泉一样喷出来,我大哭,六神无主,大大用手捂着喷血的出口,我赶紧也用手去捂,又用衣服捂。

"你为什么要去死?! 你叫我如何向武松交代?!"

"他会杀了我的!"

"我也不活了!"

"我有什么脸面活!"我一边哭一边去寻死,大大一个劲儿地摇头。

"你有什么要说的吗?"我问。

"松儿……"他眨巴一下眼睛。

我奔到窗户前,正看到熙熙攘攘的人群以及锣鼓声朝这边涌来,我用尽浑身的力气喊"武松"、"武松",喊得我嗓子都破了,也没有人应。我只得跑下去,气喘吁吁地大叫"武松"、"武松",大家只是怪异地看看我。

"武松的哥死了,快通知武松。"我已经没有力气了。大家像看马戏一样地看着我,后来终于有一个人说,可能是真的,接着几个人随声附和,接着几个男人喊起来"武松,你哥死了!"人群大乱。

很快地,武松奔了过来。我看着武松,一句话也说不出来了,泪也哭干了,只能对他比划着大大死了。武松凶神恶煞般地朝我吼道:"怎么回事?!"

我被震得整个人都碎了,只好拼命摇头。

武松提着我直奔起来,一直奔到家里,直到看见倒在血泊中的大大才放下我,武松大叫一声"哥!"跪倒抱住哥哥,大大的目光停留在武松脸上,不忍离去,他的目光已有些散了,他的嘴轻微地动了动。

"快听听大大说什么。"我提醒武松。

武松和我同时伏到他嘴边:"西……"我似乎听到他这样说,再去看他,他已经死了。

"大大!……"

"哥!……"

我们俩号啕大哭起来,我们被闻讯赶来的人们围了个水泄不通,大家纷纷劝我们节哀。


武松慢慢地回过神来,他一脸杀气地瞪着我,我闻到了死神的气息。

"你把我哥害死了!"武松的眼珠都要出来了。

"不,是西门庆。"我魂飞魄散地说。

"好你个西门庆!"武松的声音震得我浑身发抖:"哥,我不杀西门庆,誓不为人!"

武松说着已不见了人影。

结果,武松没有杀到西门庆,西门庆和他的家人早躲起来了,红了眼的武松把西门庆家的家丁,鸡鸡狗狗,杀得一个不留,闻讯赶到的官兵,也被杀人杀红了眼的武松杀了几十个,后来武松被官兵抓走了。

就在大大的尸体上的虫子密密麻麻的时候,西门庆来了,西门庆二话不说,便把我的衣服脱光了,他强暴了我,从此之后,我开始和西门庆一道修炼房中术,潜心修炼了十几年之后,我用房中术杀了他。杀了他之后,我更孤独了,便用毒药杀了我自己。

我死了之后也没能原谅自己。写书的施耐庵更不能原谅我,他把我写成了一个永远遭世人唾骂、遗臭万年的淫妇潘金莲。


"你心里挺恨施耐庵的,是不是?"我问。

"不! 我恨我自己,也许我应该感谢他。"

"我明白,施耐庵减轻了你的罪恶感,但同时他把你和人世间的距离拉得更远。"

"是。我得承认。"睡美人低低地说。

"众口铄金。如果你在乎你在人世间的声誉,这说明你和人世间的缘分还没有到尽头。"

"王母娘娘也这样说,但是请你以后别再说这话了,好吗? 我不愿意听。"睡美人低低地哀求道。

"好吧。"话音刚落地,就听到一声巨响,好像一个物体砸到地上的声音,同时,两腿间钻心地痛,刹那间的工夫,已没有了疼痛的感觉。

一个声音在脑中响起来,我挣扎了一下,继续朝前走。

"你刚才慌里慌张地找什么呢? 像丢了祖传宝贝似的。"

听睡美人的口气,她一定知道我在找什么,但我还是言不由衷地说:"没什么,没什么,掉了一副眼镜而已。"

"眼镜?!"睡美人狂笑起来。

"你太过分了!"我第一次冲睡美人咆哮道。

狂笑声戛然而止:"我笑一笑有什么过分吗? 你们人间不是说笑一笑十年少吗,看来你们人类是多么虚伪,一面高唱笑吧、笑吧,笑一笑十年少呀,一面私底下谁笑了谁就……"

"对不起",我打断睡美人说:"请原谅,你可以笑,是我不够大度,可是,你知道吗,你的笑声多么刺耳,就像当众打在我的脸上,树要皮,人要脸,我难道有什么错吗? 如果错了,请告诉我,我立即改正。"

"你错了,你一开始就错了,你错在根子上,你错得盘根错节,你必需连根拔起。"

"我的美人,你还不明白我的心吗?"

"我当然明白。也许刚开始的时候,你爱上了我,男人嘛! ……可是现在,你仔细问一下你自己,你心里还有爱情吗? 你还爱我吗? 与其说你心里有爱情,与其说你爱我,还不如说你爱自己,其实你现在连自己都不爱了,你早就不爱自己了,一个爱自己的人,怎么可以像杀人不眨眼的刽子手一样杀害自己的肉体,你心里早就没有爱了,你只是想和我较劲,想和自己较劲。"

"当然,你也不是说不可以较劲,问题是,为了什么?"

"你又能得到什么? 你清楚吗?"

"好像有一句话叫与世无争,我觉得这句话可以指导我。"

"你在逃避! 关键的问题,你避而不答,你是在逃避!"睡美人尖叫道。

"我心里的幸福,我心里的快乐,你知道吗? 你知道你有多美又多善良吗? 你知道内心里你是多么善良吗?"

"OK,OK,看样子我还需要做功课。"

WANG

BAO

CHUAN

第九章　第八生——王宝钏

# 第九章　第八生

## 王宝钏

我的第八个人生做了王宝钏。王宝钏这个名字,你一定熟悉,不少地方戏剧在唱我,实际上,那戏里唱的不是我,戏里的王宝钏守了18年寒窑,享了18天的福,可实际上,我没有那么幸运。

我的家乡流行投绣球招亲。18岁生日那天,我的父亲根据家乡的规矩为我设立了绣球场。"王员外的女儿要招亲了!"这个消息像长了翅膀一样。

正式投球前一天,已经人山人海,十几个家丁都维持不了秩序,人人都在争相转告——"王员外家的大女儿如花似玉,又知书达礼,如今要选女婿嫁人了。"兴奋的人群几次把看台挤塌。

父亲喜出望外——"好多当官的、有钱人家的公子都来了! 这次我的女儿可要飞黄腾达了。"

母亲也一个劲儿地叮嘱我:"一定要把绣球投到有钱人家、当官人家的公子身上。这些人家的公子衣着华贵、气宇轩昂,那些衣着破烂的穷酸小子,你可注意了,不要往他们身上投。"

我想也是,我娇贵惯了,如果真的嫁到一个穷户家,恐怕也过不惯。

激动人心的时刻终于到了。台下人头攒动。尖叫声,口哨声,欢呼声,人声鼎沸,我看得眼花缭乱,一张张手像汪洋大海里的波浪朝我拼命地摇着,我甚至看不清手下面的脸,我心里恐惧起来,这可是个关键时刻,这个时刻可是决定我以后大半生的命运呀。

"老天,请保佑我吧!"我闭着眼像投身于水深火热之中一样地奋力把绣球朝台下抛下去……

等我睁开眼的时候,台下一群人为了争绣球扭打起来。

"看台要塌了，快跑！"一声尖叫刺穿着人们的胸膛，人推人，人压人，台下完全失去了控制。

"这就是我的命运吗？为什么一只绣球就可以决定我的命运？凭什么一只绣球就可以决定我的命运？它只是一只人做的绣球，它怎么可以掌握人的命运？"

还没来得及多想，几个家丁奔过来抬起我朝台下奔去，我们刚挤到台下人山人海中，看台"轰"地一声倒了，随着看台倒地的声音，还有人群中的呼救声、哭喊声。

"快去救人！"我朝家丁命令道。

"小姐，先救你自己吧。这是老爷的命令。"

"老爷呢，他安全吗？"

"他已被咱们的人救走了。"

"作孽！我宁愿一辈子嫁不出去，也不愿大家因为我遭罪。"

"小姐，这种毒誓不可发的，很灵验的。"一个家丁说。

我心里一惊，想后悔已经来不及了。

难道我以后的命运像今天的抛绣球一样糟糕吗？我的心头涌起不好的预感。

我到家的时候，父亲刚刚下轿，母亲迎接着父亲，见到父母亲，我不禁委屈地哭起来。

"我好怕！"我哭道。

"没有什么好怕的！再找个时间好了。"父亲一副大权在握的样子。

"这种事情好像从来没有过，会不会对娇娇不好？"母亲忧心忡忡地说。

"你们女人，就是头发长、见识短，我说没事就没事。"父亲说得很响亮。

正说话间，看大门的慌里慌张地进来了："老爷，有一个叫花子自称新选的女婿，一定要见老爷、夫人和小姐。"

父亲骂道："你们这些饭桶，连一个叫花子都打发不了，还跑过来向我汇报，难道你要我亲自去赶叫花子吗？"

父亲还没有骂完，又一个看大门的慌里慌张地跑过来："老爷，不好了，门口围了一大堆看热闹的。"

父亲不耐烦地问："怎么回事？"

两个看大门的相互望着，不敢吱声。

"你们真没用！养你们真是白养活！"父亲一边说着一边快步向大门口走去。

母亲和我也不放心地跟了过去。

一个衣衫破烂、面黄肌瘦的青年男子昂然地立于我家门口，我父亲一走到门口，他立马跪倒，口口声声称"岳父大人在上。"

母亲把我挡在第二道大门里面，我们错开一条门缝偷看。

几个家丁快步把那男子拉起来，推搡到一边。

"王员外，这就是你的家风吗？"那青年高声叫道。

一旁看热闹的人也私下里议论起来。

"你是何方歹徒，竟敢到我家门口闹事！"父亲厉声道。

青年朗声说道："门生是外乡人，进京赶考路过这里，听说员外家的小姐抛绣球，便过来看热闹，不巧抛球仪式中出现了事故，抢到球的那位富家公子因为一个谣言害怕了便把球塞到我手里，我本来想把球还给贵府，也许是天意，小姐被贵府家丁抬出来的时候，我得以目睹小姐芳容，顿时心生爱慕。"

父亲嘲笑道："我们家从不招布衣女婿，况且，球并没有抛到你手上，你也并没有抢到球，不能算数。"

青年也嘲笑道："我如今虽然贫困，可也不是布衣出身，我祖祖辈辈读书人，况且我也并没有打算娶你家小姐。"

父亲接着嘲笑道："好个有志青年，可惜我们家门槛低，请青年去赴你的黄金大道吧。"

青年也不甘示弱地嘲笑道："不管怎么说，绣球认了我这个女婿，王员外，你大名鼎鼎，当着这么多人的面反悔，你以后还有什么面子呢？

不如我们当着众人的面立个契约,我们以三年为期,如果三年内我高中状元,就回来迎娶小姐,如果我没有高中状元,小姐可以再抛绣球,你看如何?"

"不行,三年太长了!"父亲反驳道。

青年对着四下里拜了拜,说:"科考要三年之后才开考,大伙说说,我们是不是应该以三年为期呢?"

四周响起夹带欢呼声的掌声,接着,青年又目视着我父亲说:"王大人,您不肯以三年为期,莫非肯定三年之后状元的帽子非我莫属?既然您这么肯定,为什么不肯把自己的女儿嫁给一个状元呢?如果你认为一个状元不配做你的女婿,三年之后我高中状元之后,你可以反悔。"

四下里一片嚷嚷声。

父亲只得说:"好,一言为定!"

青年朝父亲拜了拜,说:"临走之前,我想见小姐一面。"

父亲冷笑道:"你们两人既没结婚又没定亲,怎么可以见面?"

青年说:"既然如此,那就告辞。"

青年说完,头也不扭地走了。众人也一哄而散。

我回到自己的房间里,不自禁地哭了起来,父母过来安慰我说:"一定会为自家的女儿找个如意郎君。"

我哭着说:"那个小伙子不是挺好的吗。"

父亲怒道:"那个穷鬼!有什么好!就是你愿意跟着他受苦,我们也不愿意有这个穷亲戚呢,你小,懂什么!跟穷亲戚来往,可以把你沾穷的。"

母亲说:"他像个天外来客,一个外乡人,不知根、不知底的,就是不怕他穷,我们做父母的,怎么放心你嫁给他呢!"

我止了哭声说:"我看他挺有志气的,如果他真中了状元呢?你们难道不想有个状元女婿吗?"

父亲冷笑道:"宝贝女儿,你读书读得不识人间烟火了,如果他真的高中状元,他又怎么可能娶你呢!王公大臣的女儿都在等着呢。全国各地的莘莘学子,每个人中状元的比率是多少,你知道吗?微乎其微呀!"

母亲附和道:"你还小,不懂这些,这只是一个梦,你不要为了炫目的梦放弃可以握在手里的幸福,梦永远是梦,说这些你也不可能完全懂,到了我这个年龄,不用人教,自然就懂了。"

父母走后,我神不守舍地望着镜子里同样神不守舍的我,丫鬟轻轻地问我:"是否想念刚才那个公子呢?"

我苦笑道:"我连他的尊姓大名都不知道,又谈何想念呢!"

丫鬟说:"小姐一定有心事,不如说出来,省得压在心里难受。"

我说:"我不能掌握自己的命运,我为我的前程担忧。"

丫鬟说:"小姐原来愁这个。我有个主意,小姐不一定喜欢。"

我说:"说来听听。"

丫鬟笑说:"小姐要是不乐意这个主意,可不要杀死出这个主意的人。"

我笑道:"你又在贫嘴,哪一天我给你点颜色看看。"

丫鬟故作哭泣状:"那我不说了。"

我笑道:"不说,我现在就给你点颜色看看。"说着去拧她的耳朵。

丫鬟叫道:"小姐饶命,我马上说。"

我这才放过她。

丫鬟说:"小姐听仔细了,你可以脚踏两只船。"

我不高兴道:"什么脚踏两只船?你家小姐是这种人吗?"

丫鬟急道:"小姐你听我说完,我是说,公子那边你不要放弃,这边呢,要有好的,你也不要放弃。"

我说:"这可行吗?这可是个坏主意。"

丫鬟说:"没错,小姐,我可是为您着想。"

我说:"为我着想,也不能以伤害别人为前提。"

丫鬟说:"小姐,你是否铁了心肠要嫁他?"

我说:"实话实说,我是挺喜欢他的。"

丫鬟说:"喜欢他和决心嫁他是两码事。"

我说:"可是还有第二个人选吗? 没有。我能自作主张地选择夫婿吗? 不能。全靠上天的怜悯。"

丫鬟说:"估计那公子尚未走远,我去探探他的口气,如何呢?"

我说:"这倒像个好主意,你现在越来越有水平了。"

丫鬟说:"为自个的小姐效力,当然会越来越有水平了。"

我叮嘱丫鬟多问些"有没有决心中状元? 有没有决心娶小姐"的话。

丫鬟过了好半天才回来,丫鬟倒是追到了张公子。张公子对丫鬟说:"她父亲的态度叫我非常灰心,这样的父亲生的女儿也不会好到哪里去!"

丫鬟立刻向他表述了我的心意。

张公子提出见我一面。

我说:"我不能出去,他又不能进来,如何见面呢?"

丫鬟说:"小姐,你到底愿意不愿意?"

我瞪了丫鬟一眼,丫鬟说:"小姐要是不愿意,那就算了。"

我赶紧说:"你有什么法子嘛?"

丫鬟说:"张公子自有妙计。"

我说:"什么妙计?"

丫鬟说:"张公子会轻功,夜深人静之时,他越墙进来。"

我骂道:"你好大胆! 不经我的同意,全替我安排好了。老爷和夫人知道了,不把你下油锅才怪呢!"

丫鬟叫道:"小姐饶命!"

我说:"我自己的命都不保呢,哪里还饶得了你的命!"

丫鬟这次真怕了。

我说:"我们用生命的代价去冒这次风险,值得吗? 张公子值得我们冒这么大的风险吗?"

丫鬟说:"小姐,真的有这么严重吗?"

我说："你这会怎么忽然糊涂起来了？老爷的脾气你又不是不知道,就是老爷肯饶过我们,若张公子不娶我,谁又会娶我呢！私下相会为淫,淫为罪之首。"

丫鬟说："叫张公子娶你不就得了。"

我说："说得容易,张公子怎么想的,除了他自己,谁又能知道呢！况且,如果张公子中不了功名,家庭又真的像他所说的那么穷困潦倒,我也担心我吃不消呢,一朵娇贵的牡丹移到寒冬也是会枯萎的呀！"

丫鬟说："那可咋办呢?"

我说："咱们要想一个两全其美的办法。"

丫鬟说："小姐,世上哪有这么便宜的事情。"

我说："有啊,如果没有,怎么会有两全其美这个词呢。"

丫鬟说："小姐聪明,那什么法子是两全其美的呢?"

我说："我知道了还要你想吗?"

丫鬟说："我是丫鬟,不像小姐饱读诗书,哪能想得出来呢！"

我说："我也想不出来,世上本没有两全其美的事情。"

丫鬟说："小姐,我被你搞糊涂了,世上如果没有两全其美的事情,怎么会有两全其美这个词,这话不是你刚才说的嘛?"

我说："因为世上没有两全其美的事情,而人们又渴望两全其美,才有了这个词。"

丫鬟叹了口气道："小姐呀,如果你是个男儿身该多好呀！"

我说："怎么样?"

丫鬟说："你要是男儿身,我要是富家小姐,我心中只有一个愿望。"

我说："什么愿望?"

丫鬟说："嫁给你。"

我说："那如果我是个穷鬼呢?"

丫鬟坚定地说："一样嫁给你。"

我说："你不怕苦?"

丫鬟说："我本是苦出身。"

我叹了一口气说:"看起来我们地位悬殊,其实你也有你的优势,真的不是矫情,我这会儿真的挺羡慕你。"

丫鬟说:"小姐若吃不了这个苦,也就算了。"

我说:"可是我是多么想呼吸一下外面的空气,我又是多么想体验一下书里描写的爱情故事。"

丫鬟说:"小姐,我倒有个两全其美的办法。"

我喜道:"什么办法? 快说!"

丫鬟说:"你去享受美丽,痛苦的结果,我来承担。"

我沮丧地说:"我以为什么绝招!"

丫鬟说:"我们谈论了这好半天,小姐到底见还是不见呀?"

我说:"我写一首诗给你,你拿着这首诗去试探张公子到底值不值得我们冒这个风险。"

丫鬟说:"什么诗这么神通广大?"

我说:"我这会儿灵感来了,我一边写,你一边看吧。"

丫鬟念道:"问。"

我写完之后把它交给丫鬟,丫鬟说:"就这一个字呀,你问什么呀?"

我说,张公子若是猜得出,我就见,要是猜不出,我不见。

不一会儿,丫鬟拿着张公子的回信来了,里面只有一个字——"答。"

我不禁笑了,说:"这人倒是个有趣之人,可一见。"

丫鬟说:"哪里见?"

我说:"把他约到我的房间来,这是最安全的做法。反正我算是他的半个未婚妻了。"

丫鬟说:"小姐,你疯了吗?"

我说:"我没有疯。你照我说的去做好了。"

午夜时分,张公子人不知鬼不觉地来到了我的房间,我不敢点灯,两个黑影对望着,空气压迫着我,我的心脏被压得要死过去。

最后,张公子打破沉默说:"小姐,受惊吓了,请受本公子一拜。"公子说着,站起身来朝我拜了拜。

我慌忙起身,慌乱中,两个人的手臂撞了一下,我情不自禁地颤栗了一下,张公子捉住我的一只手臂说:"小姐,这是天意,请不要拒绝。"

我已经无力拒绝了。

张公子说:"我本无意竞逐王员外家的女婿,我只是过来看看热闹,透透气,谁想到绣球被人塞到我的手上,我本来想把绣球归还给小姐,不想无意间看到小姐的花容月貌,我就这样一脚掉了进来,再也不想爬出来,不想,王员外嫌穷爱富,我想,事情到此为止吧,千没想到万没想到的是,事情又会向这个方向转折。"

我说:"公子是怎么想的呢?"

张公子说:"我不想别的,只想你。"

……

张公子接着说:"我知道我这句直白的话会着实地吓小姐一跳,可它确实是我的肺腑之言。"

张公子说着爱抚着我的手,我的身体被他依偎着,我们越挨越近。

"我们好像认识了一万年。"我轻轻地说。

"是的,我们已经相爱了一万年。"张公子说。

"让我们相爱一万年。"我说。

"这世上如果没有爱情,我们活着还有什么指望呢?"张公子叹息着说。

"是啊,爱情是我们的梦,而我们是靠着梦想活着的。"

"而这个梦最好不远不近,太远了,容易绝望;太近了,梦又容易碎。"张公子接口道。

我心里一震,郁郁地说:"你现在梦碎了吗?"

张公子没有回答,他站起来,"你冷吗?"他问我。

"冷。"

"让我来暖暖你,我的小妖精。"张公子说着张开双臂。

我想拒绝,可是我无力拒绝,我整个人熔在了张公子温暖的怀抱里。

"我们,一个是干柴,一个是烈火,而现在,干柴掉到了烈火里,我,掉到了你心里。"张公子喃喃道。

"多么奇怪的事情。"我喃喃道。

"让我们燃烧一次吧!"张公子肉感炽热的嘴唇贴在我的右耳边。

"让我们对天发誓——不离不弃。"我虔诚地说。

"不离不弃。"张公子含糊地说。

"我非君不嫁,君非我不娶。"我依然虔诚地说。

张公子用他的嘴堵住我的嘴,他像一只馋猫,他像一头饿狼,我毫无招架之力。

"你是我的太阳,我的月亮,我满天的星星,你是我整个的世界。"张公子像一个诗人一样地深情吟诵道。

"我是太阳,我是月亮,我是满天星,我,是你的。"我也深情吟诵道。

"你是我的肋骨,我的血液,我的肌肉,你的所有的一切都是我的。"

"我是肋骨,我是血液,我是肌肉,我,所有的一切,都是你的。"

"你是我的眼,我的嘴,我的牙齿,我的舌头,我的心,我的肝,我的肠,我的肺,我的腿,我的根,你的就是我的。"

"我是眼,我是嘴,我是牙齿,我是舌头,我是心,我是肝,我是肠,我是肺,我是腿,我是根,植入了你的身体里。"

"让我们疯,让我们死,让我们一起进入极乐世界。"

"我疯,我死,我与你一起进入极乐世界。"

"我不知道我为什么会心跳。我不知道我为什么会做出匪夷所思的举动。我像老树发新芽。我闻到了春天的气息,尝到了喜悦的味道。这一切是怎么回事,我不知道。娘子,这一切是您所赐吗?"

"相公,这一切是真情所赐。"

"真情来了。"

"真情迟迟地来了。它来到了我的心田里。"

"它来到了我的身体里。"

"来到了我们的身体里。"

"让我闻闻你,闻闻你美丽的、香香的、甜甜的、迷人的神秘的味

道⋯⋯"

"来吧,闻吧,我所有的一切都是你的。"

"你真好! 我一定会报答你!"

"报答我。就娶我回家。"

"我现在就报答你。"

张公子一边说一边把我抱在怀里。他的吻急风暴雨般砸在我的脸上、脖子上,他的吻点燃了我身体内的欲火。

他开始脱我的衣服,对贞操的坚守、对未知的恐惧被熊熊燃烧的欲火烧个粉碎,被涉险的快乐击个粉碎。

就这样,我的第一次,我作为女人的第一次,神圣的第一次,就这样被简单地掠夺了,被狂风骤雨掠夺了,被一个莫名其妙的男人掠夺了,被我自己奉献了。

接下来是平静。鸡已叫了三遍了。

丫鬟在外面咳嗽。

我似乎清醒了过来:"天啊,我们做了什么呀!"我有些后怕又有些后悔。

"你后悔了吗?"张公子伏在我的胸口问道。

"不后悔。你给了我人世间最美丽的春梦。"我憧憬着说。

"你的味道真好。女人的味道真好。我吃了还想吃,我永远吃不够。"

"等你成了状元,等我成了你的妻,你就可以天天吃。"

"我想你了,就来找你。我一直是很清醒的,我自以为我从来都是清醒的,可是刚才我糊涂了,我不后悔,爱情是糊涂的,宝贝,我亲爱的宝贝,我想糊涂的时候,你能陪我一起糊涂一会儿吗? 人有时候是需要糊涂一会儿的。"

"我们一起糊涂。我们永远糊涂。"

"小姐,天都快亮了!"丫鬟在门外焦急地叫道。

我一下子又回到了现实中。张公子急匆匆地穿着衣服。

我像一个溺水的孩子。我拉着他的衣袖,恳求道:"带我走吧,带我飞吧,我们一起去世外桃源。"

　　张公子说:"现在不行,天都亮了,我今天晚上还会来。我有话跟你说。"张公子飞快地亲了亲我的面颊,转眼间不见了。

　　我的心像被掏空了。

　　一群狗疯狂的吠声击打着我的耳朵。

　　"小青,发生什么事了?"我惊悸地叫道。

　　"小姐,你不要紧张。不会发生什么事的。"丫鬟跑过来安慰我。

　　"不,你出去看看张公子会不会出现意外,我不知道为什么,我这会心惊肉跳得很,我几乎要哭了。"

　　"好。好。小姐,你不要急,我现在就去。"小青急急地走了。

　　外面响起喧哗声。我四肢冰凉,等待着上断头台,我想象着即将到来的羞辱——众人的鄙视,母亲的悲痛欲绝,父亲丢给我的一条绳,浑身的鞭打痕,皮开肉绽,死后不得入祖坟,被丢在乱尸岗,被狼狗撕吃……

　　我麻木地、束手无策地等待着结果,等待着任人宰割。

　　……张公子来了。他像一个飞人,像一个天外来客,像天兵天将,他骑着一头纯白色的高头大马,他穿着白色的长马褂,他高喊"刀下留人!"大家都向他行屈膝礼。

　　他下了马,温柔地说:"小姐,你受委屈了!"他说着一手揽起我,他轻身一跃,跃到马上……

　　他带着我,向天边奔去,向温柔乡奔去,向美丽的庄园奔去……

　　从此,我们过起了男耕女织的生活,我们生了一群孩子,我们养了一大群鸭,我们牧了一大群羊……


　　"小姐,夫人和老爷来了。"小青的大呼小叫声把我拉回到现实中。

　　我赶紧用被子把自己蒙住。

　　"女儿,你吓坏了吧?"母亲慈祥的声音。

　　我有些丈二和尚摸不着头脑。

"小姐,贼逃了。"小青叫道。

我的神经终于松了下来。我忽然觉得好累好乏好困,好想大睡一觉。

"发生了什么事?"我露出半张脸说。

"女儿,你这会怎么面色这么差?"母亲忧心忡忡地说。

"小姐吓坏了。"小青解围道。

父亲狐疑地望着我。

"我吓坏了。"我还没有说完已经痛哭起来。

母亲抚摸着我的头说:"我的孩子,你不要怕,没事了。"

"怎么回事?"我问道。

"有一个人想来咱家偷东西。"母亲说。

"人抓住了吗?"我问的时候仍然禁不住地心惊肉跳。

"这人身手快。跑掉了。"母亲叹息着说。

我的内心稍稍安静了下来。"被偷了东西吗?"我强作镇定地问。

"还没发现。"母亲说,"正在查。"

父亲的目光定格了下来,我顺着父亲的目光望去,一只很漂亮的玉坠安静地卧在我的床角,它朝四周发射着清冷的光芒。

母亲惊愕得张大着嘴,小青吓得掩住了嘴,父亲小心翼翼地把手伸了过去,那样子像伸向一只老虎身上,又像是伸向金银珠宝山上,我吓得已经不知道害怕了。

玉坠终于到了父亲手上。父亲的手指缝里放射出清冷的光,父亲虔诚地望着它,手一个劲儿地抖个不停。"这是宫中之物,"父亲颤抖着问:"女儿,你是如何得到的?"

小青吓得直往后躲,母亲像不认识般的望着我,我早已乱作一团麻。

"怎么办?! 怎么办?! 怎么办?!"

"把事情的来龙去脉讲个清楚?!"

他怎么会带有皇宫的东西呢? 他不是个穷小子吗? 他难道是大

盗,盗走了宫中之物? 对,很有可能,他会轻功!

就是会轻功,又怎么能有机会?!皇宫戒备森严,早就听说连只蚊子都飞不进去,他难道会是太子或是皇子皇孙? 不,不可能! 皇子皇孙怎么会到这里来,就是来了,怎么可能衣衫褴褛! 或者他是皇亲国戚? 也不太可能。抑或是破落的皇亲国戚? 也不太可能。一个皇亲国戚,再破落也不至于破落至此,那他到底是谁呢? 宫中奴才的后代? 或者是宫中奴才的私生子? 就算是,他也不可能拥有如此奇异的瑰宝。那他到底是谁呢?

“兰儿,这到底是怎么回事?”父亲同样六神无主地望着我,他像一个吓坏了的孩子。

“兰儿,怎么回事呀?”母亲比刚才镇定多了。

“这……”我的脸火烧火烧的。不如告诉父母吧? 说出来心里好受些。可是……这实在是难以启齿。

我忽然“哇”地哭起来。谁劝都劝不住。我很想去死。刹那间我对人世间没有了丝毫的留恋。

小青被父母带走了。我已经麻木了。我感觉自己有些神志不清。佣人们把饭菜端上来不知道多少遍了。我拒绝进食。我要求见小青。可是没有人告诉我小青的下落。

母亲终于来了。母亲屏退所有的下人。我已冻得差不多要僵了。母亲用被子把我包得严严实实的,我的身体还在一个劲儿地发抖。母亲说:“没事了。孩子。不要怕。”

我望着母亲,像望着一颗救星。

我说:“小青怎么样了?”

母亲没有说话,母亲叹了一口气。

我说:“你们要杀小青吗?”

母亲轻轻地说:“兰儿,你能告诉妈这到底是怎么一回事吗?”

我朝母亲跪下来,泣不成声地说:“母亲大人,孩子对不起您老人家的养育之恩,这一辈子恐怕难以报答,希望下辈子我们还能做母女,我再双倍地报答您。"

母亲扶我起来,我长跪不起,母亲也哭了,说:"我苦命的孩子哟,一个小毛贼,怎么把你吓成这样!"

我擦去母亲脸上的泪水,母亲擦去我脸上的泪水,母女俩相望着,好像生离死别。

我把事情的来龙去脉断断续续地讲给了母亲听,母亲的脸色渐渐地灰下来,后来灰成死灰,母亲的眼睛渐渐地灭了,母亲像一个濒临死亡的人。

"你怎么可以这样?! 你怎么可以这样?!"母亲一个劲儿地喃喃道。母亲没有看我,她好像什么也没有看。

我被母亲的表情震惊了,脑子也清醒了过来。"母亲,让孩子以死洗罪吧!"我乞求着母亲的原谅。

母亲把头扭向我,她望着我,又好像没有望着我。"我永远不会原谅你! 就是你去死,也是我的耻辱。"母亲捶着胸口,拼着全身的力气说。

母亲的目光里是绝望? 愤怒? 伤心? 或者别的什么? 或者什么都没有? 我分辨不清,我也不敢多看。

我被击倒了。内心的愧疚退了个一干二净。

"请你告诉我人生的乐趣?"我望着母亲说。"母亲"这两个字我已叫不出口。

母亲望着我,好像望着一个陌生人。

"除了爱情,你说人生还有别的乐趣吗?"我好像在对着自己说。

母亲用袖子掩住脸。"子不孝,母之过"。母亲难过得说不出话来。

"你为什么生我? 你给了我生命,按照古人的说法,我应该感谢您给了我这条生命,可是现在我好恨你生了我,我现在恨不得你马上把我送回去。"

"罪孽! 罪孽!! ……"母亲痛不欲生地说。

母亲说着说着已喘不过气来。

母亲好像要死了。我吓得扑到母亲身边一边呼唤母亲，一边手足无措地揉搓着母亲。

"孩子，你叫我怎么跟你父亲交代?! 你又叫我如何见人呢?! 你为了自己一时的快乐，把你自己毁掉了，把你的母亲毁掉了，把你的父亲毁掉了，把你的弟妹毁掉了，把这个家毁掉了，你知不知道?!"

母亲好不容易说完了这一长句子，一说完又喘不过气来。

"母亲，孩儿错了，我后悔死了，可是有什么用呢，事情没办法重新来过，历史永远没办法清洗。"

母亲朝我摆了摆手："你不要说话。"

母亲脸上的厌恶让我觉得自己是一个不洁的女人。

母亲用手指指外面。

"母亲，您要回去休息吗?"

母亲点点头。

我叫了丫鬟、婆子，她们把母亲搀扶走了。我想搀一搀母亲，母亲摆了摆头，我痴呆地望着母亲越行越远的身影，五脏俱焚："母亲，孩子究竟做错了什么?! 你既然厌恶孩子不轨，为什么给孩子肉身呢?! 男女不在一起又如何有后代子孙呢? 什么是轨，什么是不轨呢? 孩子并没有跟别人，孩子跟的人是自个儿的男人，是抛绣球为孩子选定的男人……孩子这难道是不要脸吗? 不，是你错了，母亲，孩子并没有做不要脸的事……"

衣架上红色的丝巾，血红色的丝巾，妖娆着，绽放着，我闻到了血腥的味道，一种在我现在看来最迷人的味道。我走向它，抚摸着它，我把它打成一个圈，一个红红的圆圈，一个血红的圆圈，我把自己的脖子伸进去，我想象着自己的脖子勒出的血液流淌在这血红的丝巾上，我的血液浸在这血红的丝巾里，我的血液从这血红的丝巾里"叭啦、叭嗒"地摔在地上，摔成一朵朵炫烂的花……

我沉浸在美丽的幻想中，幻想中出现了张公子英俊的容颜，强壮又温软的身体，滚烫的唇，热热的呼气，神奇的手……

这世上是多么地令人留恋。

我叹了一口气，走向梳妆台，像一个美丽又憔悴的新娘。一台大轿，敲锣打鼓，着红衣穿红鞋，夫妻对拜，洞房花烛夜……一个多么美丽、多么迷人、多么神奇的人生过程！

我不能寻死。我要活下去。我肚子里说不定已经有了张公子的骨肉。张公子这么有本事，又这么有情有义，他不会见死不救的，他会带我去极乐世界的，父母迟早会原谅我们的。对，就这样，先休息，晚上张公子会再来的。

我迷迷糊糊地睡去。脑子里乱得很。

不知道过了多长时间，在我似睡非睡之时，两个丫鬟把我叫醒了。

"小姐，老爷叫你。"一个丫鬟说。

"什么事？"我担心地说。

两个丫鬟对望了一眼，均摇了摇头。

我跟着丫鬟来到了一个灯火辉煌的大厅里，父亲阴沉着脸坐着，母亲脸上的泪水不干。丫鬟立即退了出去。我犹如来到了阴森森的地狱里。

"跪下！"父亲的声音像书上描写的地狱里阎王的声音。

我立即瘫下来。接着抽泣起来。我本能地用恐惧的哭泣声保护自己。

"我今天的家业是几代人的艰辛呀！"父亲悲怆地说，"为了子孙后代，我这个做爹的，必需拿你的鲜血清洗我家的宅院，这样才能保证世世代代的繁荣昌盛！"

"不！父亲！"我失声叫道。

"你有什么遗言，快点讲吧。我们要赶时辰。"父亲的声音冷冰冰的。

"父亲！你这是不人道的、不合法的、不合情的、不人理的！虎毒不食子。你怎么可以亲手杀死自己的女儿。她究竟犯下了什么滔天罪行！请给我一线生机。"

母亲的哭声也越来越响。

"这是规矩!"父亲怒道,"女孩子迟早是人家的,比起自己的家业来,一条女孩子的命算什么!不要再鬼哭狼嚎了!女人心肠!"

我和母亲同时止了哭声。

"父亲,告诉孩子,这是什么规矩?"我奇迹般的镇定了下来。

"祖传的规矩。"

"规矩是人定的。既然人可以定规矩,为什么不可以破规矩?"

"你?!太目中无人哪!太放肆!太猖狂!亏你还是个读书人!看你平日里是个好孩子,怎么说糊涂的时候就一塌糊涂呢!"父亲也呼天抢地起来。

"小青呢?"我直视着父亲:"你把她杀了?"

父亲把头扭向一边。

"你这个杀人狂!你这个刽子手!"我怒不可遏地扑向父亲。

父亲重重地给了我一巴掌。父亲第一次对我动了武力。被父亲打的那半边脸像火烧着一样。

"我不仅要杀小青!我还要杀你!"父亲怒视着我说。

我闻到了父亲血腥的味道,我的内心再一次被恐惧所吞没。

母亲跪倒在父亲脚旁:"老爷!"母亲抱着父亲的腿哭泣道。

"你还有脸讲情!你养的好女儿!"父亲越说越怒,抬腿端了母亲一脚。

母亲被端倒在地,我扑上去护住母亲,父亲像失去了理智的老虎:"你这个不干净的贱货!"父亲朝我脸上啐了口唾沫。

"大胆!"我呵斥道,"那个人不是别人,正是当朝太子!"

父亲狂笑起来:"女儿,你的脑子出了问题?当朝太子?!"父亲再次狂笑起来,"一个穷酸小子,成了当朝太子?!女儿,你也太会编故事迷惑人心了!"

"你自己都说那个玉坠是宫中之物呢!"

"这……"

"你不但不能杀我,而且你也不能杀小青,我是太子的人,小青是我

的人。"

"什么太子不太子,你,做了天下最大逆不道的事,我要是你,早一头撞死了,你,竟然在我面前妖言惑众!你我父女关系从此一刀两断!"

"官人……兰儿……你们不如先杀了我!"母亲先泪眼望着父亲,接着又泪眼望着我。

我和父亲没有一人表示妥协,母亲一头朝墙上撞去……

我和父亲一起抱住母亲,母亲望了望我,又望了望父亲说:"一边是女儿,一边是官人,一边是女儿的命,一边是家族的兴旺,我难以取舍,生不如死呀!"母亲说这话时整个人都像是碎了。

我心如刀绞:"母亲,如果我的生命能换取你的快乐、家族的兴旺,让我去死!父亲,你杀了我吧!"我闭上眼睛等死。我听到母亲凄厉的叫声,我睁开眼睛,我看到父亲举刀的手在颤抖。

"父亲,你不要有妇人之仁!为了家族的兴旺去死,我死得值!女儿能够死在父亲的刀下,做鬼也幸福!父亲,你下手吧。只一下子的工夫,女儿就不疼了。女儿会在九泉之下祝福我们一家发达。"

父亲手里的刀抖动得更厉害了。父亲的眼圈越来越红了。母亲的呼叫声也越来越凄厉了。

弟弟妹妹们也跑了进来,一家人哭成一团。

这时,一个蒙面黑衣人以迅雷不及掩耳的工夫奔至父亲面前,以刀抵住父亲的咽喉,他低低地说:"交出玉坠儿,不然,我要杀了你!"

我们一家人被这突如其来的场景吓得鸦雀无声。

"你们,"那个蒙面人说,"退到一边去,远远的。"

我们全家乖乖地退到一边去。

"大人,"母亲磕头道,"不要杀我家老爷!"

"我的来意不是杀人,我是来取回玉坠的,它比你们一家人的命都值钱。"黑衣人凶狠地说。

"大人,你稍等,我马上取来。"母亲慌里慌张地站起来。

"站住!"黑衣人呵斥道,"你们乖乖地呆着,让王员外带我去拿。"

"你是谁？张公子吗？"我直视着黑衣蒙面人。

"我是谁不重要，重要的是，我要取回玉坠儿。"黑衣人说这话时声音已经缓和了许多。

凭直觉，我敢肯定那黑衣人一定是张公子。

"张公子，他在哪里？"

"小姐，张公子叫我对你说对不起，他请你原谅他，他人在江湖身不由己。"黑衣人的声音里已充满了歉疚，"他是一个贵人，你忘了他吧，他很后悔。"

"我要见他一面！"我愤怒地说。

黑衣人不理我，推搡着父亲走了。

我扑过去，准备去撕黑衣人。

"你给我乖乖地呆着，不然……你父亲的命现在掌握在你的手里！"黑衣人面目狰狞地说。

我们一家人只好眼睁睁地看着黑衣人和父亲一起消失。

过了好一会儿，父亲回来了，父亲的样子像是刚出了地狱。

一家人再次抱头痛哭。

"我不杀你。我答应黑衣人不杀你。你走吧，越远越好。"父亲对着我说，"你要记住，你不是我生的，我也从来没生过你这样的女儿！"

我对着父亲磕了个头，对着母亲磕了个头，对着弟妹磕了个头。

"让我的鲜血染红，小青，我追你来了……"我还没说完，泪水已淌满了我的面颊，母亲和弟妹们抱起我，而我，咬舌自尽了。

一家人望着我，恋恋不舍，而我，望着父亲，我很想说声"对不起！"可是我怎么努力，都没有力气说了。

"女儿，我的女儿！"父亲大叫道。

听到父亲叫我女儿，我微笑着，满足地闭上了眼睛。

我死后没敢回过家，我听邻居说，我死后我母亲不久就疯了，又过了不久，我父亲也神志不清了，这个家庭走向了衰落……

睡美人话音落地的同时，我的心被炸得血喷了我一脸一身，我用手擦拭，越擦越多，从我身上流下的血在我脚下汇聚起来，越汇越多，先是汇成小坑，接着汇成小河，再接着汇成大河，大河之后是海洋……海洋把我淹没。

死神来到了我的面前。

"兄弟，迈过了这道门槛，你这一辈子又完了，完了之后你需要10 000年才有机会再次做人，给你3分钟的时间，你认真地考虑一下，需要我为你做些什么吗?"

"我希望你能延长我此生的寿命?"

"哈哈哈……"死神狂笑道，"其他的，我都可以帮忙，唯有这个，我帮不上忙。"

"我只有这一件事需要劳驾你，其他的，我没有。"

"你倒是个硬骨头，"死神接着狂笑道，"每个过我这道门槛的人都哭哭啼啼的，有的向我跪地求饶，大家都不想死，我真不明白人世间到底有什么好的。"

"如果你需要我哭哭啼啼，如果你需要我跪地求饶，我可以。"

"罢了，"死神止住狂笑道，"听说人世间有很多清规戒律，我们这里也有，我不可以强迫人们做他所不愿意的事。"

我跪了下来。

死神说:"我刚才说了，你不跪，我不会怪罪你，并不是所有的人都跪的。"

我说:"我希望你能成全我。"

死神说:"玉皇大帝把你们放生的时候，你们个个哇哇大哭，现在要你们回来，你们又个个贪生怕死，其实，死有什么好怕的，就像生没有什么好怕的一样。"

"死，我并不怕，"我说，"我怕的，是我的心愿未了。"

"每个人都会这么说，"死神说，"我不能跟你多说了，后面已排了一个长队了。"

"我是为了睡美人的事。"我痛哭流涕道。

"睡美人?"死神感兴趣地说,"睡美人她现在怎么样了?"

"您知道睡美人?"

"我们谁不知道睡美人呀,她和当年大闹天宫的孙猴子一样,曾经成为我们茶余饭后的谈资,她惹恼了王母娘娘,要不是王母娘娘大慈大悲,大仁大德,她呀,早……"

"哎,不说了,她现在怎么样了?"死神关切地说,"她可真是个可怜的孩子。"

"王母娘娘大仁大德,大慈大悲,给了我一个照顾睡美人的机会,眼看我快要成功了,没想到我大限已到……"我早已泣不成声。

"哎,"死神长叹道,"这听起来像是一个美丽的传说,本来我是不可以动感情的,可是这故事实在太凄美了!"

"所以,请死神高抬贵手。"

"你有所不知哇,"死神叹道,"我的权力也是有限的,这样吧,我帮你请示一下王母娘娘,以前也有过这先例,不过呢,阴间的 10 000 年才能换取阳间的 1 年,你同意吗?"

"同意,同意,"我急不可耐地说,"只要能够延长人间的寿命,什么样的条件,我都能够答应。"

"就是延长你在人间的寿命,也不可能无限期地延长,就是多给你一些时间,可能你仍然实现不了你的理想,你仔细考虑一下,你觉得你划算吗?"

"我不在乎最后的结果,只要我能够做到离成功越来越近,我就成功了。"

"可歌可泣呀,"死神说,"这样的人不应该死呀,应该活着。"

"本来我也不想活,可是当我找到自己的使命,自己的归属之后,我就找到了活着的乐趣。"

"哎,你脚下的血怎么退了?"死神大呼小叫道,"这太奇怪了,天下奇事。"

"怎么了?"我莫名其妙地说。

"恭喜恭喜,"死神欢呼道,"血退了,你就又可以回到人间了,这真是闻所未闻。"

"谢谢! 谢谢!"我朝死神再次磕头道。

"你赶快走吧,这里不欢迎你!"死神变脸道,接着他狠狠地推了我一巴掌。

我又回到了老地方。


"你怎么又回来了?"睡美人惊奇地叫道。

"我回来,你不高兴,是吧?"我酸酸地说,"你的心不是肉做的吗? 是石头做的吗? 冰做的吗? 钢铁做的吗?"

"我早就告诉过你,我不可救药,连王母娘娘都遗弃我,你又何必多此一举,徒添悲伤呢!"

"我不许你这样说,王母娘娘一直爱着你,从来没有遗弃过你,先别说这话,要是传到王母娘娘耳朵里,王母娘娘会多伤心,你说的根本不是事实。"

"好了好了,我不跟你争论这些了,争来争去没有结果。"

"说实话,你真的希望我死吗?"

"不!"睡美人慌道,"那样的话,也太说不过去了,也太没有人心了。"

"我不要你考虑这些,你只考虑你的心,你的心希望我死吗?"

"我不希望你死,我只希望你放弃努力。"

"你扪心自问,你真的希望我离开你吗?"

……

"我有没有给你带来快乐?"

"有。"睡美人低低地说。

"好。我不问你了。"我开心地说,"你讲你的第九个人生吧。"

QIN

G

LI

第十章　第九生——李清照

ZHAO

# 第十章　第九生

## 李清照

我的第九个人生是流传千古的宋代女词人李清照。

我的父亲是全国知名的学者，母亲出身显赫，我家的亲戚朋友不是位居人臣就是在学术上有所建树，我自小聪明伶俐，母亲教我琴棋书画，父亲教我诗词歌赋。

我5岁时就已经因为写词成了名人。皇上还赐给了我"小才女"称号。

12岁时，由皇上做媒，我嫁给了当朝宰相的公子赵明诚。我出嫁那天，皇上赐我以公主的规格举行婚礼，88台大轿，1 000人乐仗，跟随的群众上万名，名流不计其数，妃子、公主、夫人、小姐争奇斗艳，皇上、皇后亲自主持婚礼，夫家大宴宾客半月余，赏赐银钱无数。

公公虽然贵为宰相，丈夫却不是纨绔子弟，他相貌堂堂，为官清廉勤政，且才高八斗，在家里，两夫妻相敬如宾，举案齐眉，切磋诗词，比翼双飞。

公公宠我，婆婆疼我，一家大小都很尊敬我，那日子过得连皇后都自叹弗如。

这样的好日子过了七八年之后，老皇上驾崩，新皇上上任。新皇上不爱江山爱美人。老皇上就是生病了也坚持着上朝理政，而新皇上常常因为美人而不上朝或者迟上朝，公公因为数次规劝最终惹怒了新皇帝而被解甲归田，公公咽不了这口气，加之忧国忧民，不久命归西天。

公公归天之后，政治更加黑暗。国家像一个飘摇的舟船，各地枭雄举旗称王，边境不停地有外族势力侵犯，丈夫明诚因进谏皇上得到皇上的青睐，却也因此遭到奸臣的嫉恨，皇上终于在众奸臣的"劝说"下把明诚降职到边远的南方，且不准带家眷。

明诚临走时两眼含泪,依依不舍,一再地叮嘱我多保重,谁知这一别竟是诀别。

丈夫离去不久,叛军攻陷京都金陵,皇上带着家眷逃离了金陵,暂到另一城市安身。家丁带着我跟着逃亡的大队伍盲目逃难。

明诚被皇上重新起用,在与叛军的作战中,明诚英勇献身。皇上赐封给明诚"忠诚"的光荣称号,可是这有什么用呢,明诚再也回不来了,我再也听不到他的声音,再也看不到他的容颜,再也感受不到他的体温,再也得不到他的爱与关怀了。

"国家动乱,死不瞑目"——这是明诚的最后遗言。我是多么地想为国家做些贡献呀,可是我一个弱女子,除了写些忧国忧民、悲天悯人、流传千古的词之外,我又能做些什么呢!

我连悲伤的机会都没有。整天奔波在流亡的路上,疾病加饥饿,我未老先衰,从不敢照镜子,也没有心思照镜子。

十年的战乱之后,宋朝被推翻,马背上的一族入主中原,建立了元朝。我也终于有机会回老家。

一路上,看不到农作物,看不到动物,看不到人,看到的是满地的正在腐化的死尸和正在腐烂的骨头,村庄里很少看到炊烟,城市里也少见商人。

一路上,听不到孩子的啼哭声,听不到大人的笑声,听不到鸟叫声,听不到鸡鸣声,听到的是鬼哭声,鬼叫声……

到了老家之后,看不到一个熟人,满眼的士兵,故乡好似他乡,到了家之后,看到的是房屋倒塌,野草丛生,有许多老鼠在这里安家乐业。

我站在自家的院子里还没有哭上几声,身边已经围上了里三层外三层的士兵。

"夫人,我们主子有请。"一个貌似士兵头子的人说。

我不去理他,依然沉浸在悲痛之中。

"夫人,我们主子有请,请不要难为我们。"那人再次说。

"你们主子是谁? 请我做什么? 你们知道我是谁吗?"我止住啼哭

问道。

"夫人是一代女词人李清照,我们主子很早就钦佩夫人的才学,一直想见一面,一直没有机会。"

"请问你们的主子是谁?"

"你见了面就知道了。他是一个大人物。"

"你不说出他是谁,我不去见。"

"夫人,小的求您了,您如果不去,但我们要遭殃了,夫人难道想让我们这么多人一起遭殃吗?"

我不得已,只好同意了。士兵请我坐到早已准备好的轿子里。我拒绝了。士兵无奈,只好抬着轿子跟在我后面,这种情景吸引了不少围观的群众,大家指指戳戳,窃窃私语,那样子好像我是卖国奸贼,我羞得只好低着头,快步地走。

他们终于让我在宋王宫前停了下来,这个地方我熟悉得就像自己的双手,老皇帝未驾崩时常叫我入宫吟诗作画,我还客串过几次太子、公主的老师呢,太子登基做皇帝十几年,就把一个好好的宋王朝给毁了,从一定意义上说,我这个"老师"也负有不可推卸的责任呢。想着想着,我悲从中来,眼泪也禁不住地向下流。

"皇上驾到!"一个地动山摇的声音把我从梦幻中惊醒过来。

我抬头一看,一个强悍的中年男子春风得意,威严地走来!

"见到皇上,还不赶快下跪!"一个太监走过来厉声呵斥我。

"宋王曾赐我一个终身成就奖——见到皇上,可以不跪。"我不卑不亢地回应道。

"大胆刁民!"太监抽出鞭子准备朝我身上抽去。

"不得无礼!"这陌生男子说完哈哈大笑。

我正莫名其妙,该男子说:"李大词人既然是宋朝的国宝,也可以成为我朝的国宝,宋朝的文化,寡人敬畏得很,以后还需要向李大词人多多请教,寡人今天也像宋朝的老皇帝一样赐你见了寡人可以终生不跪。"

我一面惊奇他怎么会知道是老皇帝赐我终生不跪,一面心里对他开始有了好感,可是我嘴上仍然说:"宋朝的臣民不接受他朝的施舍。"

"哈哈哈……"陌生男子狂笑道:"没想到李大词人如此迂腐！我可以理解你的悲伤,可是昏庸无能的宋王就是不下台对你们又有什么好处呢！人民在他的领导下过着水深火热的生活,而你们一家……"

"不要说了。"我粗鲁地打断道,"宋王朝虽然给我们一家、全国人民带来了……灾难……可是,它也曾经给过我们一家幸福美满的生活。我们身上打上的是宋朝的烙印,这是永远都无法更改的。我们也永远都是宋朝的子民。"

"糊涂呀,糊涂呀,良禽择木而栖,亏你还是一代词人！"

"是的,宋朝做过错事,可是你的新朝呢,你难道敢拍着胸脯说,你没有做过错事吗?"

"我们元王朝拯救宋王朝的黎民百姓于水深火热之中,我们何错之有?！我倒要请教请教大词人。"

"在这场战争中,你们有没有杀过无辜的宋兵？有没有杀过无辜的宋朝老百姓?"

"可是我们也死了很多无辜的士兵,无辜的老百姓。"

"这么多无辜的宋兵或元兵,这么多无辜的宋朝老百姓或元朝老百姓,他们的生命……在战争中被夺去了,而他们的幸存的亲人,永远沉浸在失去亲人的伤痛和对战争恐惧的记忆中……"

"我们也不想这样。我们准备建一个最宏伟的纪念碑,纪念所有在这场战争中失去生命的人们,这个建设性方案我们已讨论了很多次了,我还组建了一个专门小组,我自己出任名誉组长,李大词人若肯赏脸,可以出任创意总监。"

他说得很诚恳,可是我没有办法答应,这是一个政治行为,与我无关。

"噢,我倒忘了,李大词人现在刚回来,最需要的是休息,我太求贤若渴了,你知道,国家正处于建设时期,需要大量的人才。"

……

“你现在不想工作也可以。到时候赐个碑文以告包括赵明诚君在内的英灵吧。”

我的泪一下子涌出来。

“对不起，我惹起了你的伤心事。”

“所以，我最恨的是挑起事端、挑起战争的人！”我哽咽着说。

“我理解。作为一个痛失亲人的弱女子和一个胸中装有黎民百姓的女词人来说，你这样想、这样说不足为怪，可是，作为一个政治家来说，这不算什么，所有的幸福生活都是用鲜血浇灌的。”

“我想，我们没有沟通的必要。”

“好吧，需要我的时候，你可以随时找我。”

这个元朝皇上走了。我反倒有些无所适从起来。我往哪里去呢？哪里是我的家呢？我茫然地出了王宫，漫无目的地向街市走去。

我东张张西望望，企图发现一两个熟人，可是不但没有发现半个熟人，我发现的却是过往的行人纷纷扭头看我，我心生诧异，朝自己上下打量，并没有发现异常，我便叫住一个汉人试图问他怎么回事？没想到的是他惊慌地逃走了，我愈加不明白，试图叫住另一个汉人问明白，他同样惊慌地逃走了……

“这到底是怎么回事呢？”我仔细地分辨众人的目光，有仇恨，有嫉妒，有羡慕，有好奇……

“这到底是怎么一回事！”我好像一个人孤零零地面对千军万马，我被这桎梏束缚得喘不过气来，我决定往回走，就在我扭回头的刹那间，我蓦地发现有 8 个元兵跟着我，我一下子明白了。

“你们在监视我吗？我犯了元朝的法律了吗？”我控制不住地朝元兵怒斥道。

那个元兵头子对我露出奴才似的笑容：“得罪，得罪，李大词人，我们奉旨行事，请多包涵。”

这时，看热闹的群众把我和元兵里三层外三层地围起来，我好像一个溺水的儿童。

"为什么要跟踪我?! 我犯了哪一条王法?!"我把怒气全部发泄到元兵的身上。

"皇上说,您是宋朝的国宝,叫小的们好好保护您的安全,不妥之处请李大词人多多海涵。"

"我一时半会死不了!"我没好气地说。

"如果真的如李大词人所言,那可真是我们元朝的福气哟!"元兵头子谄媚道。

"你们这是把我逼到死胡同里去。"

"闪开!"元兵头子一边对我点头哈腰,一边呵斥围观的群众,一边抽出皮鞭。

"不要!"我惊呼道,"不要打群众!"

元兵头子立即低了头,谄笑道:"是。"

为了不给自己添更多的麻烦,我只得坐上元兵的轿子,叫他们把我抬回去。

我下轿的时候,却发现自己来到了一座漂亮的宅院前。

"你们为什么骗我?! 为什么把我抬到这里来,你们到底想做什么?!"我的脾气越来越坏了。

"李大词人,这是皇上赐您的新宅!"元兵头子低声下气地说。

"不! 你们杀戮了我丈夫,杀戮了我宋朝那么多无辜者,你们休想用这种方式清洗你们的罪孽!"我失控地叫道。

"李大词人,您现在不回这个新家,您难道还有别的家可归吗?"

"我要回我的家,我宁愿餐风宿露,宁愿看老鼠打架,宁愿听乌鸦乱叫,宁愿被虫子叮咬!"

"我们跟了您一整天了,您不饿,我们还饿呢。先在这里落落脚,叫兄弟们吃口热饭垫垫肚子,再陪您回老家,可以吗?"元兵头子小心翼翼地说。

"不! 你们在这里吧。我一个人回去。这里是我的家。我不需要你们陪。"

“可是万岁爷降罪下来,谁承担得起呀!”

“我来承担!”

“您可以去承担,可是万岁爷降罪的是我们,不是您呀。”

“哎!”我长叹一声说,“我现在被你们束缚得越来越紧了,早知如此,我回来做什么!”

屋里有四个丫鬟、婆子,她们着元服,见到我全都毕恭毕敬,她们为我准备好了热水和换洗的衣服。

“洗不洗? 换不换?”我在内心斗争着。洗个热水澡,这原本多么简单,可是它却成了我多年来可望而不可及的事情。多长时间才能洗一次澡? 我已不记得了,我也早已意识不到作为女人是需要洗澡的。望着这热气腾腾的热水,我作为一个女人的意识开始苏醒了。想当年做姑娘的时候,我每天晚上都要在巨大的木盆里洗热水澡,丫鬟、婆子总是不忘在木盆里放些香花、野草,我也总是喜欢躺在淡香入鼻的木盆里一泡一个小时,至少半个小时,丫鬟、婆子总是在澡盆边一边讲乡间野井的故事,一边搓揉我。婚后,我几乎天天和明诚总是有说不完的恩爱话,做不完的恩爱事。如今就是去洗个热水澡,也是物是人非,罢罢罢。

“夫人,您再不洗,水可就要凉了。”小丫头劝我道。

“不洗澡,是我多年养成的习惯。”我闷闷地说。

“可是,夫人……”小丫头艰难地说。

“有什么话请直说。我在元朝人眼里还不至于是个厉害角色吧?”我有些不悦地说。

“夫人,”小丫头涨红着脸说,“我不敢说,我怕说出来对夫人不敬。”

“你们宋朝人怎么个个都是这样子?”

“我们是灭了,可是我们宋朝的子民有什么过错吗?”我有些控制不住自己了。

小丫头慌乱地跪下了,一个劲儿地磕头:“请夫人高抬贵手,我不是这个意思。”

“那你是什么意思?”

这时,其他的丫鬟、婆子都跑了进来,元兵头子也过来了:"怎么回事?! 怎么回事?!"他们一起责备小丫头:"你吃了豹子胆了?!"

我一看事情闹大了,赶紧说:"不关她的事。"

小丫头"哇"地一声哭了起来。

"你怎么得罪夫人了? 快说,不说实话,当心我剥你的皮!"元兵头子恶狠狠地说。

"不是她的错。"我赶紧替小丫头辩护说。

元兵头子对着我谄媚地笑道:"夫人,您是菩萨心肠,这死鬼,不打不骂可要上天的。"

"我没有做错事,我只是劝夫人洗澡。"小丫头抬起泪脸怯怯地说。

元兵头子挥起手掌,"你又说谎!"他叫道,"我不教训你,你竟敢欺侮到夫人头上! 夫人虽是宋人,可是对于我们元朝,她意味着什么,你知道吗!"

我上前拦住说:"她说的是真的,不要为难她。"

元兵头子悻悻地放下拳头,小丫头依然浑身发抖地站着抹眼泪,我心肠一软,叫小丫头服侍我洗澡。

"不许哭了。你要是再哭,我可不管你了。"我装做生气道。

小丫头很乖地止了哭声。

我叫他们都退下,单留下小丫头问道:"你刚才想对我说什么?"

"夫人,你不生气我就说。"小丫头眼巴巴地望着我。

"我不生气。我有那么坏吗?"我笑道。

小丫头也笑道:"我就知道夫人有一颗金子般的心。"

我乐了:"你这个机灵鬼,挺会拍马屁的嘛。"

小丫头笑得前仰后合:"常记溪亭日暮,沉醉不知归路。兴尽晚回舟,误入藕花深处。争渡,争渡,惊起一滩鸥鹭。""昨夜雨疏风骤,浓睡不消残酒。试问卷帘人,——却道'海棠依旧'。知否,知否? 应是绿肥红瘦!"

我的呼吸刹那间停止了:"你怎么会背我的词?! 你难道是宋人!"

正照在 197

"我不仅会背这两首,我还会背很多首呢,我们这里的几个奴仆都会背夫人的词!"小丫头骄傲地说。

"怎么,你们都是大宋朝的!"我惊奇道。

"夫人,容奴才说句打嘴的话吗?"小丫头期待地望着我。

我茫然地望着她。

"夫人,难道您只想宋朝人喜欢您的词、背您的词,以后的朝代就不可以?"

"不,不是的,"我内心里慌慌的,"词,不属于我李清照一个人的,也不属于大宋朝一个朝代的,它是属于所有人的,也是属于以后的所有的朝代的。"

小丫头兴奋地鼓起掌来。

"可是,我李清照只属于大宋朝,永远属于大宋朝。"

小丫头的表情悲伤起来:"夫人的思想,我理解不了,可我想,既然是夫人的想法,一定是没有错的。"

"好孩子,你叫什么名字? 你真的太懂事了。"

"我以前的名字叫……"小丫头忙改口道:"我现在叫藕花。"

"你以前叫什么?"我疑道,"你们来这里每个人都要改名吗?"

"是的,我们这里每个人的名字都改为您的词中的词语。"小丫头骄傲道。

"为什么?!"我更加惊疑道。

"我们元朝皇帝可英明了,他想尽一切办法让夫人开心,这只是其中一个。"

"算了,我也洗好了,把衣服给我拿来穿上吧。"

"夫人,生我的气了吗?"小丫头紧张地问。

"没有。"

"没有就好了。你知道吗? 我现在最大的愿望就是看夫人脸上的笑容。"

我心里有些感动:"真是个傻丫头。"

"连现在的元朝皇帝都这么崇拜您,我能够伺候您,还能够同您这么近地拉拉家常,说说心里话,我真是天底下最幸运的女孩子!"小丫头手舞足蹈起来。

"你父母亲都好吧?"

小丫头半天没有说话。

"你面色这么差,难道他们不好吗?"

"他们死了。都死了。"小丫头咬牙切齿道。

"你要是想哭,别憋着,哭出来,我不怪你。"

"我的眼泪早就哭干了。别的事,我倒是很容易哭,就这事,我早就没有眼泪了。"

"也是在这场战争中死的吗?"

"是的。"

"那你同我一样恨这场战争?"

"夫人,"小丫头抬起头,她的眸子里清澈得可以照出一个人影来,"夫人,再容奴才说一句打嘴的话,老百姓心里没有恨,过多的苦难埋藏了心中的恨,只有夫人这样有思想受尊敬的人,心中才能够有恨。"

我呆呆地望着丫头,感觉到从未有过的疲倦。小丫头扶不动我,吓哭了。

"别哭,"我挣扎道:"叫人过来抬我,说我累了。"

还没等小丫头去叫,已经来了一帮人,我已说不出话来,我被抬到一张宽大的床上,床前站满了丫鬟、婆子,还有元兵。

"我要休息!"我拼着劲说。

"您病了,夫人,我已经传了太医。"元兵头子焦虑地说。

"我……冷……"我感觉到舌头都硬了。

他们给我加了一床被子,问我还冷不冷?

我只能眨动眼皮。

这时,太医来了,他很仔细地给我号了脉,之后,他发出了一个沉重的叹息声。

我知道我已经无救了。我合上了眼睛。

迷迷糊糊中，我看到明诚对我招手，他一脸笑容，说："小清儿，我想您想得好苦哇！"

"您过得好吗？您一个人怎么过了？"我一边哭一边向他奔去。

"我的小清儿，我找你找得好苦哇，你一个人跑到哪里去了？"明诚和我紧紧地抱在一起，拥成一体。

"你还说呢，把我一个人孤零零地丢在阳间，受尽折磨。"我委屈地大哭起来。

"宋王还好吗？宋朝的老百姓都好吗？"明诚担忧地问我。

我惭愧地不知道如何回答夫君的问题。


"夫人，夫人！"另一个声音轻轻地、接连不断地叫我。

我艰难地睁开眼皮，蒙眬中，我看到一个好似我以前见过的人，这个人很焦急地注视着我。

"夫人，皇上看你来了。"一个人趴在我的耳边说。

我看到老皇上慈祥的面容，眼泪禁不住滚了下来："对不起，皇上，我们没能保住宋朝江山。"

"夫人，这位是元朝皇帝，老宋王早过世了。"一个声音响在我耳朵边。

我清醒过来，把目光停留在元朝皇帝身上。

"夫人，您有什么愿望，请说出来，我一定帮您完成。"元朝皇帝在竭力控制着自己，可是，他的眼泪还是掉了下来。

我心里似有很多话说，可就是说不出来，元朝皇帝依依不舍地望着我，我拼出全身最后一丝力气，才说出了三个字——"好皇帝。"

刚说完，明诚君和老宋王一人拽一只胳膊把我拽走了，我还挂念着我的词，可我已经来不及叮嘱元朝皇上，焦急之中，我伸出了一个指头……

睡美人话音刚落，我的肝就开始一片一片地撕裂开来，我一方面承受着肉体的痛苦，另一方面，我承受着精神的痛苦——我现在成了一个没心没肝的人，我这样做，究竟值不值得呢！想到这里，我不禁大哭起来。

"你现在后悔，你还来得及！"睡美人不咸不淡地说。

我更加大声地哭起来，"我现在没心没肝，已经没有人性了，可是你，你难道说也没有一点人性吗！你这样说，连我的胃、我的肠都痛哭起来。"

"宝贝儿，前方的路还很长很长，你现在已经散了架，你何苦让自己一点一点破碎，死无全尸呢！"

"爱情！我想要爱情！"

"你的愿望是没有错的，可是，"睡美人字斟句酌地说，"爱情，这个世界上是有的，可是，并不是所有的人都可以拥有的，只有少数的几个人才有幸拥有它，也并不是你努力了，就可以拥有的，你可要想清楚。"

"我既然已经开头，就要走到尽头，如果走到尽头了，我还是不能拥有它，最起码我不会后悔。"

"好吧，不过，你的军心已经动摇了，估计用不了多久，你就要回头了，我的下一个人生是陆游的表妹，这可是个爱情故事，可是结果怎么样呢，我这会儿先不说，你听好了——"

第十一章　第十生——唐婉

# 第十一章　第十生

## 唐　婉

　　我 18 岁之前,在娘家过着无忧无虑的娇小姐生活,18 岁那年秋天,我嫁给了 19 岁的表哥陆游。人人都夸我和表哥郎才女貌,我心里也是乐滋滋的,我和表哥算是青梅竹马,这次能够结为连理,我心里的千斤石总算落了地。

　　可是在上轿的刹那间,我隐隐约约地有一个不祥的预感,到底是什么样的不祥,我当时心里也不是很清楚,可是我清楚的是,我心里发慌,心头沉重,我感觉到自己就像一瓢泼出的水,我害怕得大哭起来。

　　妈妈走上前来再次安慰我:"姑娘长大了迟早都要出嫁的,你婆婆脾气虽然古怪些,但也是咱家的姑娘,相信她不会太为难你。"

　　婆婆和妈妈素来不和。她一直不太喜欢我。她嫌我太有才气。她认为一个有才气的女人是要折丈夫的福的,她喜欢的是另一个姑妈的女孩子,可是最后不知道怎么搞的,另一个姑妈的女孩子嫁给了我的哥哥,而我,如愿以偿地嫁给了表哥陆游。

　　洞房花烛夜,我正和表哥互诉衷肠,情话缠绵,婆婆带着一帮丫鬟、婆子怒气冲冲地闯了进来。我和表哥吓得不知所措,婆婆不由分说带走了表哥。

　　"姑姑,"我涨红着脸壮着胆哀叫道,"我犯了什么错?"

　　表哥和婆婆同时回过头来,表哥愧疚地、无可奈何地、怜爱地望着我,婆婆则被气得竖起了眉毛:"谁是你姑姑,我现在是你婆婆,你刚才是在质问我吗?"

　　"没有。妈。"表哥忙替我辩解道。

　　"畜生! 有了媳妇忘了妈的养育之恩了。"婆婆一面说一面掩面干哭。

"妈,您别生气!全是儿子的错。"表哥忙不迭地安慰婆婆。

"畜生,你要是眼里还有娘,赶快到书房跪着去面壁思过,你要是眼里没有了娘,只有你的好媳妇,也好,你就拿根绳子把我勒死算了!"婆婆一面说一面号啕大哭,"我的命咋这么不好,刚娶了个媳妇,媳妇就敢不把我放在眼里。"

表哥在众人的劝说拉扯之下走了。我不知道如何收拾这残局。想着临出嫁时妈妈安慰我说婆婆不会为难我的话,不禁害怕得一边浑身发抖一边痛哭起来,我带过来的贴身丫头小红一边和我一起哭,一边劝我不要哭。我也知道今天是我的大喜日子,万事要图个吉利,可是,这以后的日子可怎么过呀?!

公公和婆家奶奶也闻讯赶了过来。公公呵斥婆婆不懂大礼。婆家奶奶走到我面前说:"孩子,你弄得你婆婆难堪,你公公又当众给你婆婆没脸,你过去跪着向她赔个礼、道个歉,也叫她有个台阶下。"

"可是,我并没有错,她要带走我的表哥,我只是问了她媳妇犯了什么错。"我委屈地辩解道。

"这就是你的不对了。她是婆婆,你是刚来的媳妇,你这么不顺她,你叫她以后如何管理这个家庭呢?"

"这……"我不明白这是什么理论。我气得无言以对。

"你婆婆年轻的时候也受过我的气,现在她熬过来了,不但不用受我的气了,她还可以给她的媳妇气受了,"婆家奶奶爽朗地笑道,"孩子,你还年轻,很多事你还不懂,今天你要是听我的,你就跪在你婆婆面前向她赔个不是,我呢,拿着这张老脸,不准你婆婆再在这事上做文章,你要是不听我的,我也没有法子,本来就是一代不管隔代人,我这把老骨头,今天要不是看在大孙子大婚的情分上,我这个老太婆,真懒得理会你们婆媳之间的恩恩怨怨。"

我只得走过去,当着众人的面,跪倒在婆婆面前,乞求她的宽恕。在婆家奶奶的"老脸"下,婆婆"宽恕"了我。

我不知道别人的洞房花烛夜是如何过的,反正,我的洞房花烛夜,是一个人在冰冷生硬的新房里,蒙着头,抱着个枕头,很压抑、很小心谨慎地哭了个肝肠寸断。

第二天早上,我正迷迷糊糊头痛欲裂之际,小红慌里慌张地叫醒了我:"小姐,小姐,赶快起来到姑奶奶那里问安,姑爷正在那里,姑奶奶正为此事大动肝火呢,姑爷悄悄地叫了个心腹过来传信,叫你赶快过去呢。"

我吓傻了,只觉四肢麻木、冰凉:"小红,你说这咋办呢?"

"小姐,你不要怕,大不了,她一张休书把咱休回去,回去之后,咱还是挑着人家找。"

"小红,"我瞪着眼睛说,"这种大逆不道的话,你怎么说得出来呢!我一直把你当做亲姐妹,你就这样地咒我吗!与其你这样咒我,不如你咒我死,死无全尸!"

"小姐,"小红吓得一面哭一面打自己的耳光,"是我不好,我该千刀万剐!"

小红一面不停地打自己的耳光,一面不停地说着"是我不好,我该千刀万剐!"

我的脑子忽然地清醒过来,"小红",我叫道,小红好似没听到似的,"小红",我又大声地叫道。

小红终于停了下来,她惶恐地望着我。

"你不要过于自责,该来的一定会来,不该来的一定不会来,赶紧伺候我起来吧。"

我还没到婆婆的屋子,远远地就看到一个小厮焦急地东张西望。

"少奶奶,你终于来了。少爷早就等急了。"那小厮有点抱怨地说。

"大胆奴才,哪能用这种口气跟少奶奶说话!"小红呵斥那小厮道。

"不得无礼!"我喝住小红道,"他也是焦急才口不择言的。"

小厮憨厚地笑笑。

"姑奶奶那里什么样的光景?"我问道。

"很不好。少爷叫少奶奶小心。"

我打了个寒战，硬着头皮拜见了婆婆。

婆婆使了个眼色，表哥善解人意地退了出去。我低着头，不敢看他。

"怎么，眼睛哭得跟小蜜桃似的？这要是我哥哥、嫂嫂知道了，还不责怪我欺负你！要是传到外面去，人家还以为我这个婆婆厉害、难伺候呢！"

"媳妇不敢！"我"扑通"跪了下来，"媳妇初为人媳，不知规矩，不妥之处，望婆婆看在爹妈的面上和爷爷奶奶的面上，原谅媳妇。"

"哎，"婆婆叹气道，"你这话是叫我脸儿没处放，这话说得我仿佛真的咋对你了。"

"媳妇有话要跟婆婆讲，不知当讲不当讲？"我斗胆说道。与其坐以待毙，不如奋起抗争。

"哎，"婆婆又叹息道，"你说得那么可怜，好像我真的压迫了你似的。"

"媳妇跟婆婆除了是婆媳关系之外，还另加着一层姑侄关系，不管从哪个方面讲，媳妇都想在陆家做个好媳妇，只是媳妇刚入陆门，不知该如何做起，请婆婆明示。"我说完之后，再三磕头。

婆婆冷笑道："为媳之道，在娘家，我那能干的嫂子，她没有教会你吗？"

我觉得婆婆的声音很刺耳，还口道："媳妇在唐家是闺女，在陆家是媳妇，难道为女之道，和为媳之道是一样的道理？"

"我也是唐门之女，可是我不如你口才好，刚做媳妇，就教导婆婆，同婆婆论理，争大争小；我做媳妇，对婆婆向来毕恭毕敬，言听计从，谨小慎微，从不敢有半个不字。"

我想，为了表哥，为了自己的美好的前程，不如委屈求全，忍气吞声吧。于是，我拍马屁道："婆婆教导得极是。"

"你问你奶奶好了没有？"婆婆似乎和气地问道。

"我还没呢。"我赶紧诡谀道。

"以后你先去了她那里才可以过我这里来。你在唐家,难道不知道先婆家奶奶后婆婆的道理吗?"婆婆的声音里又似乎不悦起来。

"今天是特殊情况,我怕婆婆……"我正想说我怕婆婆生气,又想到这样说婆婆也许会更加多心,赶紧咽了回去。

这一次婆婆没有出声,她似乎原谅了我。

我赶紧去了婆家奶奶那里,一见到她老人家,我抑制不住地痛哭起来。

"这以后的日子可怎么过呀!……"

"这种日子,什么时候才是尽头呀!……"

婆家奶奶劝道:"婆媳关系,历朝历代,都是很紧张,按说,你们娘儿俩比别人家好些才对,没想到,比别人家更糟,这也是命里注定的事,你就认了吧,反正多忍多让,总有熬出来的那一天的,做媳妇难哪,你没听人家说,多年的媳妇熬成婆嘛!"

"可是我奶奶对我妈就很好。"

"傻孩子,那是你妈的福气,你这个姑姑呀,说真的,倒不像是你唐家出来的人,你奶奶我见过,脾气多好呀,总是笑呵呵的,一个很有福气的老太太,可是你的婆婆呢,一生都在争,按说,她对我是没得说的,我不该说她,到后来,还是你们姑侄亲。"

"奶奶,你能告诉我,我怎么才能讨婆婆的欢心呢?"

"你婆婆呢,也不是坏人,可是她跟你没缘分,不知道为啥,她对你成见很深,你呢,先捏着鼻子过,等你给陆家生了个大胖小子,你的日子就好过了,你要记住,女人,没有儿子,在婆家是没有地位的,我当年没生儿子的时候,还不是一样看人家的脸子。"老太太叹道。

我的脸刷地红了。

我心事重重地回到新房的时候,看到表哥愁眉不展、焦躁不安地在屋子里走来走去。

"表哥!"我奔过去。

"表妹!"表哥向我奔来。

我们两个人抱头痛哭。

"少爷,太太那边等回话呢!"一个小厮在一边说。

"本少爷的事还要你来管吗?"表哥几乎是暴跳如雷地骂道。

"不敢。这是太太的命令。"小厮卑躬屈膝道。

"你们这些奴才!"表哥气得手按在胸口说不出话来。

"少爷,您要是开不了口,让小的来说吧,太太要是等急了,不是更麻烦吗?"小厮再次卑躬屈膝道。

我的心忽然跳起来,我按着胸口说:"表哥,你不要为难自己,有什么天大的事尽管说出来。"

表哥泪眼望着我:"表妹,你嫌我懦弱吗?"

"不,在我心中,你是个顶天立地的男子汉!"我哭泣道。

"表妹,表哥恨自个无能,不能保护自己心爱的女人。"

"快别说这些了。"

"表妹,你受委屈了,你知道吗,看着你受委屈,想想自己不能代你受委屈,我真是乱箭穿心,痛苦得真想一死了之!"

"表哥,快别说这傻话,姑妈要是听到了,又要疑我是个不吉利之人了,我们要好好地活着,这一辈子,我们能够做成夫妻,那点委屈算得了什么呢!它充其量是大海里的一根针,这根针也许会扎进大海,可是最后大海把它吞没了,对不对?"

"少爷,少奶奶,你们……"那讨人嫌的小厮又在絮絮叨叨。

"你跟我少啰唆!"表哥一边呵斥小厮,一边对我跪了下来。

"少爷! 使不得!"小厮惊叫一声,上前扶住表哥。

"你这是做什么?"我语无伦次道。

"表妹,我对不起您!"表哥伏地哭泣道。

我扶住表哥:"快快起来,你没有对不起我的地方。"

表哥不起来,表哥仰天泣道:"妈妈,你叫儿子怎么说得出口,怎么下得了手!"

我一下子明白了,那一定是婆婆叫表哥对我怎么样。

"婉儿,你明白我的心吗?"

"我明白,你起来,不管你做什么事,我都会原谅你。"

表哥还是不肯起来,我跪了下来,表哥这才起身。

"婉儿,我怎么对你说! 说了,又怎么下得了手!"

"是要休我吗? 我已经做好了最坏的打算。这有什么难的,大不了,我去死,表哥另娶佳人。"

"婉儿,你怎么可以,怎么可以说出这种大不吉利的话! 你又怎么可以说出这种打我脸面的话!"表哥急得脸上的青筋突突地跳。

"不是我绝情。我怕你难做人。自古两难全,你做了好儿子,就没法做个好丈夫了。"

"婉儿,你不要害怕,形势还没有这么严重,妈妈再不开心,你刚刚过门,她也不会把你扫地出门,妈妈是你的姑母,你应该了解她,于情于理,她都不可能欺压你。"

"她到底要怎么样?"表哥都这么护着婆婆,我还能说什么呢。

"她只是想要我教训教训你……"表哥说着、说着口齿不清楚起来。

"怎么个教训法?"我知道里面一定有文章。

"婉儿,妈这样做也是为你好。"表哥口齿更加不清楚起来。

我正心生疑惑之际,小厮急道:"少爷,你这样会给少奶奶带来更大的麻烦,不如我替你说了吧,太太叫少爷打你四十大板。"

表哥脸都灰了,想拦已经拦不住了。

我像站在浪尖上,我感到头晕站不稳,可是我的声音却很平静:"好吧。"

"婉儿,不可以,这样,你会没命的!"表哥抓住我的手说。

"不会的,我还没有那么娇嫩。"我强颜安慰表哥道,"只要能够解除姑妈的不舒服,挨四十大板算得了什么! 我宁愿用这四十大板换取我们以后美满的夫妻生活。"

"可怜的婉儿!"表哥再次泣不成声,"早知如此,我娶你做什么!"

"表哥,你哪里知道我的心,跟着你,就是挨打受气,我也是喜欢的。"

我还没有说完，另一个小厮气喘吁吁地跑过来道："少爷，太太问事情办完了没有？办完了，叫你过去回话呢。"

表哥终于禁不住失声痛哭起来。

我吩咐小厮们把板子放在表哥手里，吩咐他们按着表哥的手，帮助表哥下定决心。我又吩咐小红把我按倒在长长的挨打的凳子上。他们，包括表哥，完全被我吓傻了。

"你们想救我吗？想救我就按我说的去做。"

他们机械般的行动着。我心中只有一个念头——挨了这次毒打，就万事大吉。我让自己看到幸福美满的生活在向我招手，尽管这样，我身上的细皮嫩肉还是一个劲儿地叫害怕，于是，我拼命对自己说："不怕，不怕，不疼，不疼，一点都不疼。"

等了好长好长时间，好似经历了生死那么长时间，也没等到大板落下来，我起身睁眼一看，原来小红和一个小厮一人推着表哥的一个胳膊向上，表哥的双手举着张牙舞爪的木板，而那木板停留在空中一动不动，我心中的坚冰一下子被溶化了。

正想抱着他们痛哭之际，又一个小厮满头大汗地跑了来："少爷，不得了了，太太开始发脾气了！"

我不知道哪里来的劲，上前猛抓住表哥的双手往我身上拽，惊慌失措的表哥未能阻挡住木板，带钉的木板砸在了我的后背上，我惨叫了一声，栽倒在地上。

迷迷糊糊中，我听到一个女人轻轻地呵斥声："连一个女人都搞不定！你这么心慈手软，以后怎么管住自己的媳妇！如果连自己的媳妇都管不了，又怎么能够做得了朝廷的命官！她这是装死，你知道吗？这是坏女人经常耍的招数……她呀，仗着我是她姑妈，全不把我这个婆婆看在眼里，嘴里像吃了火药，身上长满了毒刺，我若不把她修理得服服帖帖，以后怎么做婆婆！又怎么管好你几个弟弟的媳妇！……游儿，你是老大，你应该带好头……"

我终于分辨出这是谁的声音了，我好像看到恐惧和绝望在把我吞

没,我只想一死了之。

我长这么大,哪里受到过这等屈辱和糟蹋。这不但是我的耻辱,也是我父母的耻辱! 我有何颜面见我的江东父老! 天哪,我的命咋就这么孬! 我好像也没有做过坏事。老天,你这么折磨我,到底为啥呢! 你好不公呀!

"哎,这孩子,这会也怪可怜的! 你说,她要是有个三长两短,传出去,我们陆家的名声多不好。弄不好还要怪我这个老不死的没有调教好你们! 本来家务事我早就交给你打理了,常言道,一代人不管隔辈人,可是,你们这样胡闹法,我怎么能够心里干净呢! 我倒不如眼睛一闭,死了去,眼不见心不烦。"

这好像是婆家奶奶的声音。我心里有些暖暖的。

"老太太教训得极是,儿媳没有别的念头,只是想像您当年教育我们一样地教育一下她,老太太要是不愿意儿媳教训孙媳妇,以后改正就是了,何苦自己添苦恼,这不是要了媳妇的命吗!"

"你这会也敢跟我讲理了?"

"媳妇不敢! 只是想把心中想法说出来。"

"哼! 放在以前,你也这样同我说话吗? 现在不同了,我退休了,你倒成了主子了,我以前教导你,何曾打过你,我不是不叫你教导媳妇,你想想,她一个娇生惯养的丫头,身子骨这么弱,她一进咱陆家门就要打她四十大板,传出去,谁还敢进咱陆家做媳妇! 你又叫我怎么向你娘家交代呢?"

"婆婆教导得极是,媳妇以后再也不敢了。"

我撑不住,"呜呜"地哭起来。

"少奶奶醒了! 少奶奶好了!"我听到一屋子里的人乱叫。

"游,孙儿,你媳妇醒了,奶奶也放心了,刚刚奶奶害怕你媳妇怎么样了,对你娘说了些过火的话,你现在跪着对你娘说,这全是老太太的不是,你就原谅老太太一次吧。"

"老太太,万万不可,你这不是折媳妇的寿吗?"婆婆急急地道。

"那好吧，今天的事就过去了，谁都不要计较，你带着游儿先走吧，我一个人在这里和孙儿媳妇唠唠家常。"

"媳妇先走，老太太有什么事，再吩咐儿媳就是了。"

婆婆走后，婆家奶奶拉住我的小手说："小婉儿，你受委屈了。"

我更加委屈地哭起来。

婆家奶奶说："女人哪，要学会把眼泪吞到肚子里去，你这样痛哭，你婆婆要是知道了，会不高兴的，好像她欺负了你似的。"

"你呢，不是奶奶批评你，也太倔了，女人哪，一倔起来准吃亏，你现在万事顺着她，你没听人家说，多年的媳妇熬成婆？"

"现在我活着，我压着她，哪一天我闭了眼，你要是再不能讨她的欢心，你的亏可就吃大了。"

"奶奶，你千万别离开我，让孙子媳妇给你磕头。"

我想用胳膊把自己撑起来，可是，我心有余而力不足。

婆家奶奶按住我说："你别动，好好休养休养吧，"她说着抹起了眼泪，"要是你娘家人看到了，他们准会心疼死。"

"我不痛，奶奶。"我咬着牙说。

"真是个好孩子。赶紧生个儿子吧。你要是能给陆家续香火，你就是功臣，你婆婆就不会这样了。"

我又哭起来。表哥不和我同房，我又怎么能够生个一男半女，可是这种话，我怎么说得出口！

"好了，别哭了，都怪我把你的眼泪又引出来了，说句公道话，你婆婆也不是真心要打你，她最疼游儿，现在她看到游儿对你这么好，她心生嫉妒了，她想试试在游儿心中娘亲和媳妇哪个分量更重。"

"奶奶，我现在就去给婆婆请安。"话未说完，我就要爬起来。

"今儿就算了，你已经给她请过安了，明儿再去吧，我也乏了，不扰你了，今儿的事，你不要往心里去。"

奶奶走了几步之后，又折了回来，很慎重地叮嘱我道："今儿的事，你千万不能让你娘家的人知道，你娘家人若是知道了，要是再给你婆婆

没脸,你婆婆会更加没趣,这样对你更加不利,你明白我的意思吗?"

我哽咽着答应了。

婆家奶奶走后,小红伏在我的床头,失声痛哭。

"小红,不要哭,我们要把眼泪吞到肚子里。"我哽咽着说。

懂事的小红竭力控制着自己。"小姐,太可怜了,你现在只能伏在床上,你整个背血肉模糊,太太不让请大夫,说家丑不可外扬,她命令我给你上了药,我根本不懂,我要是治不好你,你这一辈子都不能躺着睡觉了。小姐,你怎么这么狠心对自己下这么大的毒手!看到你奋不顾身的样子,我们当时都吓坏了,难道你当时做好了死的打算?小姐,你要是走了,我可咋办呢?我怎么向咱们家的太太、老爷、老太太交代呢!姑爷心里是向着你的,你要是走了,他可是会一辈子都不能原谅自己。"

我竭力把委屈咽回去:"小红,你这傻丫头,说这一大串话。吓傻了,是不是?幸福的生活还在等着咱们呢,我哪里就这么容易死呢?"

"小姐,有你这话,我就放心了。"

"你去给太太回话,说我好好的,再悄悄地回复少爷,让他不要挂念我。"

小红走了。屋子里忽然寂静起来,我一下子掉到了孤独无助的海洋里,我多么渴望表哥能够陪在我的身边,对我说一些安慰的话,说一些甜言蜜语,说一些爱情的誓言,可是我也深知表哥是出了名的孝子,叫他违背母亲大人的旨意,那也是不可能的事。

可是,我的青春难道就这样被浪费掉?我难道要过一辈子夫妻不得同房的孤单生活吗?

婆家奶奶也许是对的,我需要等待,需要忍,需要吞咽,可是,哪一天才是尽头呢!

小红回来之后,趴在我耳朵边悄悄地说:"小姐,我拜过姑太太了,她叫你好好养伤,她还说唐家今天打发人来,叫你好好在婆家呆着,好生伺候公婆、姑爷,不要挂念娘家,娘家人都好好的。"

我又情不自禁地哽咽起来。娘亲一定想我了,才打发人这样说。

"来的人回去了吗？"

小红说："太太说她打发走了，叫你不要胡思乱想，好好在屋里呆着。"

我无语。

小红又说："小姐，姑爷塞给我一个纸条，说他夜里等大家都睡了悄悄地来看你。"

我又惊又怕又幸福："万万不可，婆婆要是知道了，可了不得，我现在已被折磨得人不是人，你们不能再把我往火坑里推。"

"小姐，怕什么呢，人都睡了的时候才来呢。"

"万万不可，天下没有不透风的墙，今天刚刚发生了这事，婆婆一定会对表哥严加看守，你赶快给表哥回信，叫他无论如何不可以过来，说他的心我已经明白了。"

"小姐，姑爷忧心如焚，坐卧不安，对着我不停地念叨着不如死了算了！"

"小红，你快去，千万不可以让他有歪念头，说我好好的，说太太气消了会让我们在一起的，你就说我说的，叫他耐心等待。"

小红去了。

过了很长时间，小红回来了，她递给我一团纸，说是姑爷写来的情诗，我像抓救命绳一样地紧紧地抓住它，我的心里泛起一层一层的暖意，这些涌起的层层的暖意在我心中渐渐地占了上风，把刚才的巨大的寒意一点一点地熔化掉。

"小红，快把它打开，念给我听"，我焦急地说。

"红酥手，黄滕酒。满城春色宫墙柳。东风恶，欢情薄。一怀愁绪，几年离索。错，错，错。　春如旧，人空瘦。泪痕红浥鲛绡透。桃花落，闲池阁。山盟虽在，锦书难托。莫，莫，莫！"

小红还没有读完，我和小红已经哭成一团。

"小姐，你说过的不哭的，你今天哭了一整天了。你以前说过的，女孩子的眼泪可珍贵了，女孩子的眼泪就好比人体里的鲜血。你不能再哭了,再哭血就干了。"小红一边给我拭泪,一边安慰我。

"好,我不哭,我这是高兴的,听了这首诗,挨打、受气,所有的这一切的苦难都烟消云散了。这顿毒打,能够换来这样的一首诗,我觉得很值得! 很值! 很值!"

从这之后,我天天在心中诵读这首诗,夜夜和小红讨论这首诗。婆婆也没再为难我。表哥和我依然不能够互诉衷肠、同床共枕,可是,我已经很满足了。

这样的日子过了差不多半个月,我身上的伤好多了,我也能够在小红的搀扶下去婆婆那里请安了。

婆婆叫一个丫头出来见我,只见那丫头含羞带笑,生得倒有几分姿色。我正心生诧异,婆婆说,"这是我的贴身丫头,很是通情达理,我把她赏了游儿。你身体不好,咱们陆家得有人传宗接代。以后你们共同服侍游儿,不要相互争风吃醋,要和和气气的。"

婆婆的每一句话每一个字都像响亮的耳光,重重地打在我的脸上,我哽咽着伏地不起:"儿媳进门不过半个月光景,哪里不合婆婆心意,可否指出来,儿媳也好改正。"

"你呀,和你妈一样,心大气大,我这个姑姑加婆婆大概收拾不了你了。"

"婆婆,这话从何说起呀? 我娘亲,连婆婆的娘亲——我的奶奶都夸我孝顺呢。"

"伶牙俐齿,你可真是你娘亲生下来的好女儿! 这下倒好,跑到老太太那里告我的状,惹得我这个当婆婆的在老太太面前落了很多不是,以后不管你就是了,你也不用喊我婆婆,我可担待不起,免得人家骂我'东风恶'。"

我一听"东风恶"三个字,立马吓得出了一身冷汗。

"怎么,面色这么苍白,莫不是我说中了?!"婆婆的话像一支支冷箭,射得我六神无主。

"你不想交代就算了。我也不想强迫你。免得再落一个'西风恶'。"

"我说，我说……"我焦急地回道，可是我说什么呢？

"不，姑奶奶，不关小姐和姑爷的事，全是我小红一个人的错。"小红抢白道。

"小红，你要记住，你是奴才，主子们在这里说话，哪里轮得到你插嘴！"婆婆气得声音也抬高了几倍。

"姑奶奶，小姐刚刚好，看在那边太太、老爷、老太太的面上，请不要再为难小姐了。"小红大哭道。

"反了！"婆婆咬牙切齿道，"把她拉出去重打四十大板。看她以后还敢不敢这么眼里没主子！"

"婆婆，不关小红的事，全是我的错，要打就打我吧！"我声泪俱下地哀求婆婆。

"好呀，你们主子、奴才串通一气，故意气我。好！我今天让你们尝尝我的厉害！"婆婆牙齿咬得"格格"响。

"姑奶奶，您打我，我认了，千万不要为难小姐呀。她撑不了了！"小红声嘶力竭地叫道。

"王升，赶快把这小蹄子拉下去重打四十大板。"婆婆呵斥道。

小红被拉走了。她的声嘶力竭的嚎叫声震碎了我的心。

"婆婆，您为什么要这样？！媳妇有什么不是，您教导就是了，您要打就打、要骂就骂就是了。"我伏在地上一个劲儿地朝婆婆磕头。

"因为我看你不顺眼。"婆婆冷笑道。

"为什么？我怎么做，婆婆您才看我顺眼呢？我怎么就不明白我错在哪里呢？"我几乎绝望了。

"因为你漂亮、妩媚，因为你会写诗、有才气，因为你得到太多的宠爱，因为游儿太爱你……游儿是我的儿子，他不可以太爱一个女人，这样会毁了他的事业，我是他的母亲，我现在是陆家的内当家，我要对陆家负责，我要对我的儿子的前途负责。"

"可是，这是我什么错？"我真的要绝望了。

"没错，这不是你的错，可是，我得把这些错全都推在你的身上，你知道吗,游儿这一段时间神情恍惚,见了我也不似以前亲热,这只能让我更加恨你,让我更加下定决心快刀斩乱麻!"婆婆咬牙切齿道。

我仿佛看到一把血淋淋的刀向我砍来,我吓得缩成一团,我上气不接下气地说:"你要怎么样?"

"我们陆家要把你休掉。"婆婆把这话说得很轻松也很干脆。

我仿佛被判了死刑,我的思维好像停顿了,我的四肢也僵住了。

"与其把我休了,不如把我打死算了!"我彻底绝望道:"你不是婆婆,你是巫婆!"

"好! 骂得好!"婆婆冷笑道,"我现在终于找到了休你的正当理由了。第一,你辱骂婆婆;第二,你虐待丈夫,把丈夫赶到书房去。"

我气得喘不过气来,好半天,我才有劲说话:"表哥不会写休书的。"

"哈哈哈……"婆婆大笑道,"游儿爱你不错,可是若是在你和我之间做出选择,你以为游儿会选择你吗? 不要脸的贱人,仗着游儿对你的宠爱,也太不知天高地厚了,正是因为这个,你才会有今天的下场。"

"奶奶也不会允许你这样胡闹的。"我拿出最后的武器。

"老太太……"婆婆大笑道,"你太嫩了点儿吧,你以为老太太会为了你和我闹翻吗? 你太不了解老太太了,就是老太太喜欢你,你也没她的孙子重要。"

"老太太会帮我说话。"我仍在"死亡"线上挣扎。

"别做梦了,我已经说服了老太太。"

"无耻!"我气晕了,"我看你以后如何有颜面面对娘家人!"

"好! 骂得好!"婆婆高兴地说,"小翠,快去喊少爷过来。"

"完了。全完了。"我心里想,这个疯女人,她一定会把我的疯话一五一十地告诉表哥,表哥休了我不要紧,要紧的是,我在表哥心中美好的形象全被破坏了。

正在我束手无策之际,一个奴才气喘吁吁地跑了过来,他走到婆婆身边,小声地说,"太太,小红已经昏死过去了!"

"混账,一个奴才死了,值得你这么大惊小怪的!"婆婆低声呵斥道。

"没想到那丫头身子骨那么娇嫩,恐怕救不过来了。"奴才补充道。

我如万箭穿心,不知哪里来的一股力量,我站起来,朝婆婆撞去。

"不如连我一起打死算了!"我像一头暴怒的狮子。

"来人哪! 反了! 反了!"婆婆大叫道。

我被众人拉开,众人把我围成一圈,我好似掉在了一个铜墙铁壁里,我本来就没劲,这样一来,我就是有劲也使不出来了。

"婉妹,你……"表哥惊愕地望着我。

事到如今,我有口难辩,只有掩面而泣。

"儿呀,你要为娘亲做主呀,娘亲一把屎一把尿地把你拉扯大,可不容易呀,你现在娶了媳妇可不能做那没良心的人把娘忘了呀!"婆婆号啕大哭起来,"儿呀,你今天要是不休了这个小贱人,娘亲就不活了!"

我尽管对这个结局并不陌生,可是我的耳朵边还是响起了一个接一个的惊雷声。

表哥跪在了婆婆面前:"娘,婉儿刚做了咱家的媳妇,她人小又没经验,娘亲,儿敢担保她一定会成为一个好媳妇,她只是需要时间。"

婆婆止住了哭声,我以为看到了希望。

表哥也叫我过去同他一起跪在婆婆面前。

婆婆说:"孩子,妈养育你 19 年,妈没有功劳也有苦劳,妈不强迫你,妈今天要你做个选择,在娘亲和你媳妇之间,你只能选择一个。"

"娘亲",表哥痛哭失声,"你叫儿子办的,儿子全办了,而儿子的一个小小的心愿,你为什么就不能成全儿子呢?"

"儿子!"婆婆上前搂住表哥,娘儿两个抱在一起号啕大哭。

"儿子,你永远是娘的心头肉呀,娘这样做也全是为了你呀。"

"娘亲,没有小婉,儿子根本活不下去,休了小婉,等于害了儿子自己。"

"你这没出息的畜生,"婆婆变脸骂道,"一个男人应该以君主为重,以父母为重,怎么可以以一个女人为重! 你现在已经中了她的毒了。我作为一家之主,必须把这个毒拔出来。"

"娘亲,"表哥再次跪下来,"已经晚了,儿子中毒太深,儿子早已爱

小婉爱到骨头里。"

"没用的畜生!"婆婆一个耳光把表哥打得摇晃着身子。

我慌忙上前扶住表哥,婆婆眼疾手快,一脚把我踹倒在地。

"姑妈,你这么恨我,为什么还把我娶进陆家门?你难道不是从唐家嫁到陆家,又在陆家从一个新媳妇慢慢成长为一个婆婆的吗?你也是从媳妇熬过来的呀?奶奶有这么对待你吗?更何况,咱们都是一个根子上发出来的。"横竖是一死,我索性把心中想说的全部倒出来。

"贱人!疯了!"婆婆一边说着一边一个耳光来势凶猛地打过来,"你敢拿自己和我相比,你眼里有没有老少!有没有大小!"

表哥想过来护我,婆婆怒目而视:"游儿,你敢护她,我越恨她!"

表哥傻呆呆地停住了。

"游儿,你今天要是不休了这个小贱人,我就把她一点一点地折磨死。小红已经死了,小红今天的下场,就是她明天的下场!"婆婆恨恨地说,"除非你杀了你娘亲。"

"姑姑,我宁愿死,给我一个死法吧。"我对婆婆哀求道。

表哥向我爬过去,他跪在我的面前:"小婉,你要坚强,你要答应我永不放弃生命,否则,我跪死在这里。"

"可是,生命对我来说,还有什么意义呢?"

"为了我,为了爱情,可以吗?"

表哥泪如雨下,他像一个可怜的孩子,我心一酸,同意了。

表哥像傻了一样笑了两声,他说:"只要不放弃,我们就有希望。"

他说完站了起来,他拿了笔墨纸砚,写了一纸,然后他把它交给我,说:"小婉,回家找个好的人家嫁了吧。"

"表哥,你知道吗,你这一纸休书……"我难过得说不出话来。

"好了,游儿,没你的事了,我早就安排好了,你去书房读书去吧。"婆婆像刽子手一般的斩钉截铁道。

表哥被几个小厮架走了,他一边走一边回头大叫"小婉,你要好好活着!"

我完全被打倒了。我像一头任人宰割的绵羊一样被他们抬回了娘家。

娘家人全都惊愕地望着我，刹那之间，我感觉到我像是洪水猛兽。

我捂着胸口，过了好一会儿，才"哇"地一声大哭起来，我不知如何回答家人，也讲不清楚，后来还是跟来的嬷嬷把事情说了个大概，家里人被惊得面面相觑。

娘亲第一个搂着我失声痛哭起来："我可怜的孩子！"

我娘亲一定要为我报仇，可是，第一，婆婆是姑妈；第二，这一声张不要紧，知道的人更多了，所以一家人商量来商量去，最后只好不了了之。

我在床上病了半年。这半年内，娘亲几乎天天守在我的床前，我最后终于打消了死的念头，终于重新勇敢地面对生活。


又过了半年。我又嫁了。这一次嫁的是小户人家，夫君和我不般配，可是我没有别的选择，只有捏着鼻子过日子。

夫君一家并没有怎么为难我。夫君知道我还是处女时，也没有嫌我。又一年后，我生了个儿子。我把所有的爱都给了儿子。可是我还是不能驱逐那段婚姻的阴影。我还是常常莫名其妙地发抖，常常莫名其妙地胃部痉挛。那段往事，常常像虫子一样咬得我全身上下内外疼，疼，疼……我常常想出各种各样的办法报复姑妈，可是，我也只能眼睁睁地看着它们一个个地破灭。

我试图淡化这件事，可是又一年过去了，我仍然办不到。


第四个年头的春天，我和夫君游春时，不期然地见到表哥，我几乎认不出他来了，他瘦得不成样子了，人老得活像一个小老头。两人四目相对，却不能互诉衷肠。我怕夫君怀疑，匆匆地逃走了。

而表哥像疯了一样，他在园子里刻下了那首给了我甜蜜也给了我噩梦的词——

正照在 221 身上

"红酥手,黄縢酒,满城春色宫墙柳。东风恶,欢情薄,一怀愁绪,几年离索。错,错,错。　春如旧,人空瘦,泪痕红浥鲛绡透。桃花落,闲池阁。山盟虽在,锦书难托。莫,莫,莫!"

这首词像风吹柳絮一样地在城里各个角落传播开来。大家议论纷纷,我也终于再次被卷了进去。

丈夫一家人开始冷眼待我,丈夫也私下里骂我对他不忠,与表哥背地里来往。我的心中却燃起了熊熊的爱的火焰,这火焰最终把我烧成了一把灰。


这个故事让我的胃部失了火,大火把我的胃烧成了灰,火灭了很久,我还能闻到焦味,这一次也是特别疼,疼得我去吃药,当然每一次都是还没有吃到我早已呕吐了一地,而睡美人这一次没有再说风凉话,她只是默默地看着我,目光里掩饰不住怜爱,我的疼痛一下子消失了,我的心中像结冰的湖水被春风拂过。

大家都不说话,大家在用心向对方诉说,大家都明白对方心的诉说。

"你还要听我的故事吗?"睡美人开口问我。

"把你所有的故事,所有的疼痛,所有的垃圾都倒出来。"

"可是你不怕疼痛吗?"

"经历那么多疼痛,我还会怕吗?"

"哎,你真是一个打不倒的英雄,"睡美人叹了一口气道,"你听好了,我第十一个人生是唐朝贵妃杨玉环——"

# H

## YANG

## UAN

第十二章　第十一生——杨玉环

# 第十二章　第十一生

## 杨玉环

我是中国古代四大美女之一，可是，你能想象得到吗，我小的时候两眼沾眵，鼻涕动不动就掉到嘴里去，我常常脸不洗、头发也不梳，赤着个脚，衣服总是哥哥、姐姐穿旧穿破穿烂不要的，我哥哥嫂嫂常常欺负我，骂我长大也找不到人家嫁。

12岁那年春天，宫里头选秀来了。我一家子人都出去看热闹去了，我嫂子嫌我难看，把我锁在院子里，免得出去丢人现眼。可是我实在想去参加选秀，这样，如果成功了，我就可以离开家不受欺负了。

嫂子一听说我想参加选秀，笑得大牙都掉出来了："你瞧瞧你的长相———一对脓眼，外加两根'长面条'要掉到'大锅里'，头上的虱子为争地盘天天打仗，身上的衣服长满了窟窿，两个大脚丫子伸到鞋外面，我的小姑奶奶，你省点心吧！"

我气得面红脖子粗，心中暗暗发誓："我一定要争气！"

于是我搬了梯子、翻了墙头，尽管我翻墙头时摔了一跤，我还是不顾疼痛地站了起来。

之后，我跑到汾河边先照了照自己，发现河里的我确实是个丑丫头，可是，我并不气馁，我洗了头、洗了脸、又洗了脚丫子。

我又端详起水中的我，我惊奇地发现，这一次镜中的我活脱脱一个标准的小美人，于是，我信心大增，接着我飞快地向秀场奔去。

天遂人意，我很顺利地被选中了，嫂子惊讶得眼珠子都要迸出来了，家里人完全认不出我来了。我告诉他们我去了汾河洗了一把脸，村人皆很惊奇，村女们纷纷效法我，可是没有一个人有什么变化。结果这事越传越奇，我很快成了一个焦点人物。

我还没有入宫，皇上就知道了我的传奇故事，并把我封为候选贵人，又赐汾河为粉河。听说我家乡的人沿着粉河欢庆了三天三夜。这个地方从来没有出现过秀女，这一次忽然出了个候选贵人，他们那个乐呀，就好像自个被封为候选贵人一样，而粉河从此之后也被他们叫做母亲河。

而我的嫂子吓得缩在屋子里不敢出门。我的家人多次捎信到宫里去说贵人的贱嫂早已得到报应，请贵人高抬贵手，我想想如果没有嫂子那般的恶行，我也不可能成就今天，也就原谅了她。

我的哥哥被县令招去吃了皇粮，我的父母也吃了皇粮，再接着我娘家所有的沾亲带故的全都吃了皇粮。

而我来到宫里之后，首先闻到的是炉火的硝烟，可是我并没有被吓倒，相反的，我有些亢奋，我每天早起和临睡前都要静坐一个小时，在这一个小时里，我竭力回忆我在娘家遭受到的屈辱，尤其是嫂子对我的辱骂，每次回忆完，我都泪流成河，我告诉自己："一定要争气！要做人上人！"

除此之外，我积极、小心地打探各种情况，然后综合起来做分析。

我发现在宫里有地位的不是最美貌的，而是娘家最有权势的。

宫里最有地位的当然是皇后，她的位置坚不可摧，她的父亲曾经是大将军，为国家立下了汗马功劳，她父亲老了之后，她哥哥做起了当朝宰相，她的儿子又被立为太子，她现在也人到中年，皇上去不去她那里她倒并不放在心上，她放在心上的是妃子尤其是宠妃对她顺不顺。

除了皇后之外，有几个宠妃的权势在宫里也是发聋振聩，她们也都出自权势之家，但她们的地位随着皇上对她们宠爱程度的增多或减少而上下摆动，所以她们相互之间的斗争最为激烈。

剩下的就是皇上的普通的女人，还有一些等待皇上第一次光顾的女人，有不少女人一生都在等待皇上，至死也没有等到。

我现在好似一朵含苞待放的等待皇上来采的花朵。我们这些从乡间采来的"花"和从王公大臣家采来的"花"，一进宫就享受着不同的待遇，她们一进来画师就给她们画像，皇上根据她们的画像来挑选；而我们却要在宫里养三年才有这样的机会。在这三年中,我们学习琴棋书画、诗词歌赋和刺绣等等,每天日出而作,日落而息,像一个农民一样,不同的是,这里是锦衣玉食,繁文缛节。这里的每一位姑娘都把另外的女人当成"敌人"和"对手",每一位姑娘都破釜沉舟,心中暗暗地捏着一把劲。

因为我一来就被封为候选贵人,而她们还都是普通的秀女,所以我在这里的身份最贵,老师从不打骂我,当然这里的老师不打骂任何一个未选的秀女,他们怕自己曾经打骂过的秀女将来某一天飞黄腾达找自己算账,而选后未被选中的秀女就不一样了,她们没有机会了,常常被人欺负。不过,老师们还是蛮严厉的,因为他们负责培养的是皇上的女人。把一个女孩子培养成一个完美的女人然后送给皇上,这和在战场上建功立业一样重要。

姑娘们对我又羡又怕,这让我陷入孤独的深渊。我有时候挺怀念乡下的日子,忆起嫂子对我的辱骂。我对这些功课统统不感兴趣,我的成绩处于中下等。

漫长的3年终于熬过去了,我除了唱歌、跳舞过了关之外,其他的功课统统不及格,这就意味着我需要再花费3年时间接受另一轮的培训。我现在已经15岁了,如果再花上3年的时间,那就意味着我18岁了。18岁,在宫里,已经算老了。而且,就是再花个3年,我也不一定能够毕业,那么又一个3年后,我21岁了。21岁,在宫里,已经花谢了。

大约有一半的秀女过了关,那些过了关的秀女们对我第一次露出了得意的笑容,我被软化了的斗志蓬蓬勃勃地苏醒了。我被我目前的处境吓得找了个僻静处痛痛快快地大哭了一场。

我现在处于人生命运的关键时刻。走好一步可以上天堂,走错一步只能下地狱。我又提起了我刚来时的劲头。我快速地分析了我当时的处境和局势。我的特长是跳舞,我要把这个特长变成我的武器,我要把这个武器打磨得尖尖的利利的,磨得尖尖的利利的不是用它来杀人,而是用它扭转自己的命运。至于我的那些缺点,我要淡化它,淡化到人们想不起我的这些缺点，这是我的小环境。大环境是我不能进入下一轮的角逐。

于是我决定不走寻常路，我要出奇制胜。接着我把自己所有的积蓄拿了出来，我每个月的月例都攒着，从攒钱的那一天起，我就做好了"拿钱买路"的打算，今天终于派上了它的用场了。我用钱疏通了关系，很快地转到一个歌舞班，大家都笑我是"傻子"，放着竞争妃子的机会不要，却花钱去当一个歌女、舞女，真是乡巴佬没头脑，可是他们哪里想到一个歌女、舞女更容易见到皇上，而秀女或者候选贵人什么的，有可能一辈子见不到皇上一面。

在歌舞班，我一方面下死功夫，一方面把剩余的钱全部孝敬给几位重要的老师，他们可以给我补补课，另一方面，关键的时刻他们可以给我美言几句。除此之外，我还注意搞好同学关系，图个消息灵通。

可是，事情往往是顾了头顾不了尾，顾了尾又顾不上头，想两头兼顾难上加难，有时甚至是不可能的。我因为过于刻苦地学习歌舞，抽不出更多的时间陪陪小姐妹；加之我又是初来乍到，她们也不知道我的候选贵人身份；就是知道了，我现在和她们一样是歌女、舞女，她们也不会忌讳，我很快地陷入了孤立之中，没人给我通风报信，没人和我一起玩耍，大家有什么活动，我完全不知道，我好似一个局外人。

更糟糕的是，大家都看我不顺眼，总是没事找事地找我的碴，更有甚者，有的当面辱骂我，还有一次我居然发现我的好几双舞鞋都被绞烂了，我当时全身上的皮一紧一紧的，我的胸口猛然地剧烈地疼了起来，我成了一头暴怒的狮子，但是我没有让自己发作，我知道这样做不但起不到任何作用，反而会把事情搞得更糟，而且敌人会更加快意，于是我让自己若无其事起来，我默默地拿起那几双绞烂的鞋子，找了个隐秘的地方，哭了一会，然后狠心地把它们埋了起来，我在它们的坟上做了一个只有我一个人才知道的标记，我发誓一定要为它们报仇！

我仔细地分析了小姐妹们一致攻击我的原因，大概有三点：一、欺生；二、缺少沟通；三、当红的歌女、舞女看到我一来就受到老师的青睐，怕我抢了她们的风光,怀恨在心。在这三个原因中,第三个原因占首位,第二个占中间,第一个占末位。怎么消除这几个当红歌女、舞女的心头之恨是关键所在。

试想想,这里其实也似战场,一个美女猛然间警觉地发现一个新来的潜在的对手,她内心里的恐惧是何等巨大,在这巨大的恐惧之下,她怎么能不想尽一切办法把对手尽快地解决掉呢!要想对付她对我的残杀,只有三种办法:一、她亡;二、我亡;三、我和她同归于尽。但是,这三种办法均不可行。一个美女尚且难以应付,更何况几个美女一起攻击我呢?

就在我急得像热锅上的蚂蚁又束手无策之际,我忽然想到她们"攻击"我的根本原因是她们内心的恐惧,如果能够消除她们内心的恐惧,那我们之间的"战争"就可以化解掉。怎么样才能消除她们内心的恐惧呢? 我想不出办法来。

于是我把自己和她们调换了一个角色。这样一来,我一下子豁然开朗了。我再次悄悄地找到老师,把我被封为"候选贵人"时皇上赏赐的几件首饰分别一一送了人。

第二天,我就被老师"狠狠"地扇了一个耳光,而且被罚站在毒太阳底下,直站了 15 分钟后我故意"晕倒"才被人抬回寝室休息,我装做奄奄一息痛不欲生的凄惨样。果然,人类的又一"恶习"发挥了作用,大家争着"猫哭耗子",她们大概怕我到阴间与她们过意不去吧。我要原谅她们但不能表现得太容易原谅她们,而且我不能拖得太久,我要速战速决。

我趁着几个美女向我"猫哭耗子"的时候,我把候选贵人的标志拿了出来,这几个美女吓得面如土色,纷纷"扑通"跪倒在地。我蓄势不发,静观其变,几个美女相互交换了怀疑的眼色之后,她们像抓到了长久以来渴望的"报效皇上"的机会似的,她们一个个"腾"地一声站了起来,一边骂我"小偷"、"贱人",一边争着抢夺我手中的候选贵人标志。

"大胆奴才! 见了贵人还不下跪!"我厉声呵斥道。

她们又惊愕地"扑通"一声跪倒在地，一个个张大着嘴用手指着我。我挣扎着下床，想去搀扶她们，可是我装做起不了床。她们大概被这忽然的"变故"吓傻了，竟然没有一个人反应过来。

"对不起，姐妹们，恕小妹不能下去搀扶你们！快请起吧。"我友好地说。

她们好像还没有醒过来。

"听说过一个乡下丑丫头到粉河边洗把脸之后参加竞选秀女，结果未见皇上就被皇上封为候选贵人的传奇故事吗？"我依然和颜悦色地说。

她们像傻子似的点点头。

"那个人就是我。"我淡淡地说。

她们先是像听到天方夜谭似的，接着，当她们明白之后，她们个个争先恐后地像小鸡啄米、浑身像筛糠一样地磕头不止。

我心头猛地生起一种快感，这快感不只是复仇带来的，也是给我磕头本身带来的，还有权力带来的。我在心头大笑了一阵之后，就叫她们"请起。"

她们因为摸不清我的底细恐惧得不敢起身，我生气了，大声呵斥，她们这才停止磕头。后来在我的好言劝慰下，她们才战战兢兢地站了起来，她们不敢直着身子，她们缩着身子远远地站着。

"过来，姐妹们。"我柔和地说。

她们不相信地看着我。

"过来。"我向她们伸出渴望爱的手。

她们怯怯地过来了。

"别怕！"我抓着她们的手。

"你们一定感到奇怪，怎么放着好好的贵人不做，做起下贱的歌女、舞女来了？"我一边盯着她们的脸，一边揣摩她们的心思。

没有人吱声。

"我爱唱歌跳舞，"我干脆地说，"我有时候也奇怪我自己，为什么放

正照在 229 身上

着光明前途不要,为什么放着好好的荣华富贵不享,为什么不去争名夺利,为什么偏偏选择这苦难的生活!"说到动情处,我不禁潸然泪下。

"对不起!贵人,我们错了!您能原谅我们吗?"其中一个人说。

"这个问题我一直不明白,此时此刻我才明白,我用了一条命,我自己的命,才换得现在的明白,这是因为我爱唱歌、跳舞,我知道我不是这方面的天才,可是我爱它们,它们给我带来的愉快远远超过荣华富贵、功名利禄所能带来的。"说到这里我顿了一下,"我有缘和姐姐们相识,我又对姐姐们的才华佩服得五体投地,今天小妹有一个心愿,愿与姐姐们结拜为姐妹,有福同享,有难同当,如果我有幸逃过此劫,咱们可以尽享姐妹之情,如果我不能逃过此劫,我也算了却了一个未了心愿,可以含笑而去……"

我还没有说完,她们又都跪下了,个个口喊:"奴才不敢!"

我诚挚地说:"我是真心的,如果三个姐姐看得起我,请站起来拿酒,我们结拜。"

三个人都没有起来。

我故作生气地说:"三个姐姐难道真的像传言中所说的看不起我吗?三个姐姐难道真的想让我含恨而去吗?"

三个人相互看了看,一个个起了身,一个人去拿酒,两个人候在我床边服侍我。

我叫她们坐在我的床边,我分别拉着她们的手,我的泪掉了下来,我笑着说:"从此之后咱们就是一个整体了,一荣俱荣一损俱损,姐姐们疼小妹,小妹敬姐姐们,姐姐们教小妹唱歌跳舞,小妹给姐姐们洗衣服、铺床叠被。"

她们两个被我的真情所打动。"妹妹,既然您甘降身份认我们这个姐姐,从今之后,姐姐们就有义不容辞的责任保护你。"一个小姐姐说。

另一个小姐姐接着说:"对,你今天的苦难都是那个该死的老师造成的,我们不会放过他!"

我心里一乐,可是我不能答应,别说这是我安排的,就算不是,我也不能，如果我表现得这么睚眦必报，她们必定惴惴不安，也必定不能真正接纳我，于是我一笑道："过去了的事，提它做什么。做人，要想着明天，如果老是与他人过不去，自己也不会好过到哪里去！"

两个贱女人相互看了看，立即展开笑容道："妹妹教训得极是。"

拿酒的小姐姐过来了，四个小女人表面上滴血盟誓，虔诚地结拜为有福同享、有难同当的姐妹了。

我这个苦肉计搭起了我和她们之间的桥梁，可是我深知这座桥梁是否稳固还得看我今后的表现，我当然不会前功尽弃，我表现得非常谦卑、跟她们非常地亲近，我们也真的结成了四人团伙。

可是我并没有得意忘形，我知道我的目的不是与她们结为团伙，而是练好功夫。她们对我完全没有了戒心，手把手地教我，我很快地成了台柱子，她们的目光又不同起来，我知道我就要飞了，可是在飞之前我不想出现任何差错，于是我把我的工钱一部分贿赂给关键的老师，剩下的全部孝敬给她们以示爱心，她们的脸上重又乐开了花。

机会终于来了。一个小皇子过生日，皇宫里大宴宾客三天，我们被召去表演歌舞。我自创了一首歌，在老师和姐姐们的大力支持下，一路绿灯，登上了节目名单。正式上演前，别人还在抓紧训练，我却让自己大睡了三天，我太累了，我要好好地养精蓄锐。

上演那天，我穿着红红的肚兜，外罩白色的纱衣，绿色的灯笼裤，红色的绣花鞋，一头秀发垂到腰际，脸上搽了胭脂红，唇中间点上厚厚的唇红，两眼皮上铺了厚厚的红眼影。我登上舞台，如入无人之境，我好似站在自家空旷的原野上，我对着远方展开了歌喉。

一曲终了，台下掌声如雷，我依然好像置身那家乡的旷野里……

我刚刚一走到后台，就有太监叫我去皇后那里领赏。

"实在太好了！太抒情了！太优美了！"皇后赞不绝口，"这是赞美母爱的吧？"

我这是写给皇上的，可是，我能说吗？我只得伏在地上点头称是。

"我怎么从来没有听过这首歌呢？"皇后疑惑道。

"这是奴才写来孝敬皇后的。"我怕别人听见,低低地说。

"好！也难为你的这一份心意。"皇后感叹道。

"这是奴才应该尽的职责。"

"好！说得好！识大体！"

"谢皇后厚爱！"

"小安子,拿出锦缎两匹、一对耳环、一个头钗,送到咱们这位新歌后住处。"

小安子领懿旨匆匆地去了。

"谢皇后娘娘赏赐!"我急忙磕头谢恩。

"起来吧！哀家还想跟你说说话呢。"

我这才依言起身。我依然低着头。

"抬起头来,让哀家好好看看你。"

我依言仰起脸,我不敢让皇后看到我的目光,我怕我的目光里泄露出什么,我让我的目光看着皇后的脖子,皇后的脖子上堆满了大大小小、粗粗细细的皱纹,这不禁让我心生快意。

"好俊美的脸蛋！哀家今天也算是开了眼界。这么俊美的脸蛋也能编出这么美的歌！哀家一直以为编歌是男人的活。"

"皇后过奖了!"我依然仰着脖子说。

我的脖子仰得很难受,可是皇后不说让我低头,我不敢低头。

皇后满意地说:"好了,你在我这里也很拘束,你回去吧,记着要给哀家多写些新歌,哀家自然会打赏你。"

我连声称"是",再次磕头谢恩,之后,在太监的带领下离去,走过皇帝面前时,我稍稍放慢了脚步,我用眼梢顽皮地挑逗皇上,没想到皇上也正在注意我,四目相对,鱼戏水,水戏鱼,红晕立刻飞上我的面颊,我于是知道,我这块"肉",皇上他是非吃不可了,皇上可是出了名的贪多嚼不烂。

我也无心再欣赏下面的歌舞,我跑到埋藏红舞鞋的坟地里,我痛痛快快地哭了一场,为了我这块"肉"引起皇上的注意,根据皇上滚烫的目光我可以断定他一定会来吃我这块"肉"的,如果我这块"肉"到了皇上嘴里,皇上心满意足之后能带给我种种的好处吗?我反复地问我自己。

我开始着手为皇上的盛宴做准备,早就听说秀女的最后一堂课是讲述与皇上同房时应遵守的事项以及会有一个很著名的性学专家传授房中术,因为我第一关都没有过,所以无法上这一堂神秘的课,但我知道这堂课对我很重要,于是我把皇后赏赐的东西都奉献了,我才见到那个被宫中称为最神秘的女人的教师,教师一头银发,体态却像少女般婀娜多姿,且目光如炬,我如同见了仙人一般,我跪倒在地,口称"师傅!"

师傅只传给我一个口诀——"喜新花样,渴望受虐。"

我很失望。师傅说,"这些都是技术,当你身体感觉只对他开放时,你根本不需要这些技术。你天资聪慧,只要你静下心来,全力以赴,你一定会成为一个高人。"

我半信半疑地再次跪倒在师傅面前,师傅说,"我一生不收徒,今天看在天意收你为爱徒,你现在必须在我面前对天起誓,当你成就大事之日,不可灭掉恩师。"

我以头撞地:"恩师何出此言,徒儿不明?"

恩师说:"日后你自会明白,我现在只要你起誓。"

我回去之后琢磨恩师的口诀,依然百思不得其解。

三天之后,皇上宣我和姐妹们入他的寝宫唱歌、跳舞助兴。

大家都很紧张又很兴奋。

皇上身边坐着一排嫔妃们,皇上一脸倦容,而嫔妃们一脸紧张,姐妹们拼命玩出新花样,可是皇上和他的嫔妃们均是心不在焉,我忽然间明白了师父的口诀。

我这次和姐妹们一起跳了一支七仙女下凡的舞蹈,跳着跳着,我忽然来了灵感,我想加上几句唱腔,我扮演的是许仙,当许仙初见到七仙女,我唱道:"好妹妹,你好似那仙女下凡,叫哥哥如同蚂蚁在油锅里煎。"我刚唱完,我就听到皇上带领众嫔妃一起大笑。

我依然呆在戏里不出来,当许仙与七仙女共结连理时,我又唱道:

"人人都说神仙好,神仙哪有我许仙好!"大家又一起哄笑。

当许仙和七仙女的美好婚姻被王母娘娘拆散时,我又唱道:"恩妻!从今以后,我许仙一定会又当爹来又当妈,把咱们的一双儿女抚养大,然后再把你接回家大团圆!"又是一阵哄笑声。

虽然这场舞蹈因为其他人员不能及时灵活配合显得有些混乱,可是因为皇上和嫔妃们三次开心大笑,我也算立下了汗马功劳,所犯的错误也没人追究了。

内心的感觉告诉我,唐明皇在用他的男性磁场吸我,我不自禁地抬起头,我发现一束绿光从皇上的眼睛里直射到我身上,那是狼的目光,那是狼遇到一个猎物欲捕未捕时的目光,我不自禁地浑身打了个激灵,慌乱地低下了头……

不过,接下来,我赶快让自己镇定下来,然后,我抬起头,我对着皇上,眼睛一眨,嘴角浅浅地笑了笑。

皇上被我迷得眨巴着眼睛,而我,很快地从皇上的视线里逃走了。

晚上掌灯时分,我刚沐过浴正准备坐在被窝里打坐,姐妹们过来了,叽叽喳喳地向我表示祝贺,正闹得不可开交之际,一个太监过来了,吓得姐妹们慌乱地逃走,我穿着睡衣,想换已来不及了,只好就穿着睡衣跪下听旨,旨意大意是要我今晚服侍皇上。我一下子没明白过来,太监又宣了一遍,我似乎明白了,赶紧磕头谢恩。

就在这时,皇上已进来了,我大惊又大骇,打死我,我也想不到皇上竟然到我的陋室里来要我!我浑身抖得像筛糠。

"你这个狐狸精!你好大的本事,你把朕勾到这里来了!"皇上用手托起我的下巴,我看到他淫秽的目光。

我用我的双目勾引着他,我用双手紧紧地护住自己的胸部。

皇上狂笑了一声,说:"粪土里竟也能生出如此娇美的花!"他说着把我抱起来扔到床上,然后他像一头饿狼扑向我,我本能地反抗着,可是力大无比的皇上还是"吃"了我。

我的贞操,我的处女初夜,就这样地被粗暴地剥夺了。我有些失望,有些后怕,有些遗憾,有些不解其味,有些惆怅,我情不自禁地失声痛哭。我不知道我为什么哭。我只知道我实在憋不住了,实在想痛哭一场。我有些孤立无援的感觉。

我希望皇上能够拥着我,擦去我的泪水,抚去我心头的委屈,对我轻声地说"对不起……"

可是,皇上没有,相反地,他有些厌烦。"小顺子,"他叫道,"过来伺候朕穿衣!"

我的心头犹如响起一声惊雷,我的哭声骤然而止,我有些麻木地望着皇上,他脸上没有了一点激情,更重要的是,这是一张平淡无奇的老脸,我一点胃口都没有。

小顺子很快地过来了,他像个女人一样地服侍着皇上穿衣。恐惧排山倒海般的向我袭来。

"不!"我大叫一声,我本能地像个饿虎一样地扑向皇上,我不顾小顺子在场,我撕开自己的上衣,露出双乳,小顺子吓得赶紧退到一边,我赶紧抓住这个机会,我急不可耐地争分夺秒地撕开皇上的衣服,皇上先是被我惊住了,等他明白过来之后,他向我扑了过来……

我快活地叫着,我的叫声激起皇上更大的力量、更猛地进攻,我发现我慢慢地爱上了皇上,我也发现皇上慢慢地爱上了我。

"你强奸了朕!"皇上恨恨地说,"你把朕强奸了! 从来没有一个女人敢把朕强奸了! 从来都是朕把女人强奸了! 今天你把朕强奸了!"

"奴才犯了强奸罪,皇上可以把奴才杀了!"我故意与皇上作对。

"好! 你想怎么个死法?"皇上大概没有想到我会这么不怕死,他有些生气地说。

我妩媚地一笑,我翻起身骑到皇上身上然后说:"我要死在皇上的身子底下。"我把嘴贴在皇上的嘴边轻轻地说。

"你把朕强奸了! 还把朕骑到身子底下! 你还要死到朕的身子底下!"皇上说着又拼命地朝我冲撞起来。我能够感觉到皇上有些力不从心。不过,我还是说:"在众人的眼里,你是天子、你是皇上,可是在我的眼里,你是天底下最美的男子、最壮的男子,我最喜欢的是你的……"我本来想说出来,可是我故意不说。

皇上急了,一个劲儿地问我,我这才慢慢地说:"我最喜欢的是,你的……"

我还没有说完,皇上身上忽然像注入了无穷的力量,他奋力一跃,他冲到了顶峰……"你永远是朕的女人!"皇上冲过顶峰之后气喘吁吁地说。

"我一生下来就知道我会是皇上的小女人! 我一生下来就开始为今夜做准备! 我为今夜做了 16 年准备! 我提供的夜餐,皇上还满意吧?"我开始向皇上邀功请赏。

"你会是朕永远的女人! 你身上风景无限,朕才看到冰山一角。"皇上把脸贴到我的脸上。

"告诉我,宝贝,你想要什么? 你要什么,朕给你什么!"

"我什么都不要,我只要皇上……"

"你这个狐狸精! 朕就把它送给你。不过,你有什么可以送给朕的呢?"

"我把它们送给你",我挺起我的胸脯说,"你看看它们,今天多么美丽呀、多么骄傲呀!"

皇上端详着它们,说:"这是朕看到的天下最美最美的尤物!"

"皇上,你听得到它们在说什么吗?"我问皇上道。

"它们说什么?"

"你要答应我,永远不离开我。"

"我永远不离开你。"

……


皇上走后,我忽然产生了悲观厌世的情绪。

我的丈夫,他是皇上吗? 不,皇上不是我的丈夫,他只是我的客户。

我一个人的时候,我常常想,这就是我想要的生活吗? 我其实过着猪狗不如的生活。

可是我的师傅不允许我这样想，她反而怪我功夫不够。我更加刻苦地打坐练功了。

我的事业如日中天，我很快地被封为贵妃。皇上越来越离不开我了。我的内心反而越来越恐慌起来。我的周围全是敌视的目光。她们个个恨不得把我生吞活剥。我得培植我的力量。宫里没有我的人，宫外也没有我的人，我一个人在湍急的汪洋大海里，皇上就好比我的船，他稍微有些风吹草动，我就得葬身在这汪洋大海里，成为大鱼小虾的美味佳肴。而皇上是一个吃着碗里看着锅里的人，他不可能只有我一个女人，加上几乎每天都有年轻的美女从宫外运到宫里来，要皇上不沾腥只宠爱我一人，可是比成为皇上的猎物还要难上千倍万倍。

在岌岌可危中，我暗中求人帮娘家哥哥等人在京中谋到官职，可惜哥哥等人不能理解我的苦衷，也不争气，他们仗着我的势力，不但不思进取，而且成了一个只享高官厚禄无所事事的人，大权只能旁落他人之手，更有甚者，为非作歹，仗势欺人，逞强作威，惹得大家敢怒而不敢言，我更是招惹了一身骚，后悔自己做了一件最愚蠢的事。在压力面前，我只得罢免其中的一位亲戚，结果这个亲戚回去之后说了我不少坏话，以至于乡亲们都在议论我宫中失宠之事，哥哥气不过，要去杀人，可是那是乡亲，这事只好忍气吞声，我再也不敢从老家选心腹帮我成就大事。可是从外地选，那更加难了，你不知根不知底的，说不定你帮的是敌人！没有办法，在宫外培植羽翼的计划只好暂时搁浅。

可是在宫里根本没有人选去培养。各个嫔妃表面上客客气气，大家如亲姐妹一般，暗地里，她们个个恨不得把我撕吃了，几乎所有的嫔妃娘家都有挺大的势力，她们相互之间本来就是亲戚或世交，她们进宫来带了一大帮自个的人，什么奶妈、丫头；而我，孤零零一个人，我的丫头们都是皇上、皇后、妃子们所送，她们明是我的丫头，暗地里监视我，我心里恨不得将她们一个个斩净杀光，可是，她们背后的势力让我胆战心惊，我一方面笼络这些个丫头们，恩威并施，一方面我把自己入宫以来结交的可以信赖的人慢慢地安插到我的身边来,还培养了几个探子和心腹。

正当我在宫中积极培植羽翼的时候,宫外高官也纷纷到我这里走动,我冷眼观察,希望能够发现一两棵"好苗子"。

就在这时,我的贴身丫头悄悄地趴在我的耳朵边说:"皇上有七天没来了。"

"噢,是吗?"我一下子回到了现实之中,我直愣愣地望着丫头,我和皇上之间的事好像是很久远的事。

七天,这是个什么概念?!我还没有意识到它,它就已经过去了,它像飞箭那么快!不,它应该比飞箭还快!飞箭再快,它会给你留下记忆,而这七天,我竟然在不知不觉间过去了,天哪!我在忙些什么呢!我好像每天都有事做,皇上不来我这里,我好像过得更加开心了。

"娘娘,小翠有话要对你讲!"丫头再一次把我从幻想中拉回到现实中来。

"小翠?!"小翠是我派出去的探子,"她有话对我讲?!"我忽然莫名地心惊肉跳起来,我有一种不祥的预感,至于是什么样不祥的预感,我不知道。

"快!快把小翠叫过来!"我像抓住了救命稻草般的说。

小翠慌慌张张地奔了过来:"娘娘,几个娘娘到皇后那里告你的状,她们几个准备……"小翠尽管压低声音,说到这里时,她还是恐惧地四处张望,之后她才做了一个抹脖子的动作。

"她们抹脖子?不会吧?"我疑惑地望着小翠。

小翠见我没反应过来,又做了一个抹脖子的动作。

"谁抹脖子?小翠,快讲清楚。"

小翠急得像一头将要被杀的猪,她又是比画又是想说出来,但尚未找到合适的词,她急得满头大汗、脸红脖子粗,像一头掉在枯井里的水牛。

"怎么啦,小翠,谁要抹脖子?!"我比小翠更急。

小翠依然未找到合适的词。

"告我状的几个娘娘？"

小翠使劲地摇头。

"难道是皇后不成？"我有些生气了。

小翠更加使劲地摇头。

"那还有谁？是我不成！"我更加生气了。

小翠重重地点点头。

"什么？真的是我？可我并没有说要抹脖子！"我气得站了起来。

"她们要合伙……"小翠对着我做了一个抹脖子的动作。

我终于全部明白了。我犹如被一棍打闷在地的士兵，我不自禁地摇晃了一下身子。小翠上前扶住我。我感到极度的疲倦，不仅身子累，脑子累，心也累，我感觉到我要垮了，我好像看到我长年累月辛辛苦苦经营的宫殿顷刻间倒掉了。

"皇上……"我不由自主地一再地呼唤。

几个心腹丫头闻讯服侍在我的身边。

"娘娘，那么多难关，您都挺过来了。"

"娘娘，在我们的心目中，您就像是一个铁人。"

"娘娘，您不可以先自个儿垮掉。"

"娘娘，您整天教导我们作为一个战士应该战死在疆场而不是病死在床上。"

……

几个丫头叽叽喳喳，我像自个给自个壮胆一样地狂笑了几声，但接着，我还是情不自禁地放声痛哭。

"皇上他嫌弃我了。呜呜呜……"

"娘娘，七天不算什么，兰贵妃那里，皇上都两年没有去了。"一个丫头安慰我道。

"你们去把皇上叫来，说我想他了。"

众丫头你看着我，我看着你。

"皇上在哪个女人那里?"

　　众人低着头,没有人应声。

　　"你们害怕了? 我这把大伞罩不住你们了?"我气得狠命地拍打床沿。

　　拍打床沿的手立即火辣辣地疼,可是我顾不了那么多了:"你们去还是不去?"

　　"娘娘,奴婢有一句心里话,不知当讲不当讲?"一个丫头说完跪下了,众丫头也跟着跪下来。

　　"娘娘,我们跟了你,早已置生死于度外,娘娘对我们怎么样,我们心里有数,别说娘娘现在没难,就是有难,我们也会抛头颅洒热血,只是娘娘,你看你现在这个样,容奴才说句打嘴的话,好像一朵凋谢的花,要是皇上现在来了,对娘娘岂不是更加不好?"

　　我看着众丫头:"你们说的有道理,可是做事最忌夜长梦多,我现在必须见到皇上,他现在应该刚刚处理完国家大事,你们快去请他,就说我想他想得夜不能寐,食不能咽。你们现在不去,过一会儿他去了哪位娘娘那里,就晚了。"

　　丫头们去了。我就像在油锅里煎熬,在屠宰场遭人宰割。

　　过了很长很长时间,丫头们终于回来了,得到的消息是,皇上今晚要去皇后处就寝。

　　我胸口立刻涌出一团热热的东西,我挣扎着坐了起来,还没坐好,已经呕吐起来,小丫头赶紧用手帕接去,手帕上接了一大口血。

　　"拿了它去见皇上。"我泪流满面地哭,"说我不行了。"


　　在迷迷糊糊中,我听到嘈杂声,接着我的丫头在我耳边耳语:"娘娘,皇上看您来了"。

　　我睁开眼,我看到亲爱的皇上他正坐在我的床边上,我感到我的病一下子好了,我浑身充满了力量,我孩子般的笑起来,又挣扎着爬起来:"皇上,臣妾给您请安了。"

皇上按住我,他的脸上布满了怜惜之情:"爱妃,一个活蹦乱跳之人,才短短几天不见,怎么说倒就倒了,朕要不是亲眼所见,真是不敢相信!"

我把皇上的手拉到我脸上,皇上轻轻地抚摸着我的脸,此时此刻,我才意识到我是多么地爱皇上,这爱好像已有了一千年一万年。

"皇上,您整整七天没来了,在这七天之中,臣妾患上了极严重的相思病!"我像孩子般撒娇道。

"爱妃,朕有那么多妃子,你才七天没有见到朕就患上了相思病,有的妃子是七年、十七年甚至一生一世都见不到朕一面呀。自从你成了朕的女人,你几乎霸占了朕呀,你还不知足吗?"皇上拍打着我的小脸说。

"可是,在臣妾看来,这哪里是七天呀,这分明是七千年、七万年、七亿年呀!"我说着委屈地哭起来,"皇上要问臣妾的爱有多深,你可去问手帕上的鲜血。"我哽咽着,泣不成声。

皇上动情地把我搂入怀里,我感觉是那么地温暖,我就想让时间停止,好充分享受我们之间忽然产生的甜蜜的爱情。

可是时间并没有停止。皇上最终推开了我:"乖,好好休息,朕今晚有要事处理。"

我知道他要去皇后那里,我不能让他离开我,我不停歇地哭,哭得肝肠寸断:"我只有你这一个亲人,你要离开我,我就只有死路一条了!"

皇上没法,他示意众人退下,他有些心烦意乱。我立即察觉到了。

"皇上,有什么需要臣妾分忧的吗?"

皇上又是摇头又是叹气,十分为难的样子。

我立即想起皇后她们要处死我的事。

"皇上,如果您需要臣妾为您献身的话,臣妾立即去死。"

"这是哪儿的话!"皇上生气地说,"爱妃是生病生得脑子不清醒了,是吗?"

"不!皇上!你不要离开我!我害怕!"我更加紧地贴在皇上怀里。

"爱妃,朕碰到难题了,要去皇后那里商议。"皇上无奈地说。

"什么难题?"我再次神经紧张起来。

"哎,朕也是男人,男人有男人的尊严,朕是很不想对你讲的。"皇上叹口气道。

"是皇后和几个贵妃娘娘合伙要我死的事吗?"我再也忍不住了。

"哪里来的流言蜚语!"皇上大怒道,"朕的爱妃,除了朕之外,谁有权力处之于死地!"

我大喜:"那皇上为什么急着去见皇后? 难道皇后比臣妾还娇美?"

"皇后哪里比得上爱妃娇美",皇上捏了捏我的屁股,"朕去皇后那里是去散布恩泽,爱妃不知,安禄山忽然于两日前叛乱,朕着实头痛得很呢。"

我的欲望忽然来了,来得排山倒海,我非常地想有一个孩子,我才不管它国家大事,它跟我无关。

"皇上,让贱妾给你生个孩子。"我一边发嗲一边把一只手摸到皇上的身上。

"让我们一起再上天堂。"我咬着皇上的耳朵说。

我记得皇上是一个一见火就燃烧的人,可是,这一次,他只是"哼哼"着。

"皇上,贱妾又琢磨出一个新的花样,贱妾现在就奉献给您。"

我用舌头吸着皇上的舌头,他嘴里的口水很甜很香。可是他的身体依然有些僵硬。

"对不起,爱妃。"皇上有些不好意思地说。

"皇上,在臣妾的心目中,您一直是顶天立地的男子汉,您是一个了不起的英雄,也是一个最称职的丈夫,贱妾最爱您的……"我说着便低下头钻到皇上的怀里,那里散发出很迷人的气味,我不顾一切地如饥似渴地抱着他。

皇上终于"火山爆发"了,他再次像饿虎扑羊一样地扑到我身上。

"你这个狐狸精! 朕是逃不脱你的手掌了。"皇上忘情地喃喃道。

我毫无保留地完全把自己奉献给了皇上。

"要爱妃的命,等于要朕的命",皇上累得完全瘫在了床上,"爱妃,我把自己全部赏赐给了你。"他说完甜蜜地进入了梦乡。

我抱着皇上,恨不得再来一次,可是我浑身酸痛,像一堆被燃烧过的灰烬。


安禄山越逼越近了,皇上越来越胆战心惊,实在撑不住了,他就逃到我这里,我们就开始疯狂,直到筋疲力尽,我们各自用这种办法驱逐内心的恐惧。

后来城墙失守,将士们只好带着我们暂时逃离京城,安禄山在后面穷追不舍,将士们害怕了,他们逼着皇上杀我这个红颜祸水以求平安,皇上下不了手,我也极度地怕死,可是,我还是杀死了我自己,死前,我没有看任何人一眼,也没有给任何人留下任何一句话。


睡美人说到最后早已泣不成声,我正在安慰她的时候,忽然地,我的舌头似乎有千万根银针在扎,我的嘴角溢出两股鲜血,我疼得先是在地上打滚,接着我用双手打自己的头:"老天爷,为什么不让我死呀?!"我一声比一声高地叫道。

"好了,你可以回去了。"睡美人话音一落,疼痛立即消失。

我想说"不",可是我说不了,这才发现舌头连根断了。于是我拼命摇头。

"你听着,"睡美人说,"我们之间不是没有希望,只是,明天就是你的新婚大喜了,你若不回去成亲,我的罪孽又加一等,我们之间就更加没有希望了。"

我犹豫着。

"你在想,如果你现在回去,你就前功尽弃了?"

我拼命点头。

"没有的事。你先回去结婚,好好过日子,如果有缘,我相信,适当

的时候，你一定会再回来的。"

我思虑着。

"你先回去，回去把喜事办了，你回去的时候，我给你讲我的第12个人生，你知道吗，我每讲一个故事，你就成功一步。乖啊，不然，我可生气了。"

我想了想，点了点头。

WU MING SHI

第十三章　第十二生——无名氏之二

# 第十三章　第十二生

## 无名氏之二

　　我的第 12 个故事是打工妹，这个故事很短，可是很凄惨。

　　我是农村的孩子，我一共姐弟两个，我是老大，下面是个弟弟，我三岁的时候，母亲生了这个弟弟，弟弟刚过满月，父亲给别人家盖房子时不小心摔成个瘫子，这样一来，本来就很穷的家庭更加穷了，我小学没毕业就辍学回家帮母亲种庄稼、料理家务、照看弟弟。父亲需要看病吃药，家里常常穷得揭不开锅，借钱借得熟人一见了我们一家人赶紧躲得远远的，大伯一家和小叔子一家更直言不讳我们家是个黑窟窿，得多少钱往里塞呀！

　　母亲抹了不知道多少泪，后来，母亲和村里的一个老光棍相好了，这人常常过来帮我们家干活，有时也塞给母亲一些钱，当然，他也跟母亲睡觉。俗话说，好事不出门，坏事传千里。这事很快就成了村子里茶余饭后的谈资，我和弟弟只要出门，就会被人问起："老光棍又去你家没？又跟你娘睡觉没？"

　　我总是把脸一拉，弟弟年幼，好实话实说，有一次，我气不过，照着弟弟的屁股打了十几个巴掌，弟弟委屈得一路嚎叫着哭回家，见到母亲告我的状，母亲不由分说，拿起鞭子就要打我，我冲母亲叫道"……人家都骂你婊子、破鞋！我为有你这样的母亲感到耻辱！你打死我吧！"母亲一下子僵住了，然后她放下鞭子，抱起弟弟，失声痛哭……

　　而动弹不得的父亲，他听到我们的吵骂声，气得打自己的脸……我知道我闯下了大祸，我吓得"哇哇"大哭……

　　从此之后，母亲更加沉默了，我有时看到她的目光有些呆滞，很像死人的目光，我常常吓得跑到父亲身边，与父亲一起痛哭。

　　我和弟弟一天天地长大了，而母亲，过早地衰老了，她刚刚三十出头,就白了大部分头发,她的脸像刀刻似的,看上去像四五十岁的老太太,整天看不到她的一丝笑容,她的手又黑又硬又粗糙,挺吓人的,她的衣服全身上下打满了补丁。

我9岁的时候,村子里的人开始出去打工,我嚷嚷着要去挣钱,母亲死活不肯,说,反正她已经是废人了,不能再让闺女废了。我听不懂她的话,可是我睡梦里都在想着挣钱,我梦到我挣到大把大把的钞票,我给爸爸买了三轮车,爸爸坐在三轮车上,可以自己到处走动,我还给爸爸买了假腿,爸爸重新又站了起来;我给妈妈买了很多漂亮的衣服和化妆品,妈妈又变成了一个大美人;而弟弟,我给他买了很多衣服和好吃的,我们一家人过着美满幸福的生活。我常常做着同样的梦,我常常在梦里笑醒。

12岁那年,我终于瞒着家人,跟着一个工头到沿海特区打工,我被工头安排在一家港资玩具厂,有活干的时候每天上班十二三个小时,没活的时候就放假,住的是集体宿舍,十几个小姐妹住在一个房子里,吃的有米饭有菜有肉,偶尔会有油条、馒头、面条。我好像来到了天堂。我暗暗下定决心一定要混出个人样来,工作从不偷懒,见到老工人就虚心请教。

两个月下来,我拿到了第一个月的工资——整整80元钱!天哪,我从来没见过这么多的钱,我拿着那80元钱,两只手发抖,觉得它好重好重,我立即把它寄回了家。

弟弟很快地来信了,说:"一接到钱,妈妈露出了美丽的笑容,而爸爸,激动得失声痛哭,我们家破天荒地打了酒买了菜大大地庆祝了大半个晚上,爸爸说,'我们从此富起来了!'妈妈说,'感谢上天有眼,赐给我这么能干的女儿。'"

弟弟又说:"爸妈叫你好好保重,在外面不容易,要多长个心眼,团结人,虚心好学,做弟弟的好榜样,也不要累着自己,要给家里多写信,不要想家,好好工作,实在想家了,就回来看看。"弟弟还说:"妈妈给你扯了一块花布,准备给你做身新衣服,新鞋子已经做好了,等新衣服做

好了，一起寄给你。"

我抱着弟弟的信，失声痛哭，谁都劝不住。老天爷终于睁眼了。

我在这家厂苦干了一年，给家里寄了一共1500元钱，弟弟来信说："家里的欠款已还了大部分，爹妈都很想念你，叫你有空回家看看。"

我动了回家的心，去请假，车间主任说："这批活再过三天就做完了，做完了你再回家。"并且批了我20天的假期。

我乐得觉都睡不着了，好不容易睡着了，看见一家人见到我个个拉长着脸，扭头走了。

我急了，大叫。我被同床的推醒了，我有一种心惊肉跳的感觉，梦中的事，历历在目，像真的一样，我把梦讲给大家，大家都说梦和现实刚好相反，我心里稍觉宽慰，可是还是觉得心里很沉重。

不过，过了今天，明天我就可以打点行李回家了。后天，也许是大后天，我就可以揭开这个谜底了。

上午终于艰难地过去了，吃中午饭的时候，我笑得合不拢嘴，伙伴们都笑我想家想疯了，她们哪里能够体会我此刻的心情——再上四个小时的班，我就可以像鸟儿一样飞回家了。

我数百次、数千次、数万次地想象过我衣锦还乡时的情景——全村的男女老少争先恐后地像飞鸟一样地飞奔到我家……"叔（二伯、二爷、二哥等）家的闺女回来了，这闺女别看年龄小，人可争气了，在广东一呆就是一年多，挣的钱家里都放不下！"

他们再也不叫我爸"瘫子"，而是改称"二叔、二伯、二爷、二哥"等；再也不叫我妈"破鞋、贱人、婊子、不要脸"，相反地，他们尊敬地称我妈为"他（她）二婶、他（她）二大娘、他（她）二奶奶、他（她）二嫂子。"

"二叔、二伯、二爷、二哥；他（她）二婶、他（她）二大娘、他（她）二奶奶、他（她）二嫂"，多么美丽的称呼，多么感人的称呼，多么悦耳的称呼，多么振奋人心的称呼，多么灿烂的称呼……

下午上班的时候，我其实根本没有心思干活，我早就身在曹营心在汉了。为此遭受到班长和车间主任的多次辱骂，可是我根本没有办法收拢自己的心思,好在再有一个小时,我就可以张开翅膀,自由地呼吸了。

忽然地,一声凄厉的惨叫惊得所有的人都抬起了头——"失火了!"一声接一声的不同声音的惨叫声——"失火了……失火了……失火了……"

从上面传过来,它们像瘟疫般的来到我们的心里,大家不由自主地聚拢起来。

"各人回各人的位子,大家接着干活!"管理人员大声吆喝着。

没人理会。

管理人员接着大声呵斥。

还是没有人理会。

管理人员暴怒了,抽出平时训人的细长的皮鞭,胡乱地朝众人身上抽去,胆小的已经开始回到座位上,胆大的四处逃窜。

就在这时,楼上的工人像潮水般涌了下来,夹杂着哭爹喊娘的求救声。大家不顾管理人员的鞭子和责骂,纷纷向逃命的人群奔去,这时,我才看到逃命的人中很多人的头发衣服已经燃烧起来了,他们像个火球很快地冒起浓浓的黑烟,呛得大家咳嗽声一片……

"一楼的铁门锁住了,大家不要再往下冲了,快从窗户跳吧!"从楼下传来一些人的声嘶力竭的喊声,更加增大了大家的恐惧。

每个人都盲目逃窜,有往四楼挤的,有往三楼挤的,有往二楼挤的,有往一楼挤的。人挤人,根本无法动身,大家相互挤着。刚开始还看得见,后来除了哭喊声,什么都看不见。

我挤在人群里,后来又被大伙踩在脚下,大火把我身上的衣服毛发烧成灰,接着又把我烧成了灰,在我变成灰之前,我看到我们一家人都变成快乐的天使,向天堂飞去,我的耳朵边响起一个歌声——"苦啊!打工苦啊!……"我闻到了强烈的血腥味,接着我被烧成了灰。


睡美人的故事还没完,我早就哭碎了身子。

"睡美人真是太可怜了!老天爷真是太不公了!呜呜呜……"

# MENG XING

第十四章　梦醒

# 第十四章　梦　醒

　　猛然地，数根火棍向我的屁股击来，我还没来得及尖叫，就已经醒过来了。我看到一家人围在我的床前，室外的阳光穿过窗户洒在我身上，我心情出奇的好，我的心里充满着爱，对我的家人，对整个人类，对这个世界……